古典詩歌研究彙刊

第十輯

龔鵬程　主編

第 19 冊

清代譚瑩「論詞絕句」研究（下）

王曉雯　著

國家圖書館出版品預行編目資料

清代譚瑩「論詞絕句」研究(下)／王曉雯 著 — 初版 — 新北市：
花木蘭文化出版社，2011〔民100〕
目 2+170 面；17×24 公分
（古典詩歌研究彙刊 第十輯；第 19 冊）
ISBN 978-986-254-592-8（精裝）
1.（清）譚瑩 2. 清代詞 3. 詞論
820.91 100015361

ISBN-978-986-254-592-8

9 789862 545928

古典詩歌研究彙刊
第十輯 第十九冊 ISBN：978-986-254-592-8

清代譚瑩「論詞絕句」研究（下）

作 者 王曉雯
主 編 龔鵬程
總 編 輯 杜潔祥
出 版 花木蘭文化出版社
發 行 所 花木蘭文化出版社
發 行 人 高小娟
聯 絡 地 址 新北市永和區中正路五九五號七樓
電話：02-2923-1455／傳真：02-2923-1452
網 址 http://www.huamulan.tw 信箱 sut81518@gmail.com
印 刷 普羅文化出版廣告事業
初 版 2011 年 9 月
定 價 第十輯 20 冊（精裝）新台幣 28,000 元

清代譚瑩「論詞絕句」研究（下）

王曉雯　著

目

次

第六章　論清代詞人

　　本章擬探究譚瑩「論詞絕句」專論清代詞人部分，計四十二家詞人，得四十首詩，此中「徐釚、吳兆騫」；「楊芳燦、楊揆」兩人並論一首。由於第四十首論徐燦，屬「女性詞家」，另立專章討論，故本章所論者，共三十九首詩作。仍依時代先後排序，分期斷限以第二十四首論厲鶚為界，前屬順治、康熙朝，後屬雍正、乾隆朝。惟第二十五首論張梁，係康熙末年，詞作收入《全清詞・順康卷》，故置前，餘不變。

第一節　論順、康朝詞人

　　譚瑩論清代順、康兩朝詞人，取吳偉業、梁清標、宋琬、彭孫遹、王士禛、曹貞吉、尤侗、吳綺、顧貞觀、納蘭性德、毛奇齡、徐釚、吳兆騫、朱彝尊、陳維崧、嚴繩孫、李良年、李符、汪森、董以寧、沈岸登、龔翔麟、沈皡日、杜詔、張梁等二十五家，此中徐釚、吳兆騫並論一首，得二十四首。茲依詞家論列，逐次分析如下：

一、論吳偉業

　　吳偉業（1609～1671），字駿公，號梅村，今江蘇太倉人。明崇禎四年（1631）會試第一，廷試第二，官至少詹事。入清，累官國子

監察酒，著有《梅村詞》等。譚瑩詩云：

> 白髮飄蕭事可知，江南祭酒獨稱詩。閹官大有滄桑感，宋
> 玉微詞莫更疑。

首句「白髮飄蕭」形塑詞人老邁悲涼之形象，「事可知」則有蓋棺論定之意。此事暗指梅村仕清一事，顧湄〈吳梅村先生行狀〉云：「（吳偉業）乃扶病入都，授秘書院侍講，國子監祭酒。精銳消喪，輒被病弗能眠事。間一歲，奉嗣母喪南還。」〔註1〕出仕清朝，是梅村政治生涯中一件大事。「仕清前，他是一個『名滿區宇』的先朝遺臣；仕清後，他成了被封建士大夫所不齒的『兩截人』。」〔註2〕以當時情況而論，作為復社僅存之領袖與文壇宗主之地位，吳氏之出處去就並非純然個人名節之問題，誠如友人侯方域所言：「萬代瞻仰，僅有學士……萬一有持達節之說陳於左右者，願學士審其出處之義各有不同，堅塞兩耳，幸甚。」〔註3〕惟迫於官方催促威脅之壓力，梅村終於屈從現實，冒著「失節」惡名，選擇出仕，官至國子監祭酒，故次句「祭酒」即言此。「江南」係概括詞人籍貫，因梅村為江蘇太倉人，故云。全句意謂：吳梅村獨以詩名顯揚天下。蓋吳偉業乃「江左三大家」〔註4〕之一，以詩稱世，臨終之際曾遺言曰：「吾一生遭際，萬事憂危，無一刻不歷艱險，無一境不嘗辛苦，實為天下大苦人。吾死後，斂以僧裝，葬吾於鄧尉、靈岩相近，墓前立一圓石，題曰『詩人吳梅村之墓』。」〔註5〕咸豐年間，宗源瀚〈題吳梅村先生寫照〉一詩云：「苦被人呼吳祭酒，自題圓石作詩人。」概括梅村選擇仕清，怨懟淒

〔註1〕（清）吳偉業撰；李學穎集評標校：《吳梅村全集》（上海：上海古籍出版社，1999年12月），下冊，頁1405。

〔註2〕葉君遠：《清代詩壇第一家——吳梅村研究》（北京：中華書局，2002年11月），頁21。

〔註3〕（清）侯方域：《壯悔堂文集》卷三〈與吳駿公書〉，《續修四庫全書》（上海：上海古籍出版社，2002年），冊1405，頁663。

〔註4〕（清）顧有孝、趙澐兩人，於康熙六年（1667）間輯刻錢謙益、吳偉業、龔鼎孳三人詩作為《江左三大家詩鈔》一編，由是有此稱。

〔註5〕（清）顧湄〈吳梅村先生行狀〉，《吳梅村全集》，下冊，頁1406。

苦之心境，寧可世人以「詩人」目之。

惟誠如近人嚴迪昌研究指出：梅村雖以「詩名震揚天下，詞名爲之掩。然而《梅村詞》最能代表進退出處失據而心態詞境前後變易的作家群面貌。……這種溶身世之感與時事之慨的『笑啼非假』的作品，在相當程度上開創了特定的風氣。」〔註6〕本詩三、四句所言，正強調詞人作品中寄寓身世與時事「滄桑」之感。如著名之〈賀新郎・病中有感〉詞云：

> 萬事催華髮，論龔生、天年竟夭，高名難沒。吾病難將醫藥治，耿耿胸中熱血。待瀝向、西風殘月。剖卻心肝今置地，問華佗、解我腸千結？追往恨，倍淒咽。　　故人慷慨多奇節。爲當年、沉吟不斷，草間偷活。艾灸眉頭瓜噴鼻，今日須難決絕。早患苦、重來千疊。脫屣妻孥非易事，竟一錢、不值何須說。人世事，幾完缺？〔註7〕

此詞沉痛悔恨、悲感萬端，被視爲梅村臨終絕筆，如清・靳榮藩《吳詩集覽》卷二十下曰：「此絕筆也。自怨自艾，故與錢、龔不同。」〔註8〕陳廷焯《白雨齋詞話》卷三亦云：「〈賀新郎〉（病中有感）一篇，梅村絕筆也。悲感萬端，自怨自艾。千載下讀其詞，思其人，悲其遇。固與牧齋不同，亦與芝麓輩有別。」〔註9〕惟據今人葉君遠研究指出，「絕筆」之說實非：「以前多將此詞說成是吳梅村臨終絕筆，然談遷《北游錄・紀聞上・崔青蚪》已著錄此詞，談遷卒於順治十四年，故此詞斷不容作於康熙十年（梅村卒年），而必作於順治十四年之前。」〔註10〕即便如此，詞中淋漓盡致地抒發悔恨之情，對名節已然玷污之自己所作嚴厲之解剖與自訟，痛心疾首之詞語，依舊令人不忍卒讀。

〔註6〕嚴迪昌：《清詞史》（南京：江蘇古籍出版社，2001 年 7 月），頁 35～36。

〔註7〕南京大學中國語言文學系全清詞編纂委員會：《全清詞・順康卷》（北京：中華書局，2002 年 5 月），冊 1，頁 399。

〔註8〕《續修四庫全書》，冊 1397，頁 246。

〔註9〕《詞話叢編》，冊 4，頁 3827。

〔註10〕詳氏著：《清代詩壇第一家——吳梅村研究》，頁 33。

全詞以「萬事催華髮」總領全篇，大有未老先衰，死期將至之預兆，奠定其悲愴之基調。下片更層層剖析自己軟弱錯誤之選擇，「竟一錢不值何須說」，下筆嚴厲，通過自我否定與批判，以尋求心靈之解脫，凸顯詞人悲苦淒涼之心境。譚瑩論梅村詞，亦由此立說，故首句同樣以「白髮飄蕭」領起全詩，末句歸結於：「宋玉微詞莫更疑」；「宋玉」係戰國後期辭賦作家，歷來與屈原並稱，以其作品藝術手法模擬屈原，且同樣仕途坎坷，抑鬱而亡，作品往往寄寓身世之感，故曰「微詞」；「莫更疑」則肯定詞人詞作所蘊含之身世哀感，以爲莫更相疑。由是可知，譚瑩從詞人身世，進一步稱賞其作，結合兩者而論，誠屬知音之言。稍後陳廷焯《白雨齋詞話》卷三亦指出：「吳梅村詞，雖非專長，然其高處，有令人不可捉摸者。此亦身世之感使然。否則徒爲『難得今宵是乍涼』等語，乃又一馬浩瀾耳。」〔註11〕身世之感乃梅村詞「高處」之由來，詞人不幸詞作幸，遂成爲後人評價梅村詞所依循之說法。

二、論梁清標

梁清標（1620～1691），字玉立，號蕉林，一號蒼巖，直隸眞定（今河北正定）人。明崇禎十六年（1643）進士。入清，歷官禮部侍郎、兵部尚書、保和殿大學士，著有《棠村詞》等。譚瑩詩云：

> 塗澤爲工足寄情，生香眞色殆分明。海棠開否芭蕉綠，一品官閑獨倚聲。

首句「塗澤爲工」乃著意修飾，使詞作穠麗典雅，工於形式之美；雖則如此，仍足以「寄情」，亦即作品中仍蘊含詞人內在情感，並非只有表象華麗，稱賞之意鮮明。次句化用清・馮金伯《詞苑萃編》卷八引陸蓋思評語曰：「棠村詞極穠麗，而無綺羅薌澤之態，所謂生香眞色人難學也。」〔註12〕「生香眞色人難學」，乃張先〈醉落魄〉（雲輕

〔註11〕《詞話叢編》，冊4，頁3826。
〔註12〕《詞話叢編》，冊2，頁1928。

柳弱）〔註13〕詞句，先著《詞潔輯評》卷二評張先此詞曾云：「『生香
眞色』四字，可以移評石帚、玉田之詞。」〔註14〕張先詞中「生香眞
色」形容梅花香味清雅，色彩純然，很能契合姜夔、張炎詞中清空騷
雅之意境。陸蓋思亦引之評梁清標詞，評價可謂高矣。至於本詩首二
句用意，皆由陸氏評語而來，「殆分明」，或可清楚得其眞相之意；旨
在強調「生香眞色」實乃公允之論。

　　第三句化用梁清標詞集名「棠村」與「蕉林」書屋之稱。康熙
六年（1667）梁氏無故被解職，歸隱家鄉，於今河北正定縣城西柏
棠村隱居，手葺蕉林書屋，賦詩飲酒，優游泉石之間，有終老之志。
〔註15〕「海棠開否芭蕉綠」正概括詞人閒居之生活。綜觀《棠村詞》，
表現閒適生活之作品居多，頗能體現典雅清麗之風格，故《續修四
庫全書》評其詞曰：「麗句清詞，雍容華貴」，〔註16〕此乃詞人眞實
生活之反映。蓋梁氏雖官至一品，但在清廷中滿、漢終究有別，漢
人即便位高，卻不可能權重，故詞人漫長之仕宦生涯乃於閒適中度
過，宗元鼎有詞贈梁氏云：「朝堂暇，歸書屋。展古畫，修閒福。」
〔註17〕本詩末句「一品官閑」，亦貼切呈現其實際生活。至若其「倚
聲」之作，如〈望江南·鄉思〉五首，〔註18〕徐釚《詞苑叢談》卷
五記云：「滹沱河之南，柏棠村在焉，中有司徒梁蒼巖公別墅。……
嘗在燕邸作〈望江南〉數調云云。情致如許，讀之頓令人懷想趙郡
風物。」〔註19〕另〈望江南〉一調，尚有題「蕉林」八首，〔註20〕

〔註13〕《全宋詞》，冊1，頁69。
〔註14〕《詞話叢編》，冊2，頁1348。
〔註15〕詳河北省正定縣地方志編纂委員會編纂：《正定縣志》（北京：中國
　　　　城市出版社，1992年3月），頁855。
〔註16〕王雲五編：《續修四庫全書提要》（臺北：臺灣商務印書館，1972年
　　　　3月），冊12，頁726。
〔註17〕（清）宗元鼎：〈滿江紅·寄梁蒼巖先生〉，《全清詞·順康卷》，冊4，
　　　　頁2300。
〔註18〕《全清詞·順康卷》，冊4，頁2232。
〔註19〕（清）徐釚撰；王百里校箋：《詞苑叢談校箋》（北京：人民文學出

寫景清幽，風流秀麗。再者，梁氏精於鑑賞，乃清初著名收藏家，徐世昌《大清畿輔先哲傳》卷一稱云：「蒐藏金石文字、書畫、鼎彝之屬甲海內。」〔註21〕因之鑑賞名畫即成詞人閒適生活之重要內容。其〈如夢令・題畫扇〉詞云；

> 一夜西風輕剪，小院幽花初綻。芳沼立蜻蜓，掠水飛來庭畔。閒盼。閒盼。秋到江南深淺。〔註22〕

全詞清新淡雅，詞與畫相互交融，結句更使悠閒心境躍然紙上。譚瑩稱其「獨倚聲」，一方面係對詞人詞作之肯定，一方面係當代評價使然。蓋《棠村詞》於清初頗負盛名，與吳偉業《梅村詞》、龔鼎孳《香嚴詞》並稱，汪懋麟曾云：「錢塘令君梁冶媚（清標侄），預合吳祭酒梅村稿、龔司馬香嚴詞、與其家司農棠村集，彙梓行世。夫祭酒駘宕，司馬驚挺，司農起恆朔間，而有柳敧花嚲之致。彼河北、河南，代爲雄視，未若三公之旨一也。」〔註23〕陳廷焯《詞壇叢話》亦曰：「國初諸老之詞，論不勝論。而最著者，除吳、王、朱、陳之外，莫如棠村。」〔註24〕由此可見梁氏詞名之盛，故爲譚瑩所稱引。

三、論宋琬

宋琬（1614～1673），字玉叔，號荔裳，今山東萊陽人。清順治四年（1647）進士。授戶部主事，累遷永平兵備道、寧紹臺道。七年、康熙元年（1662）兩次被誣繫獄，得白，流寓吳越；尋起四川按察使，十二年以入覲卒於京師。詩與施閏章齊名，有「南施北宋」之稱。著有《二鄉亭詞》、《安雅堂未刻稿》附詞。譚瑩詩云：

> 窮始能工到樂章，曼聲哀豔越齊梁。詩文望重遭逢慘，淒

版社，1998 年 2 月），頁 282～283。

〔註20〕《全清詞・順康卷》，冊 4，頁 2215～2216。

〔註21〕（清）徐世昌撰《大清畿輔先哲傳》，周駿富輯：《清代傳記叢刊》（臺北：明文書局，1985 年），冊 198，頁 174。

〔註22〕《全清詞・順康卷》，冊 4，頁 2211。

〔註23〕（清）沈雄：《古今詞話・詞話下卷》引，《詞話叢編》，冊 1，816。

〔註24〕《詞話叢編》，冊 4，頁 3732。

絕萊陽宋荔裳。

首二句論詞人生平經歷對詞作之影響。「窮始能工」，承襲北宋歐陽修論詩所倡「窮而後工」〔註25〕之說；自歐氏以來，學者多從之。如蘇軾曾云：「秀語出寒餓，身窮詩乃亨。」〔註26〕往上追溯，則主要來自古人「發憤著書」之傳統。〔註27〕用「發憤」之說評宋琬，適足當之。蓋詞人少有才名，卻命運多舛；順治四年（1647）中進士，授戶部主事，累遷永平兵備道、寧紹臺道。仕宦生涯中，分別於順治七年（1650）與康熙元年（1662）兩次被誣繫獄，得白，流寓吳越，閒居八年之久。康熙十一年（1672）起用為四川按察使，次年入京述職，適逢吳三桂叛亂，成都破，妻女家室全陷於城，詞人憂苦交加，病逝於京城。綜觀其人一生劇苦，實同儕罕見，所作詩詞亦多淒愴之音，感慨深沉。次句「齊梁」，乃南朝齊、梁治國之地，以詞人「放歸」後，流寓江南一帶，故云。全句意謂：宋琬後期飄泊東南，在遷流輾轉之人生境遇下，所為詞作多哀感頑豔、嗟傷愁苦之音。如〈鷓鴣天・遣懷〉詞云：

> 咄咄書空喚奈何。自憐身世轉蹉跎。長卿已卷秋風客，坡
> 老休嗔春夢婆。朝梵夾，暮漁簑。閒中歲月易消磨。誰言
> 白髮無根蒂，只為窮愁種得多。〔註28〕

起句藉東晉名士殷浩旋起旋廢之歷史典故，〔註29〕抒發胸中鬱悶，並自傷身世飄泊之愁苦。結二句，以一問一答之手法，寄寓沉痛至極之內在心緒；題目「遣懷」，終乃「窮愁種得多」，足見愁緒難遣。全詞

〔註25〕（宋）歐陽修：《歐陽文忠公文集》卷四十二〈梅聖俞詩集序〉：「蓋世所傳詩者，多出於古窮人之辭也。……蓋愈窮則工，然則非詩人之能窮人，殆窮者而後工也。」（臺北：臺灣商務印書館），頁63。

〔註26〕（宋）蘇軾：《蘇軾詩集》卷三十三〈次韻仲殊雪中西湖二首〉（臺北：世界書局，1964年2月），頁81。

〔註27〕詳參張健：〈詩窮而後工說之探究〉一文，《幼獅學誌》第15卷第1期，1978年6月。

〔註28〕《全清詞・順康卷》，冊2，頁882。

〔註29〕此事詳（唐）房玄齡等：《晉書・殷浩傳》（北京：中華書局，1974年），卷七七列傳四七，冊7，頁2043～2047。

呈現作者有冤無處申，僅能於無奈中忍受莫名之愁苦煎熬，形象生動，淒切動人。又〈蝶戀花・旅月懷人〉一闋亦作於流寓時期，詞云：

> 月去疏簾纔數尺。烏鵲驚飛，一片傷心白。萬里故人關塞隔。南樓誰弄梅花笛。　　蟋蟀燈前欺病客。清影徘徊，欲睡何由得。牆角芭蕉風瑟瑟。虧伊遮掩窗兒黑。〔註30〕

全詞從望月興發羈旅之感、故人之思。上片「烏鵲驚飛」形象展現己身惶惶不安處心境，並藉聲音、影像，凸顯冷落淒清，以映襯自己「傷心」之情，此乃詞人主觀情感投射於客觀景物所產生之效應。全詞感慨深沉，幽咽淒涼，迥異於前期之清麗纏綿，如〈浣溪沙・芳草〉所謂：「殘雪纔消春鳥哢，畫闌於外草芊綿」〔註31〕是也。他如〈滿江紅・旅夜聞蟋蟀聲而作〉〔註32〕、〈念奴嬌・重過汪氏榮園〉〔註33〕等長調，則哀感頑艷、蒼涼悲愴，足為後期詞風之代表。

　　第三句則論困頓遭際，影響及於詩文。宋琬詩以沉鬱悲愴見長，古體尤多激憤之音：「繫獄慘情之描寫，宋琬較同時有類似遭遇之曹爾堪、王士祿，均更具體真實，怒而近怨」。〔註34〕如五言排律〈壬寅除夕作〉「繫械今時法，冤愆夙世因。殺機巧乃毒，妖夢幻耶真」；「有客哀同楚，何人哭向秦。木囊隨假寐，鐵索換垂紳」；「邱嫂懸絲活，孤兒對簿頻。踝枯還受榜，血濺不遑鞾」〔註35〕等，既有詩人淒苦之呻吟，並見揭露獄中真實之景況。又七古〈長歌寄懷姜如須〉一詩，〔註36〕回憶己身遭遇變化，情思激越，淒楚動人。至論其創作鼎盛期，當推康熙元年入獄，及往後流寓江南時期，所作文賦詩詞不僅數量多，藝術水準亦臻高峰。惟詞人遭逢坎坷，詩文卷本多散佚，原

〔註30〕《全清詞・順康卷》，冊2，頁886。
〔註31〕同上註，頁876。
〔註32〕同上註，頁894～895。
〔註33〕同上註，頁896。
〔註34〕嚴迪昌：《清詩史》（杭州：浙江古籍出版社，2002年12月），頁527。
〔註35〕辛鴻義、趙家斌：《宋琬全集》（濟南：齊魯書社，2003年8月），頁592。
〔註36〕同上註，頁380。

三十卷本之詩集早佚；《未刻稿》十卷，乃宋琬族孫宋邦憲刻於乾隆三十一年（1766）；另有不分卷數之分體詩，係散佚後集成。《四庫全書總目》列宋琬詩集於「別集類存目」，〈提要〉云：「（《安雅堂拾遺詩》無卷數）非但珠礫並陳，並恐眞贋莫別」，〔註37〕所論並不確實，列於存目，顯然低估作品之價值。故譚瑩曰「詩文望重遭逢慘」，一方面強調詞人困頓遭遇，於詩文創作有眞實反映，一方面則感嘆作品保存與評價亦頗受牽連，豈不哀哉！末句「萊陽宋荔裳」直陳詞人籍貫稱號，冠以「凄絕」二字，更見作者悲憫傷悼之意。

四、論彭孫遹

彭孫遹（1631～1700），字駿孫，號羨門，又號金粟山人，浙江海鹽（今浙江平湖）人。清順治十六年（1659）進士，官內閣中書。康熙十八年（1679）舉博學鴻詞第一，授編修；歷十年，遂至禮部侍郎，累官至吏部右侍郎兼翰林院掌院學士。著有《延露詞》，《金粟詞話》等。譚瑩詩云：

> 怯月凄花不可倫，即焚綺語（見《東皋雜鈔》）亦周秦。大
> 科名重千秋在，開國塡詞第一人（見《倚聲集》）。

首句「怯月凄花」，係引嚴繩孫評語：「羨門驚才絕豔，長調數十闋，固堪獨步江左。至其小詞，啼香怨粉，怯月凄花，不減南唐風格。」〔註38〕嚴氏將彭孫遹小詞比擬爲「啼香怨粉」、「怯月凄花」，以其豔麗本色「不減南唐風格」。此與彭孫遹論詞「以豔麗爲本色」之主張相符合，所著《金粟詞話》有云：

> 詞以豔麗爲本色，要是體製使然。如韓魏公、寇萊公、趙
> 忠簡、非不冰心鐵骨，勳德才望，照映千古。而所作小詞，
> 有「人遠波空翠」，「柔情不斷如春水」，「夢回鴛帳餘香嫩」
> 等語，皆極有情致，盡態窮妍。乃知廣平梅花，政自無礙。

〔註37〕（清）永瑢等：《四庫全書總目提要》（臺北：臺灣商務印書館，1983年10月），冊4，頁860。
〔註38〕（清）馮金柏：《詞苑萃編》卷八引，《詞話叢編》，冊2，頁1938。

〔註39〕
由引文可知，彭氏認爲詞之本色乃「豔麗」，係依詞之內在特質決定。蓋詞之產生原係士大夫抒寫閒情逸致，以及在宴飲游冶中助興所成，故其風格必屬清麗婉約、纏綿悱惻，與個人身份、德行並不相關。惟彭氏晚年卻有悔其少作之舉，據清・董潮《東臯雜鈔》卷一載：「彭少宰羡門，少以長短句得名，所刻《延露詞》，皆一時香豔之作。至暮年每自出價購之，百錢一本，隨得隨焚，蓋自悔其少作也。」〔註40〕清・吳衡照《蓮子居詞話》卷一引董氏所記而言：

> 董東亭（潮）《東臯雜鈔》：彭羡門晚年自悔其少作，厚價購其所爲《延露詞》，隨得隨毀。與《北夢瑣言》載晉和凝事適相類。文人自愛，率復爾爾。然陳王八斗，江郎五色，少宰天才俊豔，弗可及也。詞中如問病云云，閨恨云云，訊使云云，扶病云云，離別云云，旅夢云云，春盡日，有寄云云，螢火云云，蓮花云云，南窗睡覺云云，姿致幽眇，神味綿遠，良由取境高，故時逼秦柳。今人學《延露詞》，適得其纖佻褻狎之習，非所謂知音。〔註41〕

本詩首二句評說角度，與吳衡照所論基本相同。因之開始即稱嚴繩孫「怯月淒花」之評「不可倫」；「倫」，類也，不可倫，即不可比擬相類也，全句意謂：不可單以「怯月淒花」之「豔情」風貌概括彭孫遹詞風，由是接言「即焚綺語亦周秦」；「焚綺語」用董潮《東臯雜鈔》所記，彭氏悔其少作焚《延露詞》一事，吳衡照由此稱賞彭氏「少宰天才俊豔」，以其詞作「姿致幽眇，神味綿遠，良由取境高，故時逼秦柳」。譚瑩則謂「亦周秦」，比吳氏「時逼秦柳」之說更接近詞人創作面貌。蓋羡門妍秀，自近於秦觀，至若柳永，乍看風格確有相似處，惟細究之，柳永善慢詞，羡門工小令；《樂章集》豔而趨俚，而《延露詞》豔而近雅，雖均以「豔麗」見稱於世，

〔註39〕《詞話叢編》，冊1，頁723。
〔註40〕《叢書集成新編》（臺北：新文豐出版公司，1985年），冊89，頁235。
〔註41〕《詞話叢編》，冊3，頁2408。

終究發揮有別，由是呼應清初文藝思潮逐漸雅化之要求。〔註42〕此即彭孫遹雅詞創作趨向，不同於柳永，反近於周邦彥「富豔精工」之根本原因。

　　三、四句從詞人功名與詞史定位稱許其人。蓋詞人於康熙十八年（1679）舉博學鴻詞第一，往後仕途大致順遂，累官至吏部右侍郎兼翰林院掌院學士，此即「大科名重」之謂。末句更引王士禛《倚聲集》推許彭孫遹爲「近今詞人第一」〔註43〕之說，而曰：「開國塡詞第一人」，給予極高之評價。

五、論王士禛

　　王士禛（1634～1711），字子眞，一字貽上，號阮亭，別號魚洋山人，山東新城人。歿後避清世宗諱，改名爲士正，高宗命改書士禛。清順治十五年（1658）進士，選揚州推官，由禮部主事累遷少詹事，官至刑部尚書。著有《衍波詞》、《阮亭詩餘》等，並與周祇謨選輯《倚聲初集》。譚瑩詩云：

　　　　我朝供奉典裁詩，大筆淋漓顧曲宜。豔說君侯腸斷句，王揚州亦少年時。

首句「典裁」乃典莊而有體製之意，蓋魚洋論詩主「神韻」說，強調「沖淡閒遠」，體現「典雅含蓄」之詩風，順應當前統治者之選擇，導引出與「康熙盛世」相應之詩歌風尙，在相當程度上滌清清初以來沉鬱悲憤、橫放傑出之詩壇格局。於焉在上位者有意提倡、「供奉」王士禛「詩成味在酸鹹外，絕世風流潤太平」〔註44〕之「典裁詩」，

〔註42〕詳參劉浪：〈彭孫遹和他的《延露詞》〉，《陝西教育（理論版）》，（2006年第 Z1 期），頁 260。

〔註43〕（清）徐釚：《本事詩》後集卷九：「（彭孫遹）作小令長調，皆臻妙境，阮亭撰《倚聲集》推爲近今詞人第一。」《續修四庫全書》，册1699，頁 335。

〔註44〕于祉：《澹園詩選·論國朝山左詩人絕句》十二首之六，轉引自郭紹虞、錢仲聯、王遽常編：《萬首論詩絕句》（北京：人民文學出版社，1991 年 2 月），頁 848。

造就其領袖詩壇之宗主地位。﹝註45﹞本詩首句立說，即緣於此。正因王氏特具詩壇盟主之地位，故次句接言「大筆淋漓」，呼應詞人身份地位及創作影響；「顧曲」此處指填詞，全句意謂：詞人具有領袖詩壇之才名，以其文筆依調填詞，亦頗相宜。

綜觀王士禛之文學活動，其早年以詞著名，順治十七年（1660）三月赴揚州任通判，康熙四年（1665）離任，其間廣結文士，尤有諸多詞人相聚此地，彼此唱酬，盛況空前，遂構成以「廣陵」為中心之詞人群體。然隨著王士禛離任赴京後，即宣告其詞學活動已然終結。誠如顧貞觀〈論詞書〉所云：「漁洋復位高望重，絕口不談，於是向之言詞者悉去而言詩古文辭，回眎『花間』、『草堂』頓如雕蟲之見，恥于壯夫矣。」﹝註46﹞明言王士禛以詩名顯揚天下後，崇高之盟主地位，使他不再關注曼聲輕語、婉約動人之豔情小詞，如今傳世者，唯存詞人「揚州少年時」所作「君侯腸斷句」，此乃本詩三、四句立說之基礎。「豔說君侯腸斷句」，化用陳維崧和王士禛〈治春詩〉所云：「兩行小吏豔神仙，爭羨君侯斷腸句。」﹝註47﹞此詩作於王士禛揚州任內，譚瑩用之，懷想詞人少年風韻，亦隱含今昔對照之意。

六、論曹貞吉

曹貞吉（1634～1698），字升階，又字升六，號實菴，今山東安丘人。清康熙三年（1664）進士，考授內閣中書，出為徽州府同知，內召禮部儀制司郎中，調湖廣學政，尋以疾辭歸。工詩，為金臺十子之一。又工倚聲，有《珂雪詞》。譚瑩詩云：

> 千秋公論試評量，南渡詞人特擅場。十五家同收四庫，定知誰許魯靈光（我朝詞集《四庫》所收者唯《珂雪詞》、《十五家詞》，餘俱存目耳）。

﹝註45﹞關於王士禛領袖詩壇的過程，及背後特定的時代條件，詳參嚴迪昌：《清詩史》，頁421～481。

﹝註46﹞轉引自嚴迪昌：《清詞史》，頁59。

﹝註47﹞孫言誠點校：《王士禛年譜》（北京：中華書局，1992年），頁23。

首二句稱賞曹貞吉詞作，尤其著眼其詠物詞。朱彝尊《珂雪詞・詠物詞評》曾云：

> 詞至南宋始工，斯言出，未有大不怪者。惟實菴舍人意與予合。今就詠物諸詞觀之，心摹手追，乃在中仙、叔夏、公謹諸子，兼出入天游、仁近之間。北宋自方回、美成外，慢詞有此幽細綿麗否？若讀者仍謂不如北宋，則舍人亟藏之，俟後世子雲論定可矣。〔註48〕

譚瑩所論乃依其說，所謂「南渡詞人特擅場」者，即南宋詞人工於詠物之意，此論乃「千秋公論」。至於曹貞吉詠物詞亦頗有南宋詞之風韻，為時人稱道。宋犖評曰：「實菴詠物十首，彷彿《樂府補題》諸作，而一種窅渺之思，瑰麗之辭，與乎沉鬱頓挫之氣，直駕諸公（辛、柳）而上之，擬諸白石〈暗香〉、〈疏影〉之篇，何多讓焉！」〔註49〕如〈留客住・鷓鴣〉詞云：

> 瘴雲苦。遍五溪、沙明水碧，聲聲不斷，只勸行人休去。行人今古如織，正復何事關卿頻寄語。空祠廢驛，便征衫、濕盡馬蹄難駐。　　風更雨。一髮中原，杳無望處。萬里炎荒，遮莫摧殘毛羽。記否越王春殿，宮女如花，祗今惟賸汝。子歸聲續，想江深、月黑低頭臣甫。〔註50〕

此詞享譽一時，影響深遠，曹貞吉首唱之後，一時應和者不絕，掀起一股唱和風潮。其內容雖為詠物，實為懷人。蓋詞人惦念胞弟曹申吉事：申吉（1635～1680）於康熙十年（1671）四月出任貴州巡撫，兩年後，康熙十二年（1673）十一月「三藩」事起，吳三桂叛亂，申吉身陷其地，從此蹤跡不明。「三藩」亂平，定申吉為「逆臣」，曹貞吉此時之處境與心情當可想見。因此事難言，只能寄於弦外，故全詞遙思深慮，幽渺恍惚。起首即通過荒涼淒迷之圖景，結合鷓鴣悲鳴，並著一「苦」字，流

〔註48〕（清）曹貞吉：《珂雪詞》，《四庫全書存目叢書・集部》（臺南：莊嚴文化事業公司，1997年6月），冊240，頁416。
〔註49〕同上註。
〔註50〕《全清詞・順康卷》，冊11，頁6493。

露悲傷情調。下片用史事，言當年越王春殿宮女雲散，惟有鷓鴣尚存，結尾化用杜甫〈杜鵑〉〔註51〕詩意，抒發詞人對鷓鴣執著精神之憐惜與眷戀。而「鷓鴣」彷彿申吉物化，投荒念遠之感，皆寓其中。南宋·張炎《詞源》曾云：「詩難於詠物，詞尤為難。體認稍真，則拘而不暢；模寫差遠，則晦而不明。要須收縱聯密，用事合題。一段意思，全在結句，斯為絕妙。」〔註52〕依此評貞吉詠鷓鴣一詞，實頗能臻此妙境。此外，〈掃花遊·春雪，用宋人韻〉〔註53〕一詞，亦通過詠物寄託傷離念遠之情，全詞低回要眇，綿密工細，清·陳廷焯《白雨齋詞話》卷三稱「最愛」詞人此作，並云：「綿雅幽細，斟酌於美成、梅溪、碧山、公謹而出之者。」〔註54〕衡諸本詩首二句所論，譚瑩對曹貞吉詞作承襲南宋幽深雅麗之詞風，頗有體認，稱賞之情亦可見之。近代盧前〈望江南·飲虹簃論清詞百家〉評曹貞吉詞更明言：「標南宋，始自實菴詞。心往手追張叔夏，幽深綿麗已兼之。周賀不同時。」〔註55〕綜合此等論點，更有助於吾人體認曹貞吉詞，並給予客觀之評價。

三、四句承上而來，依循譚瑩稱賞詞人詞作，以具體事證呼應首句：「千秋公論試評量」。此事依作者自注云：「我朝詞集《四庫》所收者唯《珂雪詞》、《十五家詞》，餘俱存目耳。」「十五家詞」即孫默採輯並世詞家之著作，匯編成《國朝名家詩餘》一集，《四庫全書總目·十五家詞提要》云：

> 是編所輯國朝諸家之詞，有專集者凡十有五人：吳偉業《梅

〔註51〕杜甫〈杜鵑〉詩云：「我昔遊錦城，結廬錦水邊。有竹一頃餘，喬木上參天。杜鵑暮春至，哀哀叫其間。我見常再拜，重是古帝魂。」

〔註52〕《詞話叢編》，冊 1，頁 261。

〔註53〕全詞為：「元宵過也，看春色靡蕪，澹煙平楚。涇雲萬縷。又清陰作暈，蜂兒亂舞。一夜梅花，暗落西窗似雨。飄搖去。試問逐風，歸到何處。　燈事繞幾許。記流水鈿車，畫橋爭路。蘭房列俎。歎薌華易擲，鬢絲堆素。擁斷關山，知有離人苦。漫憑竚。聽寒城數聲譙鼓。」《全清詞·順康卷》，冊 11，頁 6489。

〔註54〕《詞話叢編》，冊 4，頁 3828。

〔註55〕陳乃乾輯：《清名家詞·飲虹簃論清詞百家》（上海：上海書店，1982年 12 月），頁 3。

村詞》二卷，梁清標《棠村詞》三卷，宋琬《二鄉亭詞》
二卷，曹爾堪《南溪詞》二卷，王士祿《炊聞詞》三卷，
尤侗《百末詞》二卷，陳世祥《合影詞》二卷，黃永《溪
南詞》二卷，陸求可《月湄詞》四卷，周祇謨《麗農詞》
二卷，彭孫遹《延露詞》三卷，王士禛《衍波詞》二卷，
董以寧《蓉渡詞》三卷，陳維崧《烏絲詞》四卷，董俞《玉
鳧詞》二卷。〔註56〕

其中匯集清初著名詞家詞集，於當時影響甚大，《四庫》收錄誠屬當
然，然個人詞集獨收曹貞吉之《珂雪詞》，於嚴選之下，給予曹氏詞
極高之評價與殊榮。譚瑩用此事，曰「定知誰許魯靈光」；「魯靈光」，
係漢代魯恭王所建靈光殿，屢經戰亂而巋然獨存，後因以稱碩果僅存
之人、事、物，以此稱揚詞人，頗有蓋棺論定之意。

七、論尤侗

　　尤侗（1618～1704），字同人，更字展成，別字晦庵，號艮齋，
晚號西堂老人，江蘇長州（今蘇州）人。清順治五年（1648）以鄉貢
除永平府推官，坐撻旗丁降調。康熙十八年（1679）應博學鴻詞，授
翰林院檢討，纂修明史。二十一年（1682）告歸家居，著有《西堂全
集》，《百末詞》六卷。譚瑩詩云：

　　　　語本天然筆不休，將軍射虎也封侯。老名士是眞才子，法
　　　　曲飄零總淚流。

首句「語本天然」係詞人創作所持之觀點；蓋尤侗論詞重內質，認爲
「詞之佳者，正以本色漸近自然，不在鏤金錯采爲工也。」〔註57〕惟
需強調者，尤氏並不擯斥華彩，所撰〈南耕詞序〉云：「協律而語不
工，打油釘鉸，俚俗滿紙，此伶人之詞，非文人之詞也。文人之詞，
未有不情景交集，聲色兼妙者。」〔註58〕所論無非性情與華彩之融合，

〔註56〕《四庫全書總目提要》，冊5，頁322～323。
〔註57〕（清）馮金柏：《詞苑萃編》卷八「品藻」引，《詞話叢編》，冊2，
　　　　頁1940。
〔註58〕（清）曹亮武：《南耕詞》，《續修四庫全書》，冊1725，頁1。

特兩者相較，「天然」性情尤重於詞采雕琢耳。清・曹爾堪〈百末詞序〉評尤侗詞曰：「天然綺豔，粉黛生妍」，又：「天然工妙，直兼蘇、辛、秦、柳諸家之長」。〔註59〕本詩首句評語即以曹氏序文立論。「筆不休」則就詞人具體創作而言，尤氏存詞約三百首，〔註60〕相較同時期詞人，頗有一定份量，故云。

　　次句「將軍射虎」化用尤侗〈金人捧露盤・盧龍懷古〉〔註61〕詞句：「南山射虎，將軍霹靂吼雕弓」。順治五年（1648），尤侗以鄉貢除永平府推官，駐地盧龍。「盧龍塞」位於河北喜峰口附近，地勢險峻，自古為北方邊關要塞，漢代「飛將軍」李廣即曾鎮守此地，「將軍射虎」正吟詠李廣英勇射虎之壯舉。〔註62〕全詞風格悲壯，藉由對古往英雄之景仰，寄寓自己建功立業之壯志。下片云：「問當年，人安在」？乃詞人弔古傷今，含蓄表露自己英雄失志、報國無門之苦悶心境。至於「也封侯」則反用李廣未得封侯一事，所謂「馮唐易老，李廣難封」是也。惟將軍射虎之壯舉雖未得封侯，詞人歌詠其事，卻能於康熙十八年（1679）應博學鴻詞，授翰林院檢討，而其才名亦顯，頗得上位者稱賞。據《悔菴年譜》載，尤侗曾為順治推為「真才子」，為康熙嘆為「老名士」；詞人對此深為感恩，亦頗自得，晚年更撰對聯自賞：「真才子章皇帝語，老名士今上玉音。」〔註63〕本詩第三句所言即此。

　　末句用事，據清・王士禛《池北偶談》卷十五〈談藝五〉所記，

〔註59〕（清）尤侗：《百末詞》，《續修四庫全書》，冊1724，頁89。

〔註60〕據《全清詞・順康卷》收錄共三百一十首。

〔註61〕全詞為：「出神京。臨絕塞，是盧龍。想榆關、血戰英雄。南山射虎，將軍霹靂吼雕弓。大旗落日，鳴笳起、萬馬秋風。　　問當年，人安在，流水咽，古城空。看雨拋、金鎖苔紅。健兒白髮，閒驅黃雀野田中。參軍暗幘，戍樓上、獨數飛鴻。」《全清詞・順康卷》，冊3，頁1543。

〔註62〕《史記・李將軍列傳》載：「廣出獵，見草中石，以為虎而射之，中石沒鏃，視之石也。因復更射之，終不能復入矣。廣所居郡聞有虎，嘗自射之。及居右北平射虎，虎騰傷廣，廣亦竟射殺之。」

〔註63〕（清）尤侗編：《悔菴年譜》，北京圖書館編：《北京圖書館藏珍本年譜叢刊》（北京：北京圖書館出版社，1999年），冊73，頁627～628。

尤侗仕途失意時，王氏曾寄贈尤侗詩云：「南苑西風御水流，殿前無復按梁州。淒涼法曲人間遍，誰付當年菊部頭？」「猿臂丁年出塞行，灞陵醉尉莫相輕。旗亭被酒何人識，射虎將軍右北平。」尤侗讀之，不禁感懷泣下。〔註64〕蓋詞人任永平府推官，三年後因坐撻旗丁降調，罷職南歸。此乃尤侗早年「眞才子」時期遭逢嚴重打擊，至「老名士」方得享盛譽，他以八十七歲高齡，幾乎完整閱歷順治、康熙兩朝，而此絕亦巧妙概括詞人前後期之生平境遇，頗有不勝慨嘆之意存焉。

八、論吳綺

吳綺（1619～1694），字薗次，一字豐南，號聽翁，一號菰叟，別號紅豆詞人，江蘇江都（今揚州）人。清順治十一年（1654）拔貢，授中書舍人。奉詔譜楊椒山傳奇稱旨，出守湖州知府。著有《林蕙堂集》、《藝香詞》。譚瑩詩云：

> 奉敕塡詞教小伶，人非曾覿（海野）卻曾經。我如十五雙
> 鬟女，把酒東風祝不停。

首句用詞人事，清・徐釚《本事詩》後集卷十載：「薗次，少讀書康山之麓，既而待詔金馬，奉敕塡詞，流傳宮掖，人都目爲江都才子。」〔註65〕不惟如此，吳綺又善作曲，曾「奉詔譜《椒山樂府》，遷武選司員外郎，蓋即以椒山原官官之，寵異至矣。出守湖州，多惠政」。〔註66〕經由詞人奉敕塡詞譜曲，並稱上意之事，譚瑩聯想及於南宋初期宮廷詞人曾覿，〔註67〕以曾氏長於應制唱酬，頗得上位者歡心，故次句承上而來。惟特別強調「人非曾覿」，蓋曾氏爲人逢迎，風骨不高，而吳綺在湖州任上，「多風力，尙風節，饒風雅」，有「三風太守」

〔註64〕 詳勒斯仁點校：《池北偶談》，《清代史料筆記叢刊》（北京：中華書局，1997年12月），下冊，頁357。
〔註65〕《續修四庫全書》，冊1699，頁356。
〔註66〕（清）李元度：《國朝先正事略》卷三十九，《續修四庫全書》，冊539，頁85。
〔註67〕 詳參本文第五章第一節「論曾覿」部分。

之稱，終以「失上官意罷歸」。由是知其為人饒有風骨，與曾覿不同；所同者，惟在經歷，故曰「卻曾經」。

三、四句化用吳綺著名之〈醉花間・春閨〉詞，茲錄全詞如下：

思時候。憶時候。時與春相湊。把酒囑東風，種出雙紅豆。

鴉啼門外柳。逐漸教人瘦。花影暗窗紗，最怕黃昏又。

〔註68〕

詞人因此作稱名，被冠以「紅豆詞人」之雅號，據清・徐釚《詞苑叢談》卷九記：「吳湖州詞，有『把酒祝東風，種出雙紅豆。』梁溪顧氏女子見而悅之，日夕諷詠，四壁皆書二語，人因目湖州為『紅豆詞人』。」〔註69〕本詩末句正化用「把酒祝東風」一句，由於全詞寫女子春閨春愁，相思戀情，故作者賞愛之際，亦幻化為「十五雙鬟」豆蔻年華之少女，同樣「把酒東風祝不停」。由是可知，吳綺此詞具有強烈之感染力，莫怪乎「梁溪顧氏女子」「日夕諷詠」。本詩三、四句，一方面稱賞詞人此作營構濃郁感人之相思氛圍，另一方面亦暗用此詞殊為少女所喜之流傳軼事，印證詞人藝術手法之高明。

九、論顧貞觀

顧貞觀（1637～1714），字華峰，號梁汾，今江蘇無錫人。清康熙五年（1666）舉人，擢秘書院典籍。七年，丁外艱歸。十五年，再入京，館納蘭相國家，與成德交契。二十三年還鄉，築積書巖終老。著有《彈指詞》。譚瑩詩云：

無情誰許作詞人，情摯惡能語逼真。遠寄漢槎金縷曲，山陽思舊恐難倫。

本詩論詞人顧貞觀，皆著眼於詞人「有情」之角度立說。清・杜詔〈彈指詞序〉曾云：「若《彈指》則極情之至，出入南北兩宋，而掩有眾

〔註68〕《全清詞・順康卷》，冊 3，頁 1704。案：「把酒囑東風」一句，他本引「把酒祝東風」。

〔註69〕（清）徐釚撰；王百里校箋：《詞苑叢談校箋》，頁 565。

長，詞之集大成者。」〔註70〕杜氏曾受業於顧貞觀，文中從「緣情綺
靡」之傳統觀點出發，強調貞觀詞「極情之至」，自有依據。譚瑩承
其說而曰：「無情誰許作詞人，情摯惡能語逼眞」，二句從反面、疑問
語氣強化立論基礎，意謂：其人若無情則不足以爲詞家；若沒有眞摯
之情感，又如何能創作如此逼眞貼切之詞語？由是，譚瑩從「極情之
至」之角度論顧詞之意十分鮮明；爲加強立論觀點，三、四句更引詞
人詞作以爲明證。

　　顧貞觀「極情之至」之詞作代表，當推寄吳兆騫之〈金縷曲〉兩
首，詞云：

> 季子平安否。便歸來、平生萬事，那堪回首。行路悠悠誰
> 慰藉，母老家貧子幼。記不起、從前杯酒。魑魅擇人應見
> 慣，總輸他、覆雨翻雲手。冰與雪，周旋久。　　淚痕莫
> 滴牛衣透。數天涯、依然骨肉，幾家能彀。比似紅顏多命
> 薄，更不如今還有。只絕塞、苦寒難受。廿載包胥承一諾，
> 盼烏頭、馬角終相救。置此札，兄懷袖。
>
> 我亦飄零久。十年來、深恩負盡，死生師友。宿昔齊名非
> 忝竊，只看杜陵窮瘦。曾不減、夜郎僝僽。薄命長辭知己
> 別，問人生、到此淒涼否。千萬恨，爲兄剖。　　兄生辛
> 未吾丁丑。共些十、冰霜摧折，早衰蒲柳。詞賦從今須少
> 作，留取心魂相守。但願得、河清人壽。歸日急繙行戍藁，
> 把空名、料理傳身後。言不盡，觀頓首。〔註71〕

首章題序云：「寄吳漢槎寧古塔，以詞代書。丙辰冬，寓京師千佛寺，
冰雪中作。」「漢槎」即吳兆騫字，本詩第三句蓋指此事。清順治年
間，吳兆騫因科場案受誣陷，順治十六年（1659）遭流放至北方絕寒
之地──寧古塔（今黑龍江寧安）。康熙十五年（1676），顧貞觀入大
學士明珠府中任教，求援於明珠之子納蘭性德，一時未允。同年冬，
詞人寄〈金縷曲〉二首以代書信給遠方摯友──吳兆騫。性德讀之，

〔註70〕《詞籍序跋萃編》，頁 542。
〔註71〕以上兩詞，見《全清詞・順康卷》，冊 12，頁 7123～7124。

「爲泣下數行，曰：『河梁生別之詩，山陽死友之傳，得此而三，此事三千六百日中，弟當以身任之，不俟兄再囑也。』」在性德竭力營救之下，吳兆騫果於康熙二十年（1681）歸來。〔註72〕此二詞聲情悲壯，意境淒愴哀苦，歷來評價甚高，如清・謝章鋌《賭棋山莊詞話》卷七云：「濃摯交情，蒼茫離思，愈轉愈深，一字一淚。吾想漢槎當日，得此詞於冰天雪窖間，不知何以爲情。」〔註73〕陳廷焯《白雨齋詞話》亦盛讚二詞：「只如家常說話，而痛快淋漓，宛轉反覆，兩人心跡，一一如見。雖非正聲，亦千秋絕調也。（詞略）二詞純以性情結撰而成，悲之深，慰之至。丁寧告戒，無一字不從肺腑流出。可以泣鬼神矣。」〔註74〕謝、陳兩人所論，皆由「至情」之角度給予顧氏二作極高之評價。譚瑩特言「遠寄漢槎金縷曲」，亦旨在呼應首二句所強調詞人深情眞摯之形象。蓋二詞乃詞人「極情之至」所生，根源在於「情」，足以生死與之。依此，反駁性德「山陽思舊」之擬，蓋向秀撰〈思舊賦〉以吊嵇康，云：「悼嵇生之永辭兮，顧日影而彈琴。託運遇於領會兮，寄餘命於寸陰。聽鳴笛之慷慨兮，妙聲絕而復尋。停駕言其將邁兮，遂援翰而寫心。」〔註75〕文辭劌切動人，然相較兩人友情，終不若顧氏之於吳兆騫，竭盡己身營救摯友，而發之於詞，更是「宛轉反覆」、「丁寧告戒」，全然一片熾烈深情，故曰「山陽思舊恐難倫」，立論即此。

十、論納蘭性德

納蘭性德（1655～1685），原名成德，避太子諱，改今名。字容若。滿州正黃旗人。太傅明珠子。清康熙十二年（1673）舉人，十五年成進士，官侍衛。師事徐乾學，與嚴繩孫、顧貞觀、陳維崧等交善，

〔註72〕詳顧氏撰此詞跋語。

〔註73〕《詞話叢編》，冊4，頁3414。

〔註74〕《詞話叢編》，冊4，頁3832～3833。

〔註75〕（梁）蕭統編：（唐）李善注：《文選》卷十六（臺北：華正書局，1995年10月），頁230。

著有《通志堂詞》。譚瑩詩云：

> 家世文章第一流，如猿啼夕雁吟秋。縱王内史生平似（見
> 《茶餘客話》），何必言愁也欲愁。

首句明言詞人家世與文章皆屬上乘。所以云「第一流」者，蓋詞人貴爲康熙時期太傅之子，康熙十二年（1673）應殿試，後賜進士出身，官一等侍衛，主傳宣之職，出入扈從，尊顯甚矣，並深得康熙帝隆遇，此所以稱詞人「家世」一流也。至若詩詞文章，益爲時人所推重，徐乾學稱其「善爲詩，在童子已句出驚人，久之益工，得開元、大曆間風格」；「精工樂府，時謂遠軼秦柳。所刻《飲水》《側冒》詞，傳寫遍於村校郵壁，海内文士，競所摹倣。」〔註76〕此所以稱詞人「文章」一流也。

次句化用性德〈滿庭芳・題元人蘆洲聚雁圖〉詞意，茲先引錄如次：

> 似有猿啼，更無漁唱，依稀落盡丹楓。涇雲影裏，點點宿賓鴻。占斷沙洲寂寞，寒潮上、一抹煙籠。全不似，半江瑟瑟，相映半江紅。　楚天秋欲盡，荻花吹處，竟日冥濛。近黃陵祠廟，莫采芙蓉。我欲行吟去也，應難問、騷客遺蹤。湘靈杳，一樽遙酹，還欲認青峰。〔註77〕

此首題畫詞，意境幽遠，淒清蒼涼，緊扣畫作吟雁主題，同時寄寓己身孤寂淒涼之感，抒情境界很高。容若死後，父明珠將此圖呈獻大內，至乾隆朝，殊爲皇帝所賞，評其「能品」，並御題行書：「雨宿風鳴致各超，叢蘆苦竹恣逍遙。冥鴻無意工商調，那問冰弦第幾條。」譚瑩化用此詞，當應乾隆稱賞之事，由是呼應首句「一流」之說。

第三句用事，據清・阮葵生《茶餘客話》卷九載：

> 成容若，十七爲諸生，十八舉鄉試，十九成進士，二十二受侍衛。天資英絕，蕭然若寒素；擁書數萬卷，彈琴歌曲，評書畫以自娛。不知爲宰相子也。書學褚河南，幼善騎射，

〔註76〕（清）徐乾學：《憺園文集》卷三十一〈通議大夫一等侍衛進士納刺君神道碑文〉，《四庫全書存目叢書・集部》，冊243，頁255。

〔註77〕《全清詞・順康卷》，冊16，頁9593。

自入環衛，益便習，發無不中。扈蹕塞垣，雕弓牙籤，環
列屬帳。以意製器，多巧倕所不能到。嘗讀趙松雪〈自寫
照〉詩有感，即繪小像，倣其衣裝。座客或期許太過，皆
不應。徐東海曰：「爾何酷似王逸少」，乃大喜。〔註78〕

「王內史」即引文中「王逸少」，係指東晉著名書法家王羲之（321？
～379？），字逸少，號澹齋，官至右軍將軍，會稽內史。依《茶餘
客話》所記，徐乾學稱容若「酷似王逸少」，應以兩人風采氣質肖似，
而譚瑩則強調「生平」相似，當就兩人皆出身貴族，仕宦順遂，且
有極高之藝術涵養。由是興起下句詩意，以詞人長於創作，無須刻
意滿紙「言愁」，即能深情體現愁思萬端之狀。清・楊芳燦〈納蘭詞
序〉曾云：「先生貂珥朱輪，生長華膴，其詞則哀怨騷屑，類憔悴失
職者之所為。蓋其三生慧業，不耐浮塵；寄思無端，抑鬱不釋。韻
淡疑仙，思幽近鬼；年之不永，即兆於斯。」〔註79〕此說可為本詩
註腳。

十一、論毛奇齡

毛奇齡（1623～1716），又名甡，字大可，號西河，人稱西河先
生。浙江蕭山（今杭州）人。清康熙十八年（1679）薦舉博學鴻儒，
列二等，授翰林院檢討，充《明史》纂修。二十四年（1685）充會試
同考官。尋假歸，以痺疾不復出，居杭州，講學撰述，所著凡四百餘
卷，含《毛翰林詞》、《詞話》等。譚瑩詩云：

沉博文章點筆成，酒樓妓館倏知名。陳周徐庾唐溫李，轉
作詞家總正聲。

首句「沉博文章」，謂詞人博學雄才；「點筆成」，則言其著述宏富，
所撰凡四百餘卷，著作等身，足居清初眾家之首。次句言詞人軼事，
據毛奇齡〈調笑令・馮二〉題序云：「馮二，馬洲當壚者也。倩鍾子

〔註78〕（清）阮葵生：《茶餘客話》（臺北：世界書局，1963 年 4 月），頁
231。
〔註79〕《詞籍序跋萃編》，頁 550。

由解玤桃枝詞而就玤焉。玤渡江行，不得從。」〔註80〕「當壚」指賣酒，則馮二當爲酒樓賣酒女子。此事清‧陳康祺《燕下鄉脞錄》卷一六曾載云：

> 毛西河……人呼小毛子，性恢奇，負才任達，善詩歌樂府填詞，所爲大率託之美人香草，以寫其騷激之意，纏綿綺麗，按節而歌，使人悽悅。又能吹簫度曲。遊靖江，當壚馮氏者，悅其詞，欲私就之，西河謝曰：「彼美不知我，直以我爲狂夫也！」徑去。〔註81〕

西河善寫小令短章，情詞婉麗多致，風姿綽約，故酒樓女子慕名而奔，其事傳揚一時，由是知名。

　　三、四句承上而來，蓋西河「以寫其騷激之意，纏綿綺麗，按節而歌，使人悽悅」，故有「當壚馮氏者，悅其詞，欲私就之」，其詞動人若此，必因於高明之藝術手法，故清‧徐釚《本事詩》後集卷十一評曰：「大可歌詞纖靡淫佚，上駕徐、庾，下掩溫、李。會稽姜埰〈當樓集序〉曰：『河右詩詞，一本三百篇，故溫麗其體，而精深其旨，若其語則工妙備矣。』」〔註82〕本詩第三句係化用徐氏評語，「陳周徐庾」，分指陳朝徐陵與北周庾信，爲宮體詩人代表，所作詩歌輕豔流蕩，富於辭采之美；「唐溫李」，則指晚唐詩人溫庭筠與李商隱，兩人詩歌以華靡穠麗並稱，時號「溫李」。由是徐、庾、溫、李皆以華靡詩風著稱，其作品於詩壇評價不一，惟西河承襲南朝宮體、晚唐詩風「溫麗精深」、「綺麗纏綿」之筆法，正適於寫作小詞，故曰「轉作詞家總正聲」。

十二、論徐釚、吳兆騫

　　徐釚（1636～1708），字電發，號拙存，又號虹亭，晚號楓江漁

〔註80〕《全清詞‧順康卷》，冊6，頁3714～3715。

〔註81〕王德毅主編：《叢書集成三編》（臺北：新文豐出版公司，1997年），冊68，頁624。

〔註82〕《續修四庫全書》，冊1699，頁363。

父，今江蘇吳江人。少工詩詞古文，善畫山水，入愼交社，聲譽日盛。
清康熙十八年（1679）由國學生薦試博學鴻儒，授翰林院檢討，會當
外轉，遽乞歸。有《菊莊詞》、《南州草堂詞話》等，並輯《詞苑叢談》。
吳兆騫（1631～1684），字漢槎，今江蘇吳江人。爲愼交社眉目，與
同聲社有隙。清順治十四年（1657）中舉，罹科場之獄，遣戍寧古塔
二十三年，摯友顧貞觀爲之求援於納蘭氏，又得昔日社盟徐乾學等釀
金納贖，得放歸。有《秋笳集》。譚瑩詩云：

> 偶然聲價重雞林，詞苑叢談說賞音。此事何嘗關閱歷，秋
> 笳（集名）窮塞入孤吟。

本詩合論徐釚與吳兆騫兩位詞人。首二句論徐釚；「雞林」乃古國名，
即新羅，首句用事。據清・阮葵生《茶餘客話》載：

> 吳漢槎戍寧古塔。行笥攜徐電發《菊莊詞》、成容若《側帽
> 詞》、顧梁汾《彈指詞》三冊。會朝鮮使臣仇元吉、徐良崎
> 見之。以一金餅購去。元吉題《菊莊詞》云：「中朝寄得《菊
> 莊詞》，讀罷煙霞照海湄。北宋風流何處是，一聲鐵笛起相
> 思。」〔註83〕

清・傅燮詷〈菊莊詞序〉亦云：「聞高麗使臣在寧古，曾以金一餅，易
《菊莊詞》一帙，且題絕句以詠歎之。是誠先生之才名，薄海內外無
有不知者。」〔註84〕故曰「偶然聲價重雞林」，即指徐釚詞集揚名朝鮮
一事。次句「詞苑叢談」，乃徐釚輯錄時賢詞話，分體製、音韻、品藻、
紀事、辯證、諧謔、外編七門，十二卷。此書分類較清・沈雄《古今
詞話》有明顯進步，摘錄書籍一百五十餘種，爲後來《歷代詩餘・詞
話》、《詞苑萃編》之藍本，對於文獻保存貢獻頗大。譚瑩此處提及《詞
苑叢談》一書，卻非強調詞人輯錄時賢詞話之功績，而係承首句而來，
指徐釚於所輯《詞苑叢談・品藻》述及此事，〔註85〕故曰「說賞音」。

〔註83〕（清）阮葵生：《茶餘客話》，頁 335。
〔註84〕轉引自尤振中、尤以丁編著：《清詞紀事會評》（合肥：黃山書社，
　　　　1995 年 12 月），頁 266。
〔註85〕（清）徐釚《詞苑叢談》卷五〈品藻三〉：「余舊有《菊莊詞》，爲吳

　　第三句從賞音之說巧妙接言「此事何嘗關閱歷」，由是轉向論吳兆騫詞。所以特別提及「閱歷」，乃因詞人經歷順治十四年（1657）之「科場案」，家產籍沒，並流徙寧古塔。而此段經歷，正扣合首二句徐釚詞集流傳朝鮮之事。對吳兆騫而言，發配寧古塔時年僅二十七、八，苦戍塞外長達二十二年，雖得摯友顧貞觀營救生還，未幾年即下世，當時所受之摧殘折磨可以想見。末句「秋笳窮塞入孤吟」所言即詞人流配邊塞，孤寂寒吟之詞作。惟吳兆騫《秋笳詞》據著錄有兩卷，如今卻僅殘存三首，皆吟詠詞人置身苦寒之心境，如〈百字令・家信至有感〉詞云：

> 牧羝沙磧，待風鬟、喚作雨工行雨。不是垂虹亭子上，休盼綠楊煙樓。白葦燒殘，黃榆吹落，也算相思樹。空題裂帛，迢迢南北無據。　　消受水驛山程，燈昏被冷，夢兒中叨絮。兒女心腸英雄淚，抵死偏縈離緒。錦字閨中，瓊枝海角，辛苦隨窮戍。柴車冰雪，七香金犢何處。〔註86〕

全詞描寫苦寒之地生活環境之惡劣，於現實景況中道盡淒情苦語，非身臨其境者無以承載。詞人將眼前心頭之苦悶怨憤，以直敘賦筆寫出，淋漓盡致排遣其內在之淒苦。此乃現實之生活，雖有「兒女心腸英雄淚」，卻非清麗宛轉、閨情相思所能規範。尤其倚聲填詞一事，非關閱歷，端緣「人窮而後詩工」；一如吳兆騫置身窮塞，方能將所感所思，孤吟成《秋笳集》也。

十三、論朱彝尊

　　朱彝尊（1629～1709），字錫鬯，號竹垞，又號金風亭長，晚號小長蘆釣魚師，浙江秀水（今嘉興市）人。清康熙十八年（1679）薦

孝廉漢槎在寧古塔寄至朝鮮。有東國會都護府記官仇元吉題余詞……同時有以成容若《側帽詞》、顧梁汾《彈指詞》寄朝鮮者，朝鮮人有『誰料曉風殘月後，而今重見柳屯田』句。惜全首不傳。」王百里校箋：《詞苑叢談校箋》，頁292。
〔註86〕《全清詞・順康卷》，冊10，頁5986。

舉博學鴻詞，授檢討，纂修明史。罷歸後，專心著述，以經學鳴於時。
詩文與詞，亦享盛譽。詩與王士禛齊名，為南北二大宗；詞與陳維崧
合稱朱陳。選輯《詞綜》行世，風靡當代，開浙西詞派。有《眉匠詞》、
《江湖載酒集》、《靜志居琴趣》、《茶煙閣體物集》、《蕃錦集》，總稱
《曝書亭詞》。譚瑩詩云：

> 齊名當代說王朱，樂府還能抗手無。少日桐花名麗絕，也
> 應心折小長蘆。

首句意謂：朱彝尊詩歌與王士禛齊名。最早提及「朱王」詩歌並驅
者，見於清趙執信《談龍錄》云：「或問於余曰：『阮翁其大家乎？』
曰：『然。』『孰匹之？』余曰：『其朱竹垞乎！王才美於朱，而學
足以濟之；朱學博於王，而才足以舉之。是真敵國矣。他人高自位
置，強顏耳。』」〔註87〕其後薛雪《一瓢詩話》亦曰：「朱王兩公，
南北名家，騷壇宗匠。」〔註88〕可見當代視「南朱北王」為詩壇宗
匠，遂有「齊名」之說。次句由詩壇轉而論詞壇地位，曰「樂府還
能抗手無」？以反詰語氣強調，若論詞體創作，王士禛則無法與朱
彝尊相抗衡。

　　三、四句承上而來，進一步闡明王氏詞作不若朱彝尊。「少日桐
花」係指王氏年少所作〈蝶戀花・和漱玉詞〉。〔註89〕王士禛《香祖
筆記》卷十記云：「初，予少年和李清照《漱玉詞》云：『郎似桐花，
妾似桐花鳳。』劉公勇（體仁）戲呼『王桐花』。」〔註90〕徐釚《詞
苑叢談》卷五亦載：「王阮亭〈和漱玉詞〉，有『郎似桐花，妾似桐花

〔註87〕王夫之等撰：《清詩話》（上海：上海古籍出版社，1999年6月），頁
　　　　316。
〔註88〕同上註，頁684。
〔註89〕全詞為：「涼夜沈沈花漏凍。敧枕無眠，漸聽荒雞動。此際閒愁郎不
　　　　共。月移窗罅春寒重。　　憶共錦裯無半縫。郎似桐花，妾似桐花
　　　　鳳。往事迢迢徒入夢。銀箏斷絕連珠弄。」《全清詞・順康卷》，冊
　　　　11，頁6561。
〔註90〕《四庫筆記小說叢書・池北偶談外三種》（上海：上海古籍出版社，
　　　　1993年7月），頁510。

鳳。』之句，長安盛稱之，遂號爲『王桐花』。」〔註91〕詩曰「名麗絕」，蓋指王氏年少所作豔詞，如〈蝶戀花・和漱玉詞〉一首，極盡孤眠之淒清，哀豔深情，稱名於世。末句筆鋒一轉，曰：「也應心折小長蘆」。「小長蘆」即朱彝尊，晚號小長蘆釣魚師。二句意謂：王氏早年雖有「桐花」麗詞稱名當代，若與朱氏詞相較，亦應心生佩服矣！

　　本詩雖未就詞人詞作具體評賞，而作者稱賞之意實不言可喻。誠然，就詞史地位與影響而論，王士禛本不及朱彝尊，此二人專力方向不同所致，誠如近人嚴迪昌所云：

> 世稱「南朱北王」的朱彝尊、王士禛二位大詩人，朱竹垞以詩鳴於前，轉而卻以「浙西」一派宗師稱盟主於詞壇；王漁洋以詞早著聲名，建壇立站盛極一時，可又轉去專力爲詩，創「神韻」之宗而揚名天下。〔註92〕

平心而論，竹垞詩亦難與漁洋匹敵，兩人各有專擅，於康熙朝引領一代文風。

十四、論陳維崧

　　陳維崧（1625～1682），字其年，號迦陵，今江蘇宜興人。清康熙十八年（1679）薦應博學鴻儒科，試列一等，授翰林院檢討，與修明史。詞作數量浩繁，今傳世者達千七百首。生前刻有《烏絲詞》，歿後蔣景祁刻天藜閣本《陳檢討詞》，《湖海樓詞集》三十卷本，係其四弟陳宗石所編定。譚瑩詩云：

> 載酒江湖竟讓誰，疎狂不減杜分司。銅琵鐵板紅牙拍，各叶迦陵絕妙詞。

首句係化用唐・杜牧〈遣懷〉詩首句：「落魄江湖載酒行」，〔註93〕意謂陳維崧爲人豪邁，無與匹敵。次句化用清・吳綮〈九青圖詠〉：「狂言不

〔註91〕（清）徐釚撰；王百里校箋：《詞苑叢談校箋》，頁267。
〔註92〕嚴迪昌：《清詞史》，頁60。
〔註93〕（清）乾隆輯：《全唐詩》（北京：中華書局，1960年4月），卷五二四，冊16，頁5998。

減杜分司，凝睇紫雲宜見惠。」「杜分司」係指唐人杜牧，吳氏用其事。
據《全唐詩》錄杜牧〈兵部尙書席上作〉詩云：「華堂今日綺筵開，誰
喚分司御史來。偶發狂言驚滿坐，三重粉面一時回。」注曰：

> 牧爲御史，分務雒陽，時李司徒愿罷鎮閒居，聲伎豪侈，雒
> 中名士咸謁之，李高會朝客，以杜持憲，不敢邀致，杜遣座
> 客達意，願與斯會，李不得已邀之，杜獨坐南向，瞪問注視，
> 引滿三巵，問李云：「聞有紫雲者孰是？」李指之，杜凝睇
> 良久曰：「名不虛傳，宜以見惠。」李俯而笑，諸妓亦回首
> 破顏，杜又自飮二爵，朗吟此詩而起，旁若無人，杜不拘細
> 行，故詩有「十年一覺揚州夢，贏得青樓薄倖名。」〔註94〕

因此事與陳維崧軼事頗相似，故吳繁引而題之。〈九青圖〉係陳維崧
爲紫雲所畫小像，清‧徐釚《詞苑叢談》載：「廣陵冒巢民家青童紫
雲，儇巧善歌，與陽羨陳其年狎。其年爲畫〈雲郎小像〉，徧索題句。……
於是和者幾數十人。」〔註95〕紫雲即雲郎，爲如皋冒襄水繪庵中歌者，
陳維崧初見雲郎即情有獨鍾，兩人關係曖昧，男歡之情爲時人稱詠，
由是凸顯陳氏性格任情狂放之一面。〔註96〕譚瑩化用吳繁題句，意欲
彰顯詞人飛揚跋扈、狂放不拘之形象。

　　三、四句轉而論陳詞藝術技巧，化用清‧高佑釲〈湖海樓詞序〉
評語：「至其年先生縱橫變化，無美不臻，銅軍鐵板，殘月曉風，兼
長并擅。其新警處，往往爲古人所不經道，是爲詞學中絕唱。」〔註
97〕陳氏早期從雲間入手，〔註98〕多作小令，取南唐、北宋婉麗一體，

〔註94〕同上註，卷五二五、冊16，頁6018。
〔註95〕（清）徐釚撰；王百里校箋：《詞苑叢談校箋》，頁549。
〔註96〕陳維崧與雲郎相識過程與歡情分析，詳蘇淑芬師：〈從陳維崧與雲郎
　　　　關係論清初士人男寵之好原因〉，《東吳中文學報》第七期（2001年
　　　　5月），頁164～175。另蘇師分析，陳氏行爲背後之因，「個性狂放」
　　　　乃其中一端。頁193～195。
〔註97〕（清）陳維崧：《陳迦陵詩文詞集》（臺北：臺灣商務印書館，1965
　　　　年），頁347。
〔註98〕陳維崧從少年起就從雲間陳子龍、李雯等人學詩詞，並得到讚譽。
　　　　他後來在〈酬許元錫〉詩中寫到：「憶昔我生十四五，初生黃犢健

後來又加入廣陵唱和，詞風哀豔婉麗，纏綿多情。〔註99〕整體而言，此時陳維崧傾心創作於婉變豔麗之體，承襲傳統詞學觀念之思想範疇。直至康熙八年（1669），陳維崧離開廣陵，走向詞體創作另一階段，開創陽羨詞派豪放詞風之創作宗旨。關於其年詞風轉變，清‧蔣景祁〈陳檢討詞鈔序〉言之甚詳：

> 先生幼工詩歌，自濟南王阮亭先生官揚州，倡倚聲之學，……
> 先生內聯同郡鄒程村、董文友，始朝夕為填詞，然刻於《倚聲》者，過輒棄去。間有人誦其逸句，至嘁嘔不欲聽。因屬志為《烏絲詞》，然《烏絲詞》刻，而先生志未已也。向者詩與詞並行，迨倦遊廣陵歸，遂棄詩弗作。傷鄒、董又謝世，間歲一至商邱，尋失意返，獨與里中數子晨夕往還，磊砢抑塞之意，一發之於詞，諸生平所誦習經史百家、古文奇字，一一於詞見之，如是者近十年，自名曰《迦陵詞》〔註100〕

正因陳詞風格轉變，不專主一格，故能豪放若「銅琵鐵板」，亦有婉約如「紅牙拍」者，此正呼應其論詞觀點，標榜豪放與婉約同列。〈今詞選序〉云：「至若詞場，辛、陸、周、秦，詎必疾徐之一致，要其不窕而不薾，仍是有倫而有脊，終難左祖，略可參觀。」〔註101〕本詩即就陳氏「天之生才不盡」〔註102〕稱賞其詞各體兼具，而曰「各叶迦陵絕妙詞」。

如虎。華亭嘆我骨格奇，教我歌詩作樂府。」在〈上冀芝麓先生書〉中也回憶當年從陳、李學詩詞的情形：「維崧東吳之年少也，……嚮者粗習聲律，略解組織，雕蟲末技，猥為陳黃門，方簡討、李舍人諸公所品藻。」（清）陳維崧：《陳迦陵文集》卷四，《陳迦陵詩文詞集》，頁49。

〔註99〕（清）王士禛《花草蒙拾》：「友人中，陳其年工哀豔之辭」《詞話叢編》，冊1，頁685。

〔註100〕（清）蔣景祁：〈陳檢討詞鈔序〉，（清）陳維崧：《湖海樓詞集》（臺北：中華書局，1965年），頁2。

〔註101〕《陳迦陵儷體文集》卷七，《陳迦陵文集》，頁189。關於陳維崧詞論分析，詳參蘇淑芬師：〈陳維崧與清初詞壇之關係研究〉，《東吳中文學報》第六期（2000年5月），頁155～167。

〔註102〕《陳迦陵文集》卷二〈詞選序〉，《陳迦陵詩文詞集》，頁31。

十五、論嚴繩孫

嚴繩孫（1623～1702），字蓀友，號藕漁，別號三藕蕩漁人，今江蘇無錫人。清康熙十八年（1679）舉試博學鴻詞，康熙特命授檢討，與修《明史》，纂〈隱逸傳〉。二十年（1681）典山西鄉試，尋遷中允。有《秋水詞》。譚瑩詩云：

> 人如倪瓚特蕭閑（見《本事詩》），綺靡緣情語早刪。小令
> 見推樊榭老，固當標格異花間。

首句「倪瓚」係指元‧倪瓚（1301～1374），字元鎮，號雲林居士，又號幻霞生、朱陽館主、蕭閑先卿等。常州無錫（今江蘇無錫）人。以畫著稱，長於水墨山水畫，並工書法，亦有詩名。其人淡於名利，自稱「懶瓚」，又稱「倪迂」，終身不仕。張士誠累召，皆逃避不赴。譚瑩論嚴繩孫，比擬倪瓚「特蕭閑」，因兩人皆淡於名利。據清‧徐釚《本事詩》後集卷十一載：「蓀友為貴公子孫，早歲拂衣，蕭疏澹遠，脫然塵 盍之外。識者目為倪元鎮一流者。」〔註103〕

倪瓚終身不仕；嚴繩孫則與朱彝尊、姜宸英並稱「江南三布衣」，康熙十八年（1679）召試博學鴻詞，「試日，目疾作，第賦一詩，亦受檢討，撰《明史‧隱逸傳》。典試江西，尋遷中允，假歸。」〔註104〕清‧丁紹儀《聽秋聲館詞話》卷二亦載：

> 康熙己未召試博學鴻詞，吾鄉嚴蓀友中允（繩孫）適病甚，
> 祇成〈省耕〉一詩，不得進呈。聖祖久知其名，謂史館不可
> 無此人，引唐人祖詠「南山陰嶺秀」二十字入選故事，特授
> 檢討，預修《明史》，為四布衣之一。旋轉中允，乞病歸家，
> 居藕蕩橋，自稱藕漁。凤擅三絕稱，詩詞尤鮮潔。〔註105〕

嚴氏累官至中允，不久即謝病告歸，自稱「藕漁」，以書畫著述終老。其人心境，與倪瓚之「蕭閑」相類，故云。次句承上而來，因詞人心

〔註103〕《續修四庫全書》，冊1699，頁361。
〔註104〕（清）趙爾巽等：《清史稿》（臺北：鼎文書局，1981年），卷四八四列傳二七一，冊17，頁13344。
〔註105〕《詞話叢編》，冊3，頁2590。

境「蕭閑」，故譚瑩以為早年「綺靡緣情」之作，固當刪削。嚴繩孫
早期與同里顧貞觀、秦松齡等結「雲門社」，為梁溪詞人群之重要代
表，並與納蘭性德友善，於京華詞苑中同以小令著稱。集中所存「綺
靡緣情」者，如〈浣溪沙〉六首，〔註106〕藉由系列組詩描繪女性生
活，並體察其內心世界：「鏡裡花枝折未成。水中蓮子動分明」（其一）；
「金堂消息見橫波。暖香雲霧奈伊何」（其二）；「倚處暗聽鶯語怯，
攜來私訝玉纖寒」（其三）；「隙影於香望未賒。為誰惆悵似天涯」（其
四）；「綠擁紅遮惱暗期。專心無處不先知」（其五）；「瘦損腰支不奈
愁。扇欹燈背晚庭幽」（其六），細膩刻畫女子形貌與心性，筆端滿溢
憐香惜玉之柔情。依譚氏之見，此般綺語柔情，與詞人「蕭閑」清逸
之形象不合，刪削為佳。

　　第三句「樊榭老」，係指厲鶚（1692～1752），號樊榭，全句意謂：
詞人小令為厲鶚所推崇。清・厲鶚〈論詞絕句〉云：「閑情何礙寫雲
藍，淡處翻濃我未諳。獨有藕漁工小令，不教賀老占江南。」〔註107〕
詩中將藕漁小令與賀鑄並譽，「以其風致之深美不下方回」，〔註108〕
譚瑩因之，進而曰「固當標格異花間」。所以特言「花間」，係承次句
詩意，即嚴氏早年有如〈浣溪沙〉等「綺靡緣情」之作，令人聯想及
《花間集》所錄溫庭筠等狀女子形貌情思之詞。惟有厲鶚推重在前，
比擬北宋賀鑄，則詞作格調自當異於《花間》。如〈望江南〉詞云：

　　　聽宛轉，愁到渡江多。杏子雨餘梅子雨，柳枝歌罷竹枝歌。
　　　一抹遠山螺。　　曾幾日，輕扇掩纖羅。白髮黃金雙計拙，
　　　綠陰青子一春過。歸去意如何。〔註109〕

此詞寫羈愁，從時間、空間，視覺、聽覺諸面向著墨，鮮明生動，表
現旅途中作者見聞與感受。下片從季節替換引發青春空逝，黃金未

〔註106〕《全清詞・順康卷》，冊6，頁3654～3655。
〔註107〕厲鶚此絕箋注詳解，參徐照華：《厲鶚及其詞學之研究》（高雄：復
　　　　文圖書公司，1998年8月），頁204～208。
〔註108〕同上註，頁208。
〔註109〕《全清詞・順康卷》，冊6，頁3664。

得、事業成空之辛酸苦悲，遂生歸隱之念。詞人於蕭閑清婉之淡遠意境中，融入愁苦悲涼之人生喟嘆，益顯意味悠長深遠。故清‧陳廷焯《白雨齋詞話》卷三評曰：「情辭雙絕，似此真有賀老意趣。」〔註110〕此等蕭疏淡遠、淒婉風調之作，正譚瑩所謂「標格異花間」也。

十六、論李良年

　　李良年（1635～1694），字武曾，號秋錦，初名法遠，小字阿京，人稱李十九，浙江秀水（今浙江嘉興）人。與兄斯年、弟符，共有文名。後至京師，與朱彝尊結忘年交，詩文並得龔鼎孳、汪琬賞識。清康熙十八年（1679）舉試博學鴻詞，不遇。詞為浙西六家之一，有《秋錦山房詞》。譚瑩詩云：

　　　　詩名不賤（見〈秋錦山房集序〉）竟何如，二李名齊足起予。
　　　　人似武曾須學步，夢牕綿密玉田疎。

首句論李良年詩，良年有詩名，其詩為龔鼎孳、汪琬所稱。惟譚瑩曰「竟何如」，預埋伏筆，以起下文批評之意。次句「二李」係李氏兄弟，亦即與李良年並稱之李符（1639～1699），良年弟。全句意謂：李良年與弟符聲名相齊，並兩人詞作觀之，有足以啓發譚氏之處。

　　第三句直陳詞人如李氏，仍「須學步」，所學者何？吳文英與張炎是也。四句「夢牕綿密玉田疎」係化用良年論詞之法。清‧曹貞吉〈秋錦山房詞序〉云：「秋錦論詞，必盡掃蹊徑，獨露本色。嘗謂南宋詞人，如夢窗之密，玉田之疏，必兼之乃工。今讀是集，洵非虛語。」〔註111〕曹氏以良年詞疏密兼取，故而精工。譚瑩則反問：實際之狀況究竟如何？意即李氏仍宜學步前人，方能契合所論也。全詩批評可謂切中詞人之弊。其後《續修四庫全書‧秋錦山房詞提要》亦評云：「（良年論詞）其說甚精，然觀其所為，不相合也。蓋玉田之詞，學

〔註110〕惟陳氏引詞版本有異，上片不同，為：「歌婉轉，風日渡江多。柳帶結煙留淺黛，桃花如夢送橫波。一覺懶雲窩。」所據為《瑤華集》。
〔註111〕（清）龔翔麟輯：《浙西六家詞》，《四庫全書存目叢書‧集部》（臺南：莊嚴文化事業公司，1997年6月），冊425，頁36。

之不善，即流爲滑易，良年正中此弊，徒貽攻伐浙派者以口實也。」
〔註112〕適足引爲本詩註腳。

十七、論李符

　　李符（1639～1699），字分虎，號耕客，浙江秀水（今浙江嘉興）
人。早歲受知於同里曹溶，學有淵源。嘗與朱彝尊結詩社，相互吟詠。
工詞，爲浙西六家之一，著《香草居集》、《耒邊詞》。譚瑩詩云：

　　　倦圃（秋岳）人歸有耒邊（集名），朔南萬里倚聲先。反從
　　　北宋追南宋，朱十言夸殆未然。（李符）

首句「倦圃」係曹溶（1613～1685）自號；「耒邊」則詞人集名曰《耒
邊詞》。全句意謂：李符早歲受知於同里曹溶，學有淵源。二、三句
則化用朱彝尊〈耒邊詞序〉評語：

　　　其後分虎游屐所向，南朔萬里，詞帙之富，不減予曩日。殆
　　　善學北宋者。頃復示予近稿，益精研於南宋諸名家，而分虎
　　　之詞，愈變而極工，方之武曾，無異塡篪之迭和也。〔註113〕

依朱氏之言，李符「南朔萬里」，嘗游雲南，後卒於福建，經歷之廣，
造就「詞帙之富」；再者，竹垞亦指出李符「善學北宋」，後「益精研
於南宋珠諸名家」之學詞歷程。譚瑩循其說，故曰「朔南萬里倚聲先」、
「反從北宋追南宋」，由是歸結「朱十言夸殆未然」；「朱十」即朱彝
尊，排行第十，故稱之。全句意謂：若謂朱氏推重李符之言太浮誇，
或未必然；亦即肯定朱氏之論也。

　　李符詞歷來以爲才氣勝其兄，清・陳廷焯《白雨齋詞話》卷三云：
「符曾較雅正，而才氣則分虎爲勝。」〔註114〕《耒邊詞》與《秋錦山
房詞》相較，綿密處殆同，而奇警峭拔處則李良年所欠缺，究其緣由，
一方面因其「先學北宋」之故，清・謝章鋌《賭棋山莊詞話》卷十一：

〔註112〕《續修四庫全書提要》，冊12，頁732。
〔註113〕（清）龔翔麟輯：《浙西六家詞》，《四庫全書存目叢書・集部》，冊
　　　　425，頁63。
〔註114〕《詞話叢編》，冊4，頁3845。

「詞從南宋入手,時多浮漫,分虎先學北宋,故無此病。」〔註115〕另一方面則才性、經歷所致,亦即學於曹溶、「朔南萬里」之歷程。由是可知,本詩所論影響詞人創作之面向,十分周全。其後《續修四庫全書‧耒邊詞提要》云:「其實符詞,言近指遠,風骨遒上,似不得以南宋止其境者。以較良年,不獨無愧而已。蓋符早受知於曹溶,又與朱彝尊相切磋,故工力甚深。」〔註116〕所言似據本詩觀點而來。

十八、論汪森

汪森(1653～1726),字晉賢,號碧巢,今浙江桐鄉人,原籍安徽休寧。清康熙十一年(1672)入貢,官至戶部郎中。有《月河詞》、《桐扣詞》、《碧巢詞》各一卷,總稱《小方壺齋存稿》,並與朱彝尊合纂《詞綜》。譚瑩詩云:

> 積書多亦如書麓,況僅詞家備宋元。讀到小方壺一集,居然作者莫同論。

首句言汪森藏書之富。汪氏曾築碧巢書屋以當書齋,建華及堂以宴賓客,造裘杼樓以藏典籍,於是海內名士,接踵而至。清‧朱彝尊《曝書亭集》云:

> 休寧汪晉賢森,居梧桐鄉治東偏,築裘杼樓,積書萬卷其上。哲昆周士,治別業於鷗波亭北。令弟季青居雄城,往來酬和。四方名流企其風尚,挐舟至者,戶外屨滿。有西溪小築〈憶秦娥〉詞云云。頗有宋元遺響。〔註117〕

本詩次句除化用朱氏評汪森詞曰「頗有宋元遺響」,亦指汪氏助朱彝尊編纂《詞綜》一選,蓋朱氏因有感於《草堂詩餘》所錄塵下卻流傳最廣,遂選唐以迄元人詞得十八卷,名曰《詞綜》,數年後又廣為二十六卷。汪森又「往來茗雪間,從故藏書家抄白諸集,相對參論,復益以四卷,凡三十卷。計覽觀宋、元詞集一百七十家,傳記、小說、

〔註115〕《詞話叢編》,冊4,頁3463。

〔註116〕《續修四庫全書提要》,冊12,頁732。

〔註117〕轉引自《清詞紀事會評》,頁205。

地志共三百餘家，歷歲八稔，然後成書，庶幾可一洗《草堂》之陋，而倚聲者知所宗矣。」〔註118〕足見汪氏於《詞綜》厥功居偉，備覽宋元詞集，方成是選。

第三句「小方壺」係汪氏集名，朱彝尊〈小方壺存稿序〉云：「休寧汪晉賢氏，徙居梧桐鄉。營碧巢，當吟窩。築華及之堂，以燕兄弟賓客。建裘杼樓，以藏典籍。其曰小方壺者，郡城東用里之書屋也。……取平生古今體詩，為一十八卷，題曰『存稿』，問序於予。」〔註119〕二句意謂：讀竟詞人所作，卻非體現「宋元遺響」之論也。

十九、論董以寧

董以寧（1629～1669），字文友，號宛齋，江蘇武進（今常州）人。少與陳維崧、鄒祇謨、黃永齊名，有毗陵四才子之目；三人皆取科第，以寧獨以諸生終。後棄詞章，專研律曆、兵農、經世之學，聚徒授經，弟子數百人。著有《蓉渡詞》及《蓉渡詞話》。譚瑩詩云：

> 妾是無鹽君太沖，善言兒女竟誰同。易安居士談何易（宋
> 牧仲語，見《詞苑叢談》），殆宋尚書曲未工。

首句化用清·徐釚《詞苑叢談》卷五評語：

> 董文友（以寧），善為情語。嘗有詞云：「倘若負情悰，來
> 生左太沖。」人多傳之。又賦〈憶蘿月〉一調云：「已將身
> 許，敢比風中絮。可奈檀郎疑又慮，未肯信儂言語。　　便
> 將一縷心煙，花間斂衽告天。若負小窗歡約，來生醜似無
> 鹽。」予謂此「無鹽」正堪與「太沖」作匹。〔註120〕

「無鹽」係鍾離春，相傳齊國無鹽邑（今山東東平）人，貌醜無比；「太沖」即西晉左思（250～305），貌醜口訥，詞人引為情堅之誓約，本詩化用，故曰「妾是無鹽君太沖」。蓋《蓉渡》一集，寫豔情者十

〔註118〕（清）汪森：〈詞綜序〉，（清）朱彝尊、汪森編：《詞綜》（上海：
　　　　　上海古籍出版社，1999年11月），頁1～2。

〔註119〕（清）朱彝尊：《曝書亭集》卷三十九（臺北：世界書局，1964年
　　　　　2月），中冊，頁479。

〔註120〕（清）徐釚撰：王百里校箋：《詞苑叢談校箋》，頁269。

之八九，乃不刊之論，即清・王士禛《花草蒙拾》所云：「董文友善寫閨襜之致。」本詩次句「善言兒女」，所言即此。至「竟誰同」乃起下句詩意，以董氏好寫閨思豔情，可與誰人比擬？

第三句「易安居士」，係宋代女詞家李清照（1084～1155？）自號，以董以寧詞比擬易安，乃宋犖（1634～1713）所評。清・徐釚《詞苑叢談》卷五載：

> 董文友〈一剪梅〉云：「慣得相攜花下遊。蘇大風流。蘇小風流。而今別況冷於秋。燕去南樓。人去南樓。　　等閒平判十分愁。儂在心頭。卿在眉頭。少年心事總悠悠。一曲揚州。一夢蘇州。」商邱宋牧仲，謂其酷似李易安。〔註121〕

宋犖以董氏閨情相思之作比擬易安，殊不爲譚瑩認同，故末句反諷宋氏所作猶「未工」。「宋尚書」即宋犖，康熙中，累擢至江蘇巡撫，內陞吏部尚書，故稱之。觀譚瑩之意，以宋犖殆未精於詞作，其詞評自不足取也。

二十、論沈岸登

沈岸登（1650～1702），字覃九，號南渟，一字黑蝶，號惰耕村叟，今浙江平湖人。工詩詞，善書畫，有「三絕」之目。與朱彝尊、李良年等唱和，爲「浙西六家」之一。有《黑蝶齋詞鈔》、《古今體詞韻》等。譚瑩詩云：

> 詞家人競說堯章，端恐前明倣盛唐。買菜豈須求益者，無多著撰實姜張。

首句「堯章」係南宋・姜夔（1155？～1221）字。全句意謂：詞壇皆以南宋姜夔詞作爲仿效對象。蓋清初浙西詞派起，專奉姜夔爲不祧之宗，從而形成「家白石而戶玉田」〔註122〕之盛況。此般盛景，直令作者思及前明一朝，七子派所倡「詩必盛唐」之主張，亦興起詩壇非

〔註121〕同上註，頁 279。
〔註122〕（清）朱彝尊：〈靜惕堂詞序〉云：「數十年來，浙西塡詞者，家白石而戶玉田」。《詞籍序跋萃編》，頁 653。

盛唐詩不為之景況，故曰「端恐前明倣盛唐」。

　　三、四句稱揚沈氏詞作，無須刻意精求，即具姜、張風貌。沈岸登性耽泉石，不求聞達，短褐蔬食，係「浙西六家」中最具隱逸風範者，由是，其心境頗能上通姜、張，自然形成清雅疏淡之筆致，故朱彝尊〈黑蝶齋詩餘序〉盛稱沈詞：「可謂學姜氏而得其神明者矣。」〔註123〕本詩則就心境歷程，強調岸登無須精求，自然特具清雅詞風。

二十一、論龔翔麟

　　龔翔麟（1658～1733），字天石，號蘅圃，浙江仁和（今杭州）人。清康熙二十年（1681）副貢，授兵部主事，累官至陝西道監察御史。致仕歸，以詩詞自娛。嘗刻朱彝尊、李良年、李符、沈皞日、沈岸登及自著之《紅藕莊詞》為《浙西六家詞》。譚瑩詩云：

> 粉署仙郎愛讀書，湖山歸夢也終虛。江南江北相思慣，紅
> 藕莊詞比藕漁。

首句「粉署」即粉省，尚書省之別稱。因龔翔麟以貴公子而成名御史，生而穎悟，弱冠即工為詩古文辭，曹溶、朱彝尊俱器重之，以為忘年交，故曰「粉署仙郎愛讀書」。次句言詞人心境不慕名利，希冀歸隱湖山，然終未實踐，故曰「也終虛」。蓋詞人一生牽絆仕途，清康熙二十年（1681）副貢，補兵部主事，累官至陝西道監察御，歷掌浙江、山西、陝西、京畿、河南諸道事；此即下句「江南江北」之所來，指其為官經歷，南北奔波，因之詞人作品反多表現羈旅「相思」之情，如〈好事近・沂水道中〉詞云：

> 極目總悲秋，衰草似黏天末。多少無情煙樹，送年年行客。
> 　　亂山高下沒斜陽，夜景更清絕。幾點寒鴉風裏，趁一
> 梳涼月。〔註124〕

此詞表現行役途中之悲涼心境。上片以秋色無邊、秋思不斷，興起詞

〔註123〕（清）龔翔麟輯：《浙西六家詞》，《四庫全書存目叢書・集部》，冊
　　　　425，頁86。
〔註124〕《全清詞・順康卷》，冊17，頁10128。

人年年行役之愁苦。下片就時間順序寫景，由「斜陽」至「涼月」，詞人置身此「清絕」之景，雖足以慰藉旅途孤寂，然「寒鴉風裏」飛行，正如詞人行旅生涯，則遊子思歸之情，實溢於言表。全詞意境空靈淡遠，與前文論嚴繩孫，引〈望江南〉一闋述其詞風，皆以詞寫羈愁，風格蕭疏淡遠，殊可比擬，故曰「紅藕莊詞比藕漁」。

二十二、論沈皞日

沈皞日（1637～1703），字融谷，號柘西，又號茶星。今浙江平湖人。清康熙十七年（1678），會龔翔麟於秦淮，唱和累月。復至京師，與朱彝尊、李良年等過從甚密。後以貢生授廣西來賓知縣，調大河，陞辰州同知，卒於官。工詞，為「浙西六家」之一，有《柘西精舍集》。譚瑩詩云：

> 同居咸籍也名齊（見陳其年〈浙西六家詞序〉），飲水能歌
> 獨柘西。自許玉田差近者（集中〈再題蓄錦集〉語），低徊
> 蓄錦集重題。

首句用陳維崧〈浙西六家詞序〉語：「況復柘湖既咸籍同居，秋錦亦機雲不別。共說隴西才地，有謫皆仙；俱誇家令門風，無腰不瘦。」〔註125〕意謂：沈皞日與其他五位詞家因同居浙西而齊名。次句化用龔翔麟〈柘西精舍詞序〉云：「融谷足跡半天下，從前篇帙最富，若盡出以傳，吾知有井水飲處，咸歌《柘西》之詞矣。」〔註126〕第三句摘自沈皞日〈疏影・再題蓄錦集〉下片首句：「自許玉田差近，向碧城夢裏，飛下清絕。」「玉田」係宋末張炎（1248～1320？）自號。前引龔氏序文亦曰：「（沈皞日）況之古人，殆類王中仙、張叔夏。」綜觀《柘西精舍詞》中，確可見傾心玉田、碧山之作，如集中有依《樂府補題》舊題填詞者，〔註127〕並時用玉田韻賦詞，〔註128〕而本詩所

〔註125〕（清）龔翔麟輯：《浙西六家詞》，《四庫全書存目叢書・集部》，冊425，頁1。
〔註126〕同上註，頁48。
〔註127〕〈天香・龍涎香〉、〈摸魚兒・蓴〉、〈水龍吟・白蓮〉、〈齊天樂・蟬〉、

引〈疏影‧再題蕃錦集〉一闋，基調淒冷，且融合詞人特定心緒，於
「清空」之意境寄寓個人感懷，殊為譚瑩所賞，故曰「低徊蕃錦集重
題」，表現沉吟不忍離去之情。茲引錄如次：

> 丹霞惜別。寄蠻煙障雨，畫圖一闋。楓影秋江，梅影春江。
> 盡入離愁時節。最高樓處歌金縷，將鳳紙、吹花題葉。記
> 羅浮、道士相逢，句裏斜陽曾說。　　自許玉田差近，向
> 碧城夢裏，飛下清絕。七孔神鍼，縫六銖衣，襻帶多安無
> 缺。筆床垂老心情在，好付與、滿庭香雪。倩蠱蠱、宛轉
> 紅牙，不數曉風殘月。〔註129〕

二十三、論杜詔

　　杜詔（1666～1736），字紫綸，今江蘇無錫人。諸生。清康熙四
十四年（1701），聖祖南巡，獻迎鑾詞，試列高等，命供職內廷，纂
修《歷代詩餘》及《詞譜》。五十一年（1712）賜進士及第，改翰林
院庶吉士，以終養告歸。有《雲川閣集詞》。譚瑩詩云：

> 簾波詩事（見《東皋雜鈔》）特風流，歷代詩餘命纂修。南
> 宋瓣香誰較近，蓉湖漁笛譜蘋洲。

首句記詞人軼事，用清‧董潮《東皋雜鈔》卷一所載：「錫山杜太史
雲川詔，江南名宿也。在木天時某尚書家，一青衣甚豔，集諸名士賦
詩，約入格者相贈，太史賦〈簾波〉詩，有『銀蒜瓊鉤』之句。尚書
大賞，竟如約。」〔註130〕杜氏因賦詩佳句，得擁麗人而歸，故曰「特
風流」。次句言詞人奉命纂修《歷代詩餘》一事。由風流詩事，敘及
纂修詞選，皆詞人詩詞文采頗受稱賞之表現。

　　三、四句轉而論其詞之傳承。「瓣香」即師承之意；「蓉湖漁笛譜」

〈桂枝香‧蟹〉諸作。
〔註128〕〈南浦‧春水，用玉田韻，同衢圃賦〉、〈南浦‧秋水，疊前韻，同
　　　　分虎賦〉、〈慶清朝‧贈別黃俞邰，用張玉田韻〉、〈醉落拓‧用玉田
　　　　韻〉、〈解連環‧寄家書，用張玉田韻〉等。
〔註129〕《全清詞‧順康卷》，冊14，頁7946。
〔註130〕《叢書集成新編》，冊89，頁235。

係杜詔詞集名，有《鳳髓詞》三卷，《浣花詞》、《蓉湖漁笛譜》各一卷，合稱《雲川閣集詞》；「蘋洲」係指南宋・周密（1232～1298），字公謹，號草窗，學問淵雅，尤工於詞，與王沂孫、張炎齊名，詞集名《蘋洲漁笛譜》，一名《草窗詞》。二句意謂：杜詔詞《蓉湖漁笛譜》係師承於南宋・周密之《蘋洲漁笛譜》，詞律嚴謹，格調秀雅。

二十四、論張梁

張梁（1657～1739），字大木，一字奕山，號幻花，江蘇婁縣（今上海松江）人。二十歲中鄉舉，清康熙五十二年（1713）進士，官行人司行人。會裁缺別補，遂歸松江。晚歲專修淨土，有《幻花庵詞鈔》。譚瑩詩云：

> 綠陰如幄又江南，琴鶴翛然理共參（見《蒲褐山房詩話》）。
> 似學道人工綺語，幻花菴亦散花菴。

首二句用事，據清・王昶《湖海詩傳》卷一《蒲褐山房詩話》載：

> （張梁）先生卜居吾里，……又兄農部別業，本高文恪公竹窗，在杭州西溪，是梅竹最深處。每年上元後，輒往探梅，至雜花俱謝，綠陰如幄乃歸。……工琴，遇好山水及花月佳時，一彈再鼓，鶴爲之起舞。望之者以擬柴桑之處士，松陵之散人。……晚歲專修淨土，至八十三而終。〔註131〕

張梁好探梅賞竹，又工琴得鶴起舞相伴，人遂目爲高潔隱士。三、四句則接言詞人雖學道中人，卻能工綺麗小詞，其詞流麗清新，可比擬南宋・黃昇（1188～1248 後）詞作。「幻花菴」係張梁集名；「散花菴」則黃昇集名，故云。

綜上所述，譚瑩論順、康朝詞人，呈顯其特定之審美趨向，尤以對浙西詞家之偏好殊爲鮮明。關於浙西詞派之形成，與《詞綜》之編纂及《浙西六家詞》之刊行密切相關。〔註132〕首先，「浙西詞派」之

〔註131〕（清）王昶撰；周維德校輯：《蒲褐山房詩話新編》（濟南：齊魯書社，1988 年 1 月），頁 4。
〔註132〕詳參于翠玲：〈《浙西六家詞》與《詞綜》的關係——兼論浙西詞派

得名，因於《浙西六家詞》之刻。康熙十八年（1679）龔翔麟匯集朱
彝尊《江湖載酒集》、李良年《秋錦山房詞》、李符《耒邊詞》、沈皞
日《柘西精舍詞》、沈岸登《黑蝶齋詞》，並自著之《紅藕莊詞》為《浙
西六家詞》，刊刻於南京。據詞人籍貫概稱「浙西」，標舉詞風，以群
體形式擴大影響。清·謝章鋌《賭棋山莊詞話》卷十一評此六家云：

> 余謂竹垞超倫絕群，以匹迦陵，洵無媿色，餘子皆當斂袵。
> 然而李氏武曾、分虎（符，《耒邊詞》)、沈氏融谷（皞日，
> 《柘西精舍集》)、覃九（登岸，《黑蝶齋詞》）機雲競爽，
> 咸籍並稱。竹垞先登，蘅圃（龔翔麟，《紅藕莊詞》）後勁，
> 浙西風雅，允冠一時。〔註133〕

足見《浙西六家詞》之刊刻，造就以朱彝尊為領袖，「浙西六家」為
核心之創作趨勢，「名冠一時」。再者，《詞綜》之編纂，確立浙西詞
派之詞學主張與宗尚，此選收錄唐至金元時期詞作二千多首，詞人六
百五十家，搜羅之富、選詞之精，超出以前各家詞選，故問世後反響
極大。清·丁紹儀《聽秋聲館詞話》卷十三稱：「自竹垞太史《詞綜》
出而各選皆廢」。〔註134〕朱彝尊與汪森兩人並分別撰〈發凡〉與〈序〉，
表達個人之詞學見解，詳述選詞標準，可謂浙西詞派之理論宣言。歸
納其主張有三：即標舉南宋、推尊姜張與崇尚醇雅。總此，可知與浙
西詞派形成密切關連者，乃「六家」並汪森七人，譚瑩分別以七首詩
作論之，可見對此一流派群體之關注。此中論朱彝尊，肯定其詞壇宗
主之地位，並切合當代詞壇對朱氏之認知及評價，稱賞之意不言可
喻。至論其餘六人，呼應《詞綜》標舉之宗尚，往往從宗法南宋、模
擬姜張之角度予以評價，如論李良年云：「人似武曾須學步，夢戀綿
密玉田疏」；論李符云：「反從北宋追南宋，朱十言夸殆未然」；論沈
岸登云：「買菜豈須求益者，無多著撰實姜張」；論沈皞日云：「自許

形成的綜合因素〉，《嘉興學院學報》（2005 年 7 月第 17 卷第 4 期），
頁 16～20。

〔註133〕《詞話叢編》，冊 4，頁 3462。

〔註134〕《詞話叢編》，冊 3，頁 2734。

玉田差近者，低徊蕃錦集再題」等，皆就南宋詞風、清空詞筆予以稱賞論述。而論汪森曰：「積書多亦如書麓，況僅詞家備宋元」，強調詞人於《詞綜》編纂之貢獻，亦契合汪氏於浙西詞派之影響，展現論者敏銳之觀察與識見。

反觀另一成就卓著、影響亦頗深遠之「陽羨詞派」，譚瑩卻略而不論。綜觀陽羨詞派之發展，自順治中期至康熙中期，前後約半世紀之久，於陽羨（今江蘇宜興）境內，興起以陳維崧爲首，近百家之詞人群體，〔註135〕除陳維崧及其兄弟子侄輩，如陳維嵋、陳維岳、陳維岱、陳履端外，尚有史唯圓、任繩隗、徐喈鳳、曹亮武、萬樹、蔣景祁、董儒龍、徐瑤、徐璣，以及詞僧弘倫等，皆其中佼佼者。不僅有聲勢浩大之詞人群體，時相唱酬，過從密切。於康熙二十五年（1686）前，陽羨詞人至少編選四種規模頗大之詞總集與選本，即陳維崧之《今詞苑》、曹亮武之《荊溪詞初集》、蔣景祁之《瑤華集》與《名媛詞選》。其中曹亮武、蔣景祁〈荊溪詞初集序〉言中，不僅詳述編纂之緣起，並追溯陽羨詞風自蘇軾、蔣捷以來之歷史傳統，推舉陳維崧爲詞派宗主，實足以作爲流派之主張與宣言。惟譚瑩僅取陳維崧一人論之，稱揚其藝術技巧，餘皆不論，殊爲遺憾。然依此亦顯見作者論詞之宗尚愛好。

除「陽羨」與「浙西」兩大詞學流派以外，同樣具有地域色彩之詞人群體，尚有清初於江蘇揚州所形成之「廣陵詞人群」，自順治末年至康熙初年，以王士禎爲首之揚州籍及非揚州籍詞人聚集此地，填詞唱和，編選詞集，開啓一系列詞學活動，掀起一股風潮。據今人劉揚忠〈清初廣陵詞人群體〉所界定之範疇及成員歸屬，〔註136〕譚瑩

〔註135〕 嚴迪昌指出：「《荊溪詞初集》共匯錄同邑詞人 80 家，《瑤華集》入選的 507 人中，陽羨籍作家約 50 人，合此兩總集所得數而去其重見者，陽羨一地同時有詞作流傳至今的共達 100 家。」《清詞史》，頁 217。

〔註136〕 據劉氏研究分類，廣陵詞人群由四類詞人構成，分別爲：「揚州土生土長的詞人」、「以外籍而長期流寓揚州或終老於揚州的詞人」、「短期游宦或居住揚州、組織或參加過此地重要詞學活動的外地詞

所論詞家，屬此一群體者，如宋琬、彭孫遹、王士禛、尤侗、吳綺、
董以寧等，從創作基調而論，其表現承襲明末「雲間詞派」之餘波，
標榜南唐、北宋，追求純眞自然、渾化之高格，並從而向《花間》情
調轉化之創作傾向，以綺靡妍麗擅場，故論彭孫遹云：「怯月淒花不
可倫，即焚綺語亦周秦」；論王士禛特別強調：「豔說君侯斷腸句，王
揚州亦少年時」；論尤侗時指出：「語本天然語不休」之自然境界；論
吳綺與董以寧，分別化用詞人著名之閨情小詞，彰顯詞作特色。除宋
琬其人，遭逢坎坷，故結合詞人生平論之，遂有「淒絕萊陽宋荔裳」
之評，其餘諸家所論，均能凸顯此一群體之創作特色。

　　至於京都詞壇，亦前後湧現風神獨具之詞家，如譚瑩所論梁清標、
曹貞吉、顧貞觀、納蘭性德等，後三人更被冠以「京華三絕」之稱。
此中曹貞吉，譚瑩予以極高之評價，以清代詞集《四庫》所收者唯《珂
雪詞》。其餘諸家，乃就詞人「有情」而賞之，如論梁清標云：「塗澤
爲工足寄情，生香眞色殆分明」；論顧貞觀云：「無情誰許作詞人，情
摯惡能語逼眞」；論性德云：「縱王內使生平似，何必言愁也欲愁」，由
於詞人非流派或群體歸屬，故所作能獨樹一幟，有個人鮮明色彩，究
其緣由，乃情之眞摯、愁思萬端，故而動人，此譚瑩所以標舉「情」
以立論之因。此外，組詩之首論吳偉業，除吳氏詞作於清初亦特具影
響力外，清・張德瀛《詞徵》卷六曾稱：「吳梅村祭酒，爲本朝詞家之
領袖」。〔註137〕譚氏雖未明言，依其安排，當亦有此意涵。

第二節　論雍、乾朝詞人

　　譚瑩論清代雍、乾兩朝詞人，取厲鶚、查爲仁、王時翔、江昱、
江昉、張雲錦、汪棣、蔣士銓、鄭燮、趙文哲、張熙純、黃景仁、楊
芳燦、楊揆、吳錫麒、彭兆蓀等十六家，此中楊芳燦、楊揆並論，得

人」、「揚州外圍詞人」。《江西社會科學》（2004 年第 7 期）。
〔註137〕《詞話叢編》，冊 5，頁 4176。

十五首。茲依詞家論列，逐次分析如下：

一、論厲鶚

　　厲鶚（1692～1752），字太鴻，號樊榭，浙江錢塘（今杭州）人。
清康熙五十九年（1720）舉人，乾隆元年（1736）薦舉博學鴻詞。有
《秋林琴雅》、《樊榭山房詞》。並與查為仁同撰《絕妙好詞箋》。譚瑩
詩云：

　　　　大宗誰並曝書亭，蓋代才同浙水靈。竟是我朝張叔夏，至
　　　　今風法未凋零。

首二句概括詞人詞史地位。「曝書亭」係朱彝尊（1629～1709）集名；
「浙水」係兩人皆浙江人。二句意謂：朱彝尊後，唯浙西厲鶚能繼之
而稱詞壇大宗。清人對浙西詞派之源流，以朱彝尊開創於前，厲鶚復
盛於後，頗有體認，如吳錫麒〈詹石琴詞序〉所云：「吾杭言詞者，
莫不以樊榭為大宗。蓋其幽深窈眇之思，潔靜精微之旨，遠緒相引，
虛籟目生，秀水以來，厥風斯暢。」〔註138〕文中「秀水」即指朱彝
尊。又郭麐《靈芬館詞話》卷一載凌廷堪論詞云：「詞以南宋為極，
能繼之者竹垞。至厲樊榭則更極其工，後來居上。」〔註139〕王煜〈樊
榭山房詞鈔序〉亦評曰：「幽雋清綺，分席姜、王，繼竹垞而興，奠
浙詞之宇，俯仰一代，可謂有超然獨絕之致者矣。」〔註140〕

　　三、四句轉而論厲鶚詞風，以其格調近於南宋張炎詞作；「叔夏」
即張炎（1248～1320？）字。實則朱彝尊、汪森等雖倡南宋姜、張「清
空雅正」之格，卻未有明確之主張。至厲鶚方具體規範清、婉、淡、
幽為「清空」之審美特徵，故論詞時而述及：「清婉深秀」〔註141〕、

〔註138〕（清）吳錫麒：《有正味齋駢體文》卷八，《續修四庫全書》，冊1468，
　　　　頁661。
〔註139〕《詞話叢編》，冊2，頁1508。
〔註140〕（清）王煜編：《清十一家詞鈔·樊榭山房詞鈔》序言（臺北：正
　　　　中書局，1947年8月）。
〔註141〕〈紅蘭閣詞序〉，《樊榭山房集》卷四（上海：上海古籍出版社，1992
　　　　年6月），中冊，頁752。

「清麗閒婉」、「深窈空涼」〔註142〕、「紆徐幽邃惝恍綿麗」〔註143〕、
「遠而文,淡而秀,纏綿而不失其正」〔註144〕等,由此可見,厲鶚
對「清空」藝術之追求無疑更自覺而純正。至其詞亦頗能呼應所論,
體現幽冷孤淡之意境,誠如今人嚴迪昌研究指出:

> 其特點是思致幽微,「意」略點染即搖曳而去;情韻則清淡
> 幽咽,如洞簫輕吹於曠野。其意象多呈清冷形態,但寒而
> 不瘦,清而不枯,故構成的境界每是空靈清冷又秀色可
> 餐。……如果說「清空」是浙派詞人理想的審美極致,那
> 麼,厲鶚較之其前輩們在這審美情趣上更接近於理想境
> 界。〔註145〕

此種「理想境界」即厲鶚詞中所特具幽冷孤淡之情趣,故清人論其
詞亦往往著眼於此。如前引王煜〈樊榭山房詞鈔序〉云:「幽雋清
綺」;趙信〈樊榭山房集外詞題辭〉曰:「淡而彌遠,清而不膚」〔註
146〕;徐逢吉〈樊榭山房集外詞題辭〉評:「生香異色,無半點烟火
氣」〔註147〕;汪沆〈樊榭山房文集序〉云:「尤工長短句,瓣香乎
玉田、白石,習倚聲者,共奉先生爲圭臬焉」〔註148〕等,綜合時
人評論,則譚瑩以厲鶚直承張炎「清空」詞法,亦非過譽也。稍後
陳廷焯《白雨齋詞話》卷四亦評厲鶚詞云:「幽香冷豔,如萬花谷
中,雜以芳蘭」,〔註149〕並引樊榭詞爲例曰:「似此之類,自其外
者觀之,居然一樂笑翁矣。」〔註150〕此論適足爲本詩註腳,可以
參看。

〔註142〕〈陸南香白蕉詞序〉,同上註,頁 752～753。
〔註143〕〈吳尺鳧玲瓏簾詞序〉,同上註,頁 754。
〔註144〕〈群雅詞集序〉,同上註,頁 755。
〔註145〕嚴迪昌:《清詞史》,頁 345。
〔註146〕《樊榭山房集》,中冊,頁 882。
〔註147〕同上註,頁 879。
〔註148〕同上註,頁 703。
〔註149〕《詞話叢編》,冊 4,頁 3847。
〔註150〕同上註,頁 3849。

二、論查爲仁

查爲仁（1693～1749），一名成甦，字心穀，號蓮坡，直隸宛平（今屬北京）人。清康熙五十年（1711）舉人，以被訐得罪，越八年，始得釋，居天津水西莊，藏書萬卷，發憤讀書其中。有《押簾詞》，並與厲鶚同撰《絕妙好詞箋》。譚瑩詩云：

> 押簾（集名）風致亦嫣然，把臂知從石帚先。薺茱孟嘗君莫笑，人推絕妙好詞牋。

首句「押簾」係查爲仁詞集名，以其詞風致嫣然，清雅秀逸而文詞工致。次句「把臂」乃憑據之意；「石帚」係南宋‧姜夔（1155？～1221）號。全句意謂：查爲仁所以能寫作風致嫣然之詞，乃緣其作小詞端從姜夔入手。

第三句「孟嘗」即孟嘗君，戰國四公子之一，以善養士著稱。「薺茱孟嘗」典出清初有吳江名士顧茂倫，居雪灘，一時賓客雲集，江南人稱「薺茱孟嘗」。譚瑩引之稱查氏，以其家富有，藏書萬卷，所居處往來名流，多主其家，時相唱和。乾隆十三年（1748），厲鶚赴京謁選縣令，途經天津，寓查爲仁水西莊觴詠數月，並相與搜討撰成《絕妙好詞箋》，竟不入京就選。詩曰「君莫笑」，即指此事。《絕妙好詞》係南宋末周密所編，選錄南宋詞人作品，始於張孝祥，終於仇遠，凡一百三十二家，詞三百八十餘首。此選於宋末即不傳，據宋‧張炎《詞源》卷下云：「惜此版不存，恐墨本亦有好事者藏之。」〔註151〕至康熙初年，朱彝尊編《詞綜》後，方見此書，因旨趣相合，曾盛讚：「周公謹《絕妙好詞》選本雖未全醇，然中多俊語。方諸《草堂》所錄，雅俗殊分。」〔註152〕其後查、厲兩人作《箋》，書成，天下傳抄，誠

〔註151〕《詞話叢編》，冊1，頁266。

〔註152〕（清）朱彝尊：《曝書亭集》卷四十三（臺北：臺灣商務印書館，1968 年 12 月），頁 522。朱彝尊：《詞綜‧發凡》批評《草堂詩餘》在形式上：「增入閨情、閨思、四時景等題，深爲可憎」；在內容方面，也去取不當：「填詞最雅無過石帚，《草堂詩餘》不登其隻字，見胡浩〈立春〉、〈吉席〉之作，蜜殊〈詠桂〉之章，亟收卷中，可

如陳匪石所云：「清中葉前，以南宋爲依歸。樊榭作箋，以後翻印者不止一家，幾於家弦戶誦，爲治宋詞者入手之書。風會所趨，直至清末而未已。」〔註153〕故曰「人推絕妙好詞箋」。實則《絕妙好詞箋》之刊、行傳播，對於浙西詞派之主張推行具有重要作用，而查爲仁於浙西詞派之貢獻亦由此見出。

三、論王時翔

　　王時翔（1675～1744），字抱翼，號小山，江蘇鎮洋（今太倉縣）人。清雍正六年（1728）以諸生薦授福建晉江知縣，卒於成都知府任上。著有《香濤詞》、《紺寒集》、《青縮樂府》、《初禪綺語》、《旗亭夢囈》等各一卷，總稱《小山詩餘》。譚瑩詩云：

> 論詩能廢盛唐無，北宋何嘗不可摹。頗愛太倉王抱翼，恥偕同社逐時趨。

首二句概括詞人創作傾向，亦點明詞壇現況。王時翔〈小山詞跋〉云：

> 殆朱檢討竹垞先生，獨謂南宋始稱極盛，誠屬拗見。然篤而論之，細麗密切，無如南宋；而格高韻遠，以少勝多，北宋諸公往往高拔南宋之上。予年十五，愛歐文忠、晏小山、秦淮海之作，摹其豔製，得二百餘首。〔註154〕

清・謝章鋌《賭棋山莊詞話》卷十一亦云：「雍正、乾隆間，詞學奉樊榭爲赤幟，家白石而戶梅溪矣。惟小山太守（時翔）及其姪漢舒秀才（策）獨倡溫、韋、晏、秦之學」，〔註155〕故譚瑩以學詩不能偏廢盛唐，比擬作詞亦不可忽略北宋諸家。由此可見，其論點實具有調和詞壇浙派流衍、一片宗法南宋之創作指歸。

　　三、四句進而稱許王氏不隨時趨、展現個人之創作特質。「太倉」

謂無目者也。」（清）朱彝尊、汪森編：《詞綜》（上海：上海古籍出版社，1999 年 11 月），頁 12。
〔註153〕陳匪石：《聲執》卷下，《詞話叢編》，冊 5，頁 4958。
〔註154〕（清）王時翔：《小山文稿》卷三，《四庫全書存目叢書・集部》，冊 275，頁 166。
〔註155〕《詞話叢編》，冊 4，頁 3458。

係王氏籍貫；「抱翼」係其字，「太倉王抱翼」即王時翔。曰「頗愛」者何？乃末句「恥偕同社逐時趨」也。據王氏〈小山詞跋〉云：「年來，里中舉詩社，與毛博士鶴汀、顧孝廉玉停倡言以詞糸之，二君皆仿南宋，予亦強效之，弗能至也。」〔註156〕可知王氏與太倉諸詞人共組詞社，相互唱和，由於詞壇仍承襲朱彝尊以降，浙西詞派「皆仿南宋」之流衍，時翔雖「強效之」，終「弗能工也」，故仍保有偏好北宋詞風之創作，情詞婉麗。清・陳廷焯評《白雨齋詞話》卷四曰：「小山詞，如『病容扶起淡黃時』。……皆情詞淒婉，晏、歐之流亞也。」〔註157〕惟本詩並未具體品評詞人作品，端在強調兼而有之、不泥一端之創作態度。

四、論江昱

　　江昱（1706～1775），字賓谷，號松泉，本皖籍，流寓江蘇儀徵（地屬揚州）。幼有神童之稱，勤於學，專精《尚書》，並嗜金石文字，通音韻訓詁之學。精於詩，工詠物，尤好詞，與厲鶚、陳章等唱和。著有《松泉詩集》、《梅鶴詞》等。譚瑩詩云：

　　　　詞品羣推第一宜，瀟湘聽雨未還時（著有《瀟湘聽雨錄》）。

　　　　由來絢爛歸平淡，苦學花間一輩知。

首句化用趙執信稱賞江昱評語，清・馮金伯《詞苑萃編》卷八云：「賓谷《梅邊琴況》一卷，追清石帚，繼響玉田。昔南史稱柳公《雙鎖》為琴品第一，若《梅邊琴況》者，其亦為第一詞品乎！」〔註158〕趙氏許江昱詞品「第一」，譚瑩曰「宜」也，正面稱賞詞人作品。次句「瀟湘聽雨」係江昱撰《瀟湘聽雨錄》，收入《續修四庫全書・子部》，載詞人所見所聞。此句當欲起三、四句詩意，蓋江昱論詞專在平淡，所謂「賓谷雅好南宋人詞，尤愛其中一二家最平淡者。平日論詞及所

〔註156〕（清）王時翔：《小山文稿》卷三，《四庫全書存目叢書・集部》，冊275，頁166。
〔註157〕《詞話叢編》，冊4，頁3849。
〔註158〕《詞話叢編》，冊2，頁1953。

自為，並能追其所見」，〔註159〕故第三句「由來絢爛歸平淡」，即強調江昱詞以清淡自守為創作旨趣，於平淡中見深意，此清・陳廷焯《詞壇叢話》所以推其「詞骨最高」〔註160〕之故也。是知江昱詞作特具風骨，情思深厚而耐人尋味，與《花間》詞作綺麗相思，專以穠豔為尚之作，有根本區別，故譚瑩引為「苦學花間一輩」之借鑑。

五、論江昉

江昉（1727～1793），字旭東，號橙里，一號硯農，本籍今安徽歙縣人，流寓揚州，藩司江春之弟，候選知府。著有《練溪漁唱》、《隨月讀書樓詞鈔》、《集山中白雲詞》，並與吳烺、程名世等合輯《學宋齋詞韻》。譚瑩詩云：

> 苦心孤詣得清空，橙里居然樂笑翁。句集一家成一卷（《集山中白雲詞》一卷），竹垞蕃錦說天工。

首二句概括江昉詞風。江氏於詞宗法南宋，格調清遠，尤喜張炎《山中白雲詞》之清空典雅，而詞作風格亦與玉田相近，意境幽眇，孤冷淒清，故曰：「苦心孤詣得清空，橙里居然樂笑翁」。「清空」乃張炎（1248～1320？）論詞旨趣；「橙里」係詞人自號；「樂笑翁」則張炎號。二句意謂：詞人苦心推求南宋・張炎所倡「清空」詞旨，故其詞風近於張炎。「居然」表驚訝之情，亦見稱賞之意。

第三句承上而來，以詞人所以能得張炎「清空」詞旨，乃「苦心孤詣」而成，具體表現為《集山中白雲詞》一卷，故曰「句集一家成一卷」。江昉因好張炎，集句其詞成一卷，〔註161〕用心若此，遂能得「清空」之旨。末句則以浙西詞派領袖詞人——朱彝尊之《蕃錦集》

〔註159〕（清）王昶輯：《國朝詞綜》卷二十九引刁去瑕言，《續修四庫全書》，冊 1731，頁 228。

〔註160〕《詞話叢編》，冊 4，頁 3733。

〔註161〕關於「集句詞」之形式與定義，詳參王師偉勇：《兩宋集句詞形式考——兼論兩宋集句詞未必盡集前人成句》（臺北：文史哲出版社，2003 年 4 月），頁 283～330。

比擬，蓋朱氏《蕃錦集》係集唐人詩句為詞，諸作大抵對仗工妙，思力深巧，足見作者藝術造詣之精深，〔註162〕故曰「天工」；並依此稱賞江昉集句之作，亦見巧奪天工之思。

六、論張雲錦

　　張雲錦，生卒年不詳，字龍威，號鐵珊，又號藝舫，今浙江平湖人。國子監生。有《紅蘭閣詞》，詞集已佚，由厲鶚序文推知，其詞亦以詠物擅長。譚瑩詩云：

　　　　不付兜娘欲與誰，當年樊榭竊相推。紅牙久寂紅蘭（閣名）
　　　　折，可有人傳薛鏡詞。

因張雲錦詞集不傳，故本詩所論皆由張氏友人厲鶚《樊榭山房集》而來。厲鶚曾撰〈紅蘭閣詞序〉，盛稱張詞：「清婉深秀，擯去凡近，……直與白石爭勝於毫釐。」〔註163〕故次句曰：「當年樊榭竊相推」。首句與三句則化自厲鶚〈書柘湖張龍威長短句後二絕句〉詩句：

　　　　蹤跡江湖燕尾船，一回相見一流連。新詞合付兜娘唱，可
　　　　惜紅牙久寂然。

　　　　樂笑翁今不可回，補題五闋屬清才。薛家鏡子塵昏後，淒
　　　　絕何人喚夜來。

詩末自注云：「龍威有和予〈續樂府補題〉五闋，其〈天香·賦薛鏡〉云：『粉潔休磨，塵輕不染，識取夜來名字。』深有感於予懷也。」〔註164〕「薛鏡」係乾隆之際，吳興人薛晉侯所鑄精美銅鏡，清·阮葵生《茶餘客話》載：「及近時，吳興薛晉侯銅鏡，……皆名聞朝野。」清光緒《烏程縣志》卷二十九亦載：「薛，名晉侯，字惠公，向時稱薛惠公老店在府治南宣化坊。近年玻璃鏡盛行，薛鏡久不復鑄矣。」

〔註162〕詳參馬大勇：〈朱彝尊《蕃錦集》平議——兼談「集句」之價值〉一文，《南京師範大學文學院學報》（2003年9月第3期），頁76～80。

〔註163〕《樊榭山房集》卷四，中冊，頁752。

〔註164〕《樊榭山房集》續集卷三，中冊，頁1173～1174。

屬鶚賦詞讚頌，張雲錦亦和之，惟張詞不傳，殊爲一憾，故末二句云：
「紅牙久寂紅蘭折，可有人傳薛鏡詞」，「紅牙久寂」，摘自屬鶚感慨
詩語，「紅蘭折」，則寓詞人閣名暗喻其詞不傳，足見作者慨嘆之情。

七、論汪棣

汪棣（1720～1801），字轆懷，號對琴，一號碧溪，江蘇儀徵（地
屬揚州）人。貢生。官刑部員外郎。著有《持雅堂集》、《對琴初稿》、
《春華閣詞》等。譚瑩詩云：

> 江珧柱更荔枝添，日日停琴對不嫌（嘗以韋左司有「對琴
> 無一事」語作對琴圖，復以「對琴」自號）。自是唐堂工獎
> 借，松溪漁唱殆難兼。

此絕殆謂汪棣平日生活愜意，一面食干貝（江瑤柱），一面食荔枝；
且日日不嫌對琴，頗有「但識琴中趣，何勞絃上音」之境界，亦切汪
棣號對琴也。末兩句意謂：其性好賓客，名揚在外，以致欲度「松溪
漁唱」之生活，實亦不可得也。

八、論蔣士銓

蔣士銓（1725～1785），字心餘，一字苕生，號清容，又號藏園，
晚號定甫，今江西鉛山人。清乾隆十九年（1754）由舉人官內閣中書，
二十二年（1757）成進士，授編修，四年後充順天鄉同考官，旋即辭
官歸。詩與袁枚、趙翼齊名，稱「乾隆三大家」。著有《忠雅堂集》、
《銅弦詞》等。譚瑩詩云：

> 蓋代詩名山斗重，崎嶔磊落更淋漓。便將詩筆爲詞筆，熱
> 血填胸一灑之。

首二句概括蔣士銓詩風及其詩史定位。以蔣氏詩名蓋世，特具影
響，所爲詩歌皆「崎嶔磊落」，蓋因士銓論詩力矯格調派流弊，反
對過於平易之詩風，而專學北宋・黃庭堅用奇字險語，講究詩法，
彰顯作者才力勁健〔註165〕；「淋漓」二字，點明蔣氏詩中氣勢流暢，

〔註165〕詳參嚴迪昌：《清詩史》，頁941。

深具感染力。

　　三、四句轉而論其詞，仍扣合上句所論詩風，謂詞人以「詩筆為詞筆」，故能寫作「熱血填胸」之詞，呼應次句「崎嶔磊落」，則知詞人集中率皆勁筆硬語之作，展現豪傑氣概；而此豪氣乃「熱血填胸一灑之」，係詞人性情自然之流露。誠如蔣氏自言：「大凡人之性情氣節，文字中再掩不住。詞曲雖遊戲之文，其中慷慨激昂，即是一個血性丈夫。」〔註166〕本詩末句頗能切中詞人自身之理論。

　　就清詩發展源流論之，士銓詞作乃承繼陽羨詞派陳維崧而來，其〈賀新涼・陳其年〈洗桐圖〉，康熙庚申夏周履坦畫〉云：

　　　　一丈清涼界。倚高樓、解衣盤薄，鬑其堪愛。七十年來無此客，餘韻風流猶在。問何處、桐陰不改？名士從來多似鯽，讓詞人，消受雙鬟拜。可容我，取而代？　　文章煙月思高會。好年華、青尊紅燭，歌容舞態。太白東坡渾未死，得此人生差快。彈指耳、時乎難再。及見古人圖畫裡，動無端、生不同時慨。口欲語，意先敗。〔註167〕

詞中「餘韻風流猶在」、「及見古人圖畫裡，動無端、生不同時慨」，皆明顯表露對陳氏之追慕，至「可容我，取而代」，雖以問句出之，實已展現作者承繼前賢，並取而代之之決心。

九、論鄭燮

　　鄭燮（1693～1765），字克柔，號板橋，江蘇興化人。雍正十年（1732）舉人，乾隆元年（1736）進士，六年（1741）出任山東範縣知縣，五年後改調濰縣令，有政聲。因忤上官，於乾隆十八年（1753）罷官歸里，往還於揚州、興化間，詩酒唱和，以鬻書畫為生，為「揚州八怪」之一。譚瑩詩云：

〔註166〕（清）江順詒輯；宗山參訂：《詞學集成》附錄，《詞話叢編》，冊4，頁3305。

〔註167〕（清）蔣士銓：《銅弦詞》，陳乃乾輯：《清詞別集百三十四種》（臺北：鼎文書局，1976年），冊5，頁2852。

　　蒼茫放筆轉欷歔，詩畫書名卻未如。文到入情端不朽，直
　　將詞集當家書。

首句概括鄭燮詞風，「蒼茫放筆」，相對於傳統提倡婉約，強調「含蓄
蘊藉」之要求，似不相容。清‧查禮《銅鼓書堂詞話》評鄭詞曾曰：
「鄭燮……才識放浪，磊落不羈。能詩古文，長短句別有意趣。未遇
時曾譜〈沁園春‧書懷〉一闋云（略）。其風神豪邁，氣勢空靈，直
逼古人。」〔註168〕查氏以鄭詞「別有意趣」，不同浙派之流，亦不入
傳統「婉約」正格，是以有別。而其詞「風神豪邁」，予人痛快淋漓
之感，即譚瑩所云「蒼茫放筆」。至於「轉欷歔」，乃緣詞人身世而立
論。以查禮所引〈沁園春‧書懷〉一詞為例：

　　花亦無知，月亦無聊，酒亦無靈。把天桃斫斷，煞他風景；
　　鸚哥煮熟，佐我杯羹。焚硯燒書，椎琴裂畫，毀盡文章抹
　　盡名。滎陽鄭，有慕歌家世，乞食風情。　　單寒骨相難
　　更，笑席帽青衫太瘦生。看蓬門秋草，年年破巷；疏窗細
　　雨，夜夜孤燈。難道天公，還箝恨口，不許長吁一兩聲？
　　癲狂甚，取烏絲百幅，細寫凄情。

此詞又題作「恨」，通篇抒發作者憤世嫉俗、抑鬱沉痛之情。上片專
寫狂態，語言鋒利，詞人為宣洩恨意苦痛，不僅責花罪酒，更欲砍桃
煮鸚，「焚硯燒書，椎琴裂畫，毀盡文章抹盡名」，完全陷入癲狂喪志
之狀態；而其過激行為，亦反映主角對周遭環境與個人前途已然徹底
絕望。下片轉寫自己窮困潦倒之處境，所謂「年年破巷」、「夜夜孤燈」
是也。然生活之貧困，怎及得精神之壓抑與摧殘？故「不許長吁一兩
聲」，實屬詞人抑鬱悲憤之呼嘯。全詞流露慷慨悲憤之情緒，同時寄
寓詞人抑鬱沉痛之嘆息，故曰「轉欷歔」。

　　次句論詞人殊有文采，以「詩、畫、書」稱名於世，惟此三者
與其詞相較，終遜一籌。蓋鄭燮善詩，工書畫，且能熔於一爐，時
稱「鄭虔三絕」，並曰：「三絕之中又有三真，曰真氣，曰真意，曰

───────────
〔註168〕《詞話叢編》，冊2，頁1485。

眞趣。」〔註169〕可知評價頗高，然譚瑩卻曰「詩畫書名卻未如」，以三者不如其詞。實則鄭燮〈劉柳村冊子〉曾云：「拙集詩詞二種，都人士皆曰：『詩不如詞。』揚州人亦曰：『詞好於詩。』即我亦不敢辭也。」〔註170〕清・張維屛《國朝詩人徵略》卷二十八引《松軒隨筆》亦載：「其生平詞勝於詩」，〔註171〕可見鄭燮「詞勝於詩」，乃時人共識。至譚瑩則更云鄭氏「三絕」不如其詞，由是推重之意，殊爲鮮明。

三、四句接言鄭詞之創作特色：因「入情」而「不朽」；以「詞集當家書」。「入情」乃呼應首句「放筆」之評，因詞人尤深於情，情濃愈癡，「放筆」而爲，遂動人心魄，終幾於「不朽」。至「詞集當家書」者，雖非鄭燮創始，然結合「放筆」、「入情」之創作，使「家書」特具深摯眞誠，顯其功效。前引《松軒隨筆》一則評曰：「其生平詞勝於詩，弔古攄懷，激昂慷慨，與集中家書數篇，皆世間不可磨滅文字。」〔註172〕譚瑩承此說，亦特別標舉鄭氏以詞寫家書，體現「入情」之語，乃其詞所以「不朽」也。

十、論趙文哲

趙文哲（1725～1773），字升之，又作損之，號璞函，又號璞庵。江蘇上海（今屬上海市）人。乾隆二十七年（1762）召試賜舉人，授內閣中書，入直軍機處。後坐紀昀、王昶洩漏鹽運使盧見曾案情事，奪官。旋從阿桂爲掌書記，繼從征大小金川，論功擢戶部主事。乾隆三十八年（1773）進兵木果木時殉職，恤贈光祿寺少卿。有《媕雅堂詞》。譚瑩詩云：

〔註169〕　（清）張維屛編撰；陳永正點校：《國朝詩人徵略・初編》卷二十八引《松軒隨筆》（廣州：中山大學出版社，2004 年 12 月），頁 420。

〔註170〕　（清）鄭燮撰；卞孝萱編：《鄭板橋全集》（濟南：齊魯書社，1985年 6 月），頁 244。

〔註171〕　《國朝詩人徵略・初編》，頁 421。

〔註172〕　同上註。

　　　纖穠誰信作忠魂，婷雅堂詞一代論。莫向麗華祠畔唱，萇
　　宏血碧事難言。

首句「纖穠」，稱許其詞婉麗秀美。清・馮金伯《詞苑萃編》卷八引
吳振云：「趙璞函詞，瓣香於碧山、蛻巖，故輕圓俊美，調協律諧，
以近代詞家論之，允堪接武竹垞，分鑣樊榭。」〔註173〕譚瑩承其說，
一則言趙詞「纖穠」，乃瓣香碧山而來，故情味濃厚，韻致圓美。一
則如次句所云「婷雅堂詞一代論」，強調趙氏所作《婷雅堂詞》，足爲
一代翹楚，即吳振所評「允堪接武竹垞，分鑣樊榭」。其後陳廷焯《詞
壇叢話》亦稱：「璞函詞，直逼朱陳，分鑣樊榭」〔註174〕；又云：「璞
函詞，芊綿溫雅，貌似南宋，骨似北宋，學博才大，冠絕一時，與竹
垞代興可也。」〔註175〕立論可爲本詩註腳。

　　殊值留意者，乃首句「誰信作忠魂」，實興下文三、四句詩意。
此時人目趙詞近於碧山，而碧山歷宋末元初，以詞感時傷事，託意深
微，故譚氏曰「忠魂」，強調趙詞於「纖穠」之中亦寓有纏綿忠愛之
思。此由第三句詞人歌詠「張麗華祠」作可證，茲錄全詞如次：

　　　　奈何聲裡香魂斷，荒祠尚臨寒渚。梁鼠啼時，砌蟲咽處，雜
　　　沓靈旗風雨。羊車一去。但寂寞青溪，小姑同住。夢遠雞臺，
　　　海蠡誰解薦芳醑。　　蘭衰休擬菊秀，喜胭脂井畔，便作抔
　　　土。壁樹飛蟬，裀裳化蝶，欲問故宮無路。殘鐘幾度，只遺
　　　曲猶傳，隔江商女。回首雷塘，暮鴉啼更苦。〔註176〕

此詞詠南朝陳後主寵妃張麗華，據《陳書》卷七〈後主沈皇后傳〉附
〈張麗華傳〉載：「後主張貴妃名麗華，兵家女也。家貧，父兄以織
席爲事。後主爲太子，以選入宮。……後主見而說焉，因得幸，遂有
娠，生太子深。後主即位，拜爲貴妃。性聰惠，甚被寵遇。……及隋
軍陷臺城，妃與後主俱入於井，隋軍出之，晉王廣命斬貴妃，牓於青

〔註173〕《詞話叢編》，冊2，頁1955。
〔註174〕同上註，冊4，頁3737。
〔註175〕同上註，頁3738。
〔註176〕〈臺城路・張麗華祠〉。

溪中橋。」〔註 177〕全詞用其事，淒婉悲涼，感慨遂深。清・陳廷焯《雲韶集》曾盛讚此作：「通首淒切而合乎古。點染有情。淒絕悲涼，聲情絕世。結尾愈自生色。」〔註 178〕而譚瑩所以曰「莫向」，並非貶抑其作，乃因末句「萇宏血碧事難言」也。「萇宏」亦作「萇弘」，係周室之忠臣，屈死於蜀，其血，三年後化爲碧玉，〔註 179〕故曰「萇宏血碧」，全句意謂：忠誠節事難以言傳，由是呼應首句「誰信作忠魂」，並遙承其論南宋《樂府補題》所云：「子規誰許盡情啼」之詩意。

十一、論張熙純

張熙純（1725～1767），字策時，一字少華，號敬亭，江蘇上海（今屬上海市）人。乾隆二十七年（1762）舉人，三十年（1765）召試，授內閣中書。工詞，有《曡華閣詞》（一名《華海堂詞》）。譚瑩詩云：

> 無端綺語債誰償（朱吉人謂君有《香奩詞》一卷，惜爲人假手，不能傳播藝林），現到曡華（集名）總擅場。詞客千秋同此恨，爲他人作嫁衣裳。

首句引詞人軼事，並注云：「朱吉人謂君有《香奩詞》一卷，惜爲人假手，不能傳播藝林。」朱吉人即朱方藹，字吉人，係朱彝尊族孫；曾云張熙純著有《香奩詞》，惜此乃代筆操刀，不能署名己作，故曰「無端綺語債誰償」；以張氏雖撰綺麗相思之《香奩詞》，卻是「無端」欠下之文字債。「無端」二字，流露作者惋惜之意。次句則稱賞詞人詞作「總擅場」。「現到」相對於過去之「無端」，全句意謂：逝者已矣，如今詞人仍足以憑藉《曡華閣詞》，稱名當世。

三、四句依舊感慨其事，以「爲他人作嫁衣裳」一事，乃「詞客

〔註 177〕 （唐）姚思廉：《隋書》（北京：中華書局，1974 年 2 月），卷七列傳一，冊 1，頁 131。

〔註 178〕 轉引自《清詞紀事會評》，頁 432。

〔註 179〕 事見《左傳・哀公三年》，《十三經注疏》（臺北：藝文印書館，1997 年 8 月），冊 6，頁 998。

千秋」共同之「恨」也，語氣殊重，足見作者心有所感。

十二、論黃景仁

　　黃景仁（1749～1783），字漢鏞，一字仲則，自號鹿菲子，江蘇武進（今江蘇常州）人。四歲而孤，家境清寒，母督之學。乾隆三十六年（1771），朱筠督學安徽，召入幕，以〈太白樓醉中作歌〉名揚大江南北。四十一年（1776）高宗東巡召試，列二等，充武英殿書籤。陝西巡撫畢沅奇其才，資助入貲捐得縣丞，寓京師法華寺俟銓選。終爲債家所迫，抱病越太行，出雁門，卒於山西。有《竹眠詞》。譚瑩詩云：

　　　　頭銜未署柳屯田，袁蔣詩工合讓先。卻被淺斟低唱誤，如
　　　　何情韻不芊綿。

首句「柳屯田」係指北宋・柳永，其官至屯田員外郎，世稱「柳屯田」。全句意謂：黃景仁詞之頭銜，並未署有北宋・柳永之名。合第三句觀之，譚瑩所以引柳永比擬黃景仁，乃因兩人均「被淺斟低唱誤」。柳氏因淺斟低唱誤卻一生，致仕途多舛〔註 180〕；黃氏則於詞之創作，相對於詩歌評價，頗受冷落。依次句所云「袁蔣詩工合讓先」，「袁、蔣」係指袁枚與蔣士銓，兩人皆有詩名，尤以袁枚所倡「性靈說」更引領一代詩壇。清・郭麐《靈芬館詩話》卷八云：「浙西詞家頗涉餖飣，隨園出而獨標性靈，天下靡然從之。」〔註 181〕然兩人詩歌與黃景仁相較，譚瑩曰「合讓先」，標舉黃詩於袁、蔣之上。實則清代詩壇亦不乏大力褒揚景仁者，如包世臣《齊民四術・黃徵君傳》稱：「乾隆六十年間，論詩者推（黃景仁）爲第一。」〔註 182〕張維屏《國朝詩人徵略》卷三十九引《聽松廬文鈔》亦云：「仲則天分極高，無所

〔註180〕　詳參本文第四章第一節論柳永一詩。

〔註181〕　（清）郭麐：《靈芬館詩話》，杜松柏主編：《清詩話訪佚初編》（臺北：新文豐出版公司，1987 年 6 月），冊 2，頁 196。

〔註182〕　（清）包世臣：《安吳四種・齊民四術》卷三十〈黃徵君傳〉，沈雲龍主編：《近代中國史料叢刊・第三十輯》（臺北：文海出版社，1968年），冊 4，頁 2084。

不學，亦無所不能。至下筆時，要皆任其天之自然，稱其心所欲出。乾坤清氣，獨往獨來。」〔註183〕

惟可憾者，其詞之反響不若詩歌，故曰「卻被淺斟低唱誤」，至末句「如何情韻不芊綿」，則顯然有意從「情韻芊綿」之角度稱賞黃詞。蓋時人評黃氏，如王昶〈黃仲則墓志銘〉曰：「新警略如其詩」；吳蘭修〈黃仲則小傳〉云：「其詞激楚，如猿啼鶴唳，秋氣抑何深也。」陳廷焯《雲韶集》卷二十三：「仲則一代詩人，詞亦清奇桀傲，不落恒徑。」〔註184〕多就其詞豪宕奇崛，如詩之風格論之。譚氏以「如何不」之反詰語氣，論黃詞亦有「情韻芊綿」之作，如〈踏莎行・十六夜憶內人〉、〈醜奴兒慢・春日〉等，皆情思繾綣、秀麗婉約，足當婉約詞之佳篇，〔註185〕凡此諸作，當甚為譚氏所賞，亦即所謂「情韻芊綿」之具體表現。茲移錄如次：

> 珠斗斜擎，雲羅淺熨，蟾盤偷減分之一。重逢又是一年看，明年看否誰人必？　今夜蘭閨，癡兒嬌女，那知阿母銷魂極？擬將歸棹趁秋江，秋江又近潮生日。〔註186〕

> 日日登樓，一換一番春色。者似捲如流春日，誰道遲遲。一片野風吹草，草背白烟飛。頹牆左側，小桃放了，沒箇人知。　徘徊花下，分明記得，三五年時。是何人、挑將竹淚，黏上空枝。請試低頭，影兒憔悴浸春池。此間深處，是伊歸路，莫惹相思。〔註187〕

十三、論楊芳燦、楊揆

楊芳燦（1753～1815），字蓉裳，一字香叔，江蘇金匱（今江蘇無錫）人。乾隆四十二年（1777）拔貢，授甘肅伏羌令，官至戶部員外

〔註183〕《國朝詩人徵略・初編》，頁577。
〔註184〕以上三則，俱轉引自《清詞紀事會評》，頁470。
〔註185〕詳參劉揚忠：〈新妝不為投時豔——黃景仁《竹眠詞》平議〉，《天府新論》1999年第2期，頁77。
〔註186〕（清）黃景仁：《竹眠詞》，《清詞別集百三十四種》，冊7，頁3516。
〔註187〕同上註，頁3470。

郎。有《芙蓉山館詞》。楊揆（1760～1804），字荔裳，芳燦弟。乾隆
四十五年（1780）召試舉人，官中書舍人，從征廓爾喀，功擢甘肅藩
司，四川布政使。有《桐華吟館詞》，又名《瓔珞香龕詞》。譚瑩詩云：

> 二陸才多擅倚聲，文章碧海挈長鯨。頗嫌樂府香奩語，孤
> 負冰天雪窖行。

首句「二陸」係指西晉・陸機（261～303）、陸雲（262～303）兄弟。
《晉書・張華傳》曰：「二陸入洛，三張減價」，意謂太康十年（289）
間，陸氏兄弟至洛陽後，幾令洛陽英豪為之失色，知兩人才名並著，
同顯於當世。此處用「二陸」比擬「二楊」，以兩者皆兄弟才名並稱，
故曰「才多」；「擅倚聲」，則以詞人論之。

　　次句轉而論兩人「文章」。蓋芳燦與揆，兄弟齊名，有「二難」
之目。所作駢文，沉博絕豔，下筆千言，故譚瑩以「碧海挈長鯨」擬
其文章富贍華美，氣勢動人。惟相較於文章之沉博絕豔，有如「碧海
挈長鯨」之壯麗驚心，二家之詞卻是「頗嫌樂府香奩語」，意謂其詞
多寫豔情閨思，如楊芳燦〈菩薩蠻〉係一組惜春詞，其三云：

> 無情燕嘴銜花去，多情蛛網黏花住。去住總銷魂，紅巾凝
> 淚痕。　　水晶簾押靜，寒浸春人影。新恨壓眉頭，嬌波
> 橫不流。〔註188〕

全詞寫女子傷春感懷，閨中念遠。結句「新恨」是傷春之恨，並相思
之苦，鬱積眉頭，此刻唯有凝望復凝望，於是「嬌波橫不流」，呼應上
片「紅巾凝淚痕」更添淒苦，構詞頗具巧思；雖屬「香奩語」，亦以情
韻勝。惟譚瑩曰「頗嫌」，殊不賞詞人以香奩寫詞之創作趨向，究其緣
由，乃「孤負冰天雪窖行」。蓋芳燦與揆，曾先後戍北方甘肅一帶邊境，
久困風塵，備嘗艱險，故曰「冰天雪窖行」。譚氏冠以「孤負」一詞，
乃承上句詩意，意謂詞人歷經「冰天雪窖」戍邊之行，理應發之於詞，
抒寫身世與時代之感，卻反去創作「香奩」小詞，格局遂不高矣。

〔註188〕（清）楊芳燦：《芙蓉山館詞》，《清詞別集百三十四種》，冊7，頁
　　　　3551。

十四、論吳錫麒

吳錫麒（1746～1818），字聖徵，號谷人，浙江錢塘（今浙江杭州）人。乾隆四十年（1775）進士，授編修，官至國子監祭酒。嘉慶初年以親老辭歸，曾先後主揚州安定、樂儀書院。有《有正味齋全集》，詞附。譚瑩詩云：

> 巧獨天工不可階，鏤冰翦雪費安排。我朝亦有吳君特，七寶樓臺拆儘佳。

首二句論詞人之藝術技巧，首句用事，南朝梁·簡文帝蕭綱〈與湘東王書〉云：「謝故巧不可階，裴亦質不宜慕。」〔註189〕喻文章靈巧美妙，非他人所能及。譚瑩以此稱賞吳錫麒詞之造詣極高，至其巧妙之處在於「鏤冰翦雪費安排」，亦即詞人精心鍛鍊、刻劃安排之結果。此清人論吳詞多有體會，如吳衡照《蓮子居詞話》卷四摘錄吳詞「高妙語」與「幽秀語」，評曰：「先生屬對俱精，可入陸輔之《詞旨》。」〔註190〕陳廷焯《詞壇叢話》亦云：「獨倚聲煉字煉句，歸於純雅。」〔註191〕陳廷焯《白雨齋詞話》卷六則曰：「樊榭造句多幽深，縠人措詞則全在洗鍊，又不逮樊榭遠甚。」〔註192〕梁紹壬《兩般秋雨庵隨筆》卷一評：「吳谷人祭酒，詞華蓋代，然偶以雕琢掩其才氣。」〔註193〕所論或推重，或批評，要皆指出吳詞鍛鍊之工。準此，譚瑩進而聯繫南宋詞家工筆，以同宗之吳文英比擬。「君特」係文英字，故曰「我朝亦有吳君特」，以錫麒詞工鍛鍊，頗類文英密麗筆法。惟南宋·張炎《詞源》卷下論吳文英詞曾云：「吳夢窗詞如七寶樓臺，眩人眼目，碎拆下來，不成片段。」〔註194〕「七寶樓臺」看似華麗貌美，終究「不成片段」，依此批評夢窗詞晦澀

〔註189〕 郁沅、張明高編選：《魏晉南北朝文論選》（北京：人民文學出版社，1999 年 1 月），頁 352。

〔註190〕 《詞話叢編》，冊 3，頁 2477～2478。

〔註191〕 同上註，冊 4，頁 3738。

〔註192〕 同上註，頁 3918。

〔註193〕 （清）梁紹壬：《兩般秋雨盦隨筆》，《清代筆記小說大觀》（上海：上海古籍出版社，2007 年 10 月），冊 6，頁 5354。

〔註194〕 《詞話叢編》，冊 1，頁 259。

難明。譚瑩反用張氏評語曰「七寶樓臺拆儘佳」，所見已非片段支離，而是強調其中匠心獨運之處，乃呼應首句「巧獨天工不可階」也。

十五、論彭兆蓀

彭兆蓀（1768～1821），字甘亭，一字湘涵，江蘇鎮洋（今江蘇太倉）人。諸生，舉孝廉方正。譚瑩詩云：

> 文工選體筆崚嶒，餘事填詞得未曾。時論固知君不囿（見
> 《小謨觴館詞集·自序》），一空依傍轉無憑。

首句「文工選體」，係指詞人曾入江蘇布政使胡克家幕，爲校元本《通鑑》，並成《文選考異》十卷，頗得要領，故曰其「工選體」。至「筆崚嶒」則稱賞彭氏文筆特出不凡。兆蓀爲文鴻博沉麗，力追六朝、三唐，尤長於詩，清·張維屏《藝談錄》稱其詩「沉麗兼之」。〔註195〕次句承上，蓋詞人以特出之筆，餘力爲詞，亦深有所得，詞作風格博麗。

三、四句化用詞人自序：「填詞至近日，幾於家祝姜、張，戶尸朱厲。予方心呫舌，無志與之子爭長，而瀏覽所及，頗不欲囿於時論。」〔註196〕以其不囿於一家，反能「一空依傍」，獨創而全不摹仿，故曰「轉無憑」，凸顯詞人作品特具之個人色彩。

綜上所述，譚瑩論雍、乾朝詞人，主要仍集中論述浙西詞派中、後期之詞人，此中以厲鶚爲代表，承襲朱彝尊，領袖浙西詞家，持續倡南宋·張炎之「清空」詞風，並以實際創作影響詞壇流風，譚瑩論厲氏一絕，即由此立說。厲鶚以降，有同撰《絕妙好詞箋》之查爲仁與同籍唱和之張雲錦，詩云：「人推絕妙好詞箋」（論查爲仁）、「當年樊榭竊相推」（論張雲錦），所論均能切合詞人具體貢獻與詞史實況，

〔註195〕（清）張維屏：《藝談錄》引《聽松廬詩話》，舒位等：《三百年來詩壇人物評點小傳匯錄》（鄭州：中州古籍出版社，1986年6月），頁351。

〔註196〕（清）彭兆蓀撰：孫元培纂輯：《小謨觴館詩文集注》（清光緒二十年唐汪氏合刻本），《詩餘附錄注》，頁1。

有其細膩體察與客觀論述之處。由於厲鶚畢生以設館授徒為業，主要坐館於揚州，遂突破浙江之疆域，形成揚州地區之浙派詞人群，依成就與影響而論，實較浙江本籍之詞人群高出許多。如詩中所論江昱、江昉等皖籍流寓揚州之詞人，其作皆能合於張炎「清空」詞旨，故曰「由來絢爛歸平淡」（論江昱）；「苦心孤詣得清空，橙里居然樂笑翁」（論江昉）。另蘇州亦有浙派流風，主要代表即「吳中七子」，以創作成就論之，當推趙文哲為首，其詞情味濃厚，韻致圓美，為浙派中期不可多得之抒情詞家，故譚瑩推許「婷雅堂詞一代論」；而七子中僅取趙氏一人，誠有識見。至論吳錫麒，雖同屬浙西詞派，然詞作更見工巧，近於南宋‧吳文英之流，由是稱賞「我朝亦有吳君特，七寶樓臺拆儘佳」。然而在詞壇一片宗法南宋，推尊姜張之創作風潮，有別立一宗，不廢北宋之詞家，如王時翔等，其中王氏論詞不廢北宋，創作不隨時流之舉，殊為譚瑩所賞。由此可見，譚氏雖賞浙西詞家，並不囿於其說，理論上仍具調和之色彩。

　　至若另一流派──陽羨詞派，於康乾盛世之歷史條件下，因不合時宜而早趨式微，反倒陽羨邑外，仍時有流韻餘響振起，如江西鉛山之蔣士銓、江蘇興化之鄭燮、江蘇武進之黃景仁，均屬迦陵詞風之追慕者，不時唱出豪宕情韻、悲涼情調與雄健之聲。故譚氏論蔣士銓云：「崎嶔磊落更淋漓」、「熱血填胸一灑之」；論鄭燮曰：「蒼茫放筆轉欷歔」、「直將詞集當家書」等，正鮮明道出此種創作特色。殊值留意者，其論黃景仁欲從「情韻芊綿」之角度稱賞，不若時人論黃詞之豪宕奇崛、如詩之風格；尋其論述之法，與前文論蘇軾，稱道蘇詞婉約之說等同，皆呈露作者之評述角度與審美取向。

第三節　小　結

　　繼元明兩代詞風日趨委靡後，有清一代重新振起，號稱「中興」。清詞「中興」之氣象，首先體現為創作之繁榮，誠如嚴迪昌〈老樹春

深更著花──清詞述略〉研究指出：「《全清詞》編纂中，僅順治、康熙兩朝就得詞五萬餘首，詞人數逾二千一百。可以完全有把握地說，一代清詞可搜集二十萬首以上，詞人也將達一萬之數。如此蔚爲大觀，確實令人興奮。何況，數量本身往往正是某種事物是否昌盛繁榮的標誌的。」〔註197〕

其次，清詞流派紛呈、風格競出，亦足以展現「中興」氣象。近人陳匪石《聲執》卷下曾概括詞史進程曰：「詞肇於唐，成於五代，盛於宋，衰於元。而南有樂笑之風流，北有東坡之餘響。亡於明，則桃兩宋而高談五代，競尚側豔，流爲淫哇。復興於清，或由張炎入，或由王沂孫入，或由吳文英入，或由姜夔入，各盡所長。其深造者柳、蘇、秦、周，庶幾相近。」〔註198〕故譚瑩論詞人創作特色，亦時而著眼於流風影響與詞派宗尚之說，如論廣陵詞人群諸家，有「綺語」、「周秦」、「豔說」、「斷腸」之評，最鮮明者，當屬論浙西詞派諸家，時引「南宋」、「堯章」、「玉田」等詞語評述，頗能彰顯詞派宗法與審美要求。

此外，論不入流派唱酬之詞家，往往標舉「情」之角度予以稱說，殊能體現詞人個性獨具之風格色彩。由此亦足見論者敏銳之觀察與識見。惟可憾者，譚氏論清詞，雖多以大家論之，就時間歷程而言，亦足以成就簡明之清詞發展史，但限於論者個人之審美取向，對於有清一代「稼軒詞風」之反響，並悲慨激昂之陽羨詞派，往往略而不論，由是難以建構完整之發展面貌。

殊值留意者，譚瑩雖未明言浙西流派取法南宋、獨尊姜張所可能造成之流弊，然論王時翔云：「論詩能廢盛唐無，北宋何嘗不可摹」，足見其論詞取法，不囿於一宗，有積極調和之意義。

〔註197〕收入氏著：《自選論文集》（北京：中國書店，2005年8月），頁156。
〔註198〕《詞話叢編》，冊5，頁4970。

第七章　論嶺南詞人

　　本章擬探究譚瑩「論詞絕句」專論嶺南詞人部分，計三十八家詞人，得三十六首詩，此中「國朝清遠」三人並論一首。由於第三十六首論張喬，屬「女性詞家」，另立專章討論，故本章所論者，共三十五首詩作。仍依時代先後排序，惟明清之際詞人斷限仍具爭議，各家說法不一，為求論述方便，乃依作者以「國初抗手」論屈大均而斷代於此，下文不另說明。茲分立五代至南宋、明代、清代嶺南詞人三節論述，每節並總結其主要觀點於後。

第一節　論五代至南宋嶺南詞人

　　譚瑩論五代至南宋嶺南詞人，取黃損、崔與之、李昴英、劉鎮、陳紀、趙必𤩽等六家，得六首。茲依詞家論列，逐次分析如下：

一、論黃損

　　黃損，字益之，連州（今廣東連縣）人。著有《桂香集》，已佚。譚瑩詩云：

　　　　竟傳仙去亦多情，得近佳人死也榮。（見《歷代詩餘》）誰
　　　　謂益之能直諫，生平願作樂中箏。（見《阮通志》）

首句「仙去」乃成仙而去之意，相傳黃損係化仙遁去。清·阮元修《廣

東通志》卷三百三〈黃損傳〉引《百斛明珠》載：

> 虔州布衣賴仙芝言：連州有黃損僕射，五代時人，僕射益
> 仕南漢也，未老退歸，一旦忽遁去，莫知所在，子孫畫像
> 事之。凡三十三年，乃歸坐阼階上，呼家人，其子不在，
> 孫出見之，索筆書壁上云云，投筆而去不可留。子歸問其
> 狀貌云，甚似影堂中人也。〔註1〕

此黃損「仙去」傳說，譚瑩著一「竟」字，蓋因「亦多情」而來，即
詞人既存「多情」眷戀子孫，則如何能拋卻凡塵，化仙遁去？由是啓
下句「得近佳人死也榮」，此化用《歷代詩餘》卷一錄黃損〈望江南〉
（平生願）詞句：「得近佳人纖手子，矼羅裙上放嬌聲。便死也爲榮。」
茲錄全詞如下：

> 平生願，願作樂中箏。得近佳人纖手子，矼羅裙上放嬌聲。
> 便死也爲榮。〔註2〕

此闋小令，造語自然淺近，不飾雕琢。起首二句，道出詞人生平所願，
乃爲彈奏之箏，何以如是？蓋因箏能觸碰奏樂佳人纖纖之手，又能枕
於佳人羅裙之上，盡情高歌。若能得償此願，詞人「便死也光榮」，
由是呼應首句「平生願」。全詞表現雖稍嫌發露，但亦不失坦率眞切，
呈現詞人風流多情之面貌。

第三句概括詞人爲政風範，彰顯剛毅形象。清・阮元修《廣東通
志》載：

> 乃仕南漢，主龑納損謀國事，多所諮詢，……會龑建南薰
> 殿，彫沈香爲龍柱，務極工巧，少不如意，輒誅匠者，前
> 後十餘人。損進諫疏曰：……。龑不悅。會宰相缺，群下
> 多推損者，龑謂左右曰：「我殊不喜此老狂。」無何嬰足疾，

〔註1〕 《廣東省志彙編（據清同治三年重刊本影印）》（臺北：華文出版社，
　　　　1968年），頁4988。

〔註2〕 （清）聖祖：《御選歷代詩餘》，《景印攟藻堂四庫全書薈要》（臺
　　　　北：世界書局，1998年），冊497，頁25。按此詞據《全唐五代詞》
　　　　考辨，乃宋人依托。（北京：中華書局，1999年12月）下冊，頁
　　　　1280～1281。

　　　　退居永州，北滄塘湖上，詩酒自娛。〔註3〕

是知黃損參與朝政，因敢於直諫，遂忤上意，於是稱「足疾」，退居永州。「益之能直諫」，蓋用此事。而曰「誰謂」，同首句用意，皆欲啓下句所形塑之「多情」形象。末句同樣化用上引〈望江南〉詞，用首二句：「平生願，願作樂中箏」，蓋黃損平生所願乃化為佳人彈奏之箏，其風流柔情若此，孰謂其敢直諫耶？

　　黃損係五代時人，乃詞體興起之初，存詞僅〈望江南〉一闋，故譚瑩全詩所化用之語詞，幾為其小令之全貌；見錄於《歷代詩餘》，是書卷一百一附詞人小傳有云：

　　　　黃損，字益之，連州人。登梁龍德二年進士第，後仕南漢
　　　　劉龑，居幕府，累進尚書左僕射，以極諫忤意，退居永州，
　　　　卒，或曰仙去。〔註4〕

文中所記「極諫」、「仙去」二事，正本詩所據，對比黃損僅存之小令，可知：一為離絕凡塵，無情無有，化仙而去；一為剛毅直諫，寧忤上意，不為妥協。史傳所形塑之詞人形象若此，而本詩殊為難得之處，在於通過一首小詞，使吾人得見黃損多情之內在心理，屬於詞家之風貌。

二、論崔與之

　　崔與之（1158～1239），字正之，號菊坡，增城（今廣東增城）人。卒諡清獻。著有《菊坡集》，佚於兵火。其後人輯其遺事、詩文，編為《崔清獻公全錄》。譚瑩詩云：

　　　　但許詞家品已低，推崇獨說李文溪。出師拜表如忠武，水
　　　　調歌頭劍閣題。（見《崔清獻集》，李昴英跋）

首句意謂：若僅將崔與之視為詞家，則未免忽略崔氏於政治、軍事、學術上之貢獻與成就。蓋崔與之自南宋光宗紹熙四年（1193）登進士

〔註3〕　《廣東省志彙編（據清同治三年重刊本影印）》，頁4987。
〔註4〕　（清）聖祖：《御選歷代詩餘》，《景印摛藻堂四庫全書薈要》，冊500，
　　　　頁46。

第，歷仕光、寧、理三朝四十七年。晚年，召爲禮部尚書、吏部尚書，
不就；又除參知政事、拜右丞相兼樞密使，皆懇辭。後以觀文殿大學
士致仕，卒贈少師，諡清獻。綜觀其政績，不僅以勤於政事、關心民
瘼、清廉正直、淡泊名利著稱；於軍事方面，亦卓具才幹與見識，在
抵禦金人對淮甸及川蜀之侵擾時，均見重要貢獻。〔註5〕再者，與之
博覽群書，廣納俊才，周圍聚集諸多學術人才，今人張其凡研究指出：
「作爲一個學派，『菊坡學派』已成規模。……由崔與之創立，李昴
英光大的『菊坡學派』，不僅是嶺南歷史上第一個學術流派，而且是
十三世紀嶺南學術的主流學派。」〔註6〕由是可知，崔與之在嶺南，
甚至南宋朝政，均有相當程度之影響，並非單純抒情感懷，倚聲塡詞
之「詞家」可以概括其身分，故曰「但許詞家品已低」。

　　雖然，崔氏門人李昴英〔註7〕卻獨爲推崇，稱賞其詞。「李文溪」
即李昴英，其《文溪集》卷四〈題菊坡水調歌頭後〉云：「清獻崔公劍
閣賦長短句，卷卷愛君憂國，遑恤身計，此意類〈出師表〉。」〔註8〕
特表崔與之〈水調歌頭・題劍閣〉，以詞中愛君憂國之意，類諸葛亮所
撰〈出師表〉。茲錄全詞如下：

> 萬里雲間戌，立馬劍門關。亂山極目無際，直北是長安。
> 人苦百年涂炭，鬼哭三邊鋒鏑，天道久應還。手寫留屯奏，
> 炯炯寸心丹。　　　對青燈，搔白髮，漏聲殘。老來勳業未
> 就，妨卻一身閒。梅嶺綠陰青子，蒲間清泉白石，怪我舊
> 盟寒。烽火平安夜，歸夢到家山。〔註9〕

此詞據《唐宋詞匯評》編年：「嘉定十三年（1220），崔與之除煥章閣

〔註5〕 詳參何忠禮：〈南宋名臣崔與之述論〉一文，《廣東社會科學》（1994
　　　 年第6期）。
〔註6〕 張其凡：〈「平生願執菊坡鞭」——陳獻章與崔與之〉，《暨南學報（哲
　　　 學社會科學）》（第18卷第3期，1996年7月），頁68～69。
〔註7〕 李昴英撰〈崔清獻公行狀〉署「門人李昴英」。見《崔清獻公集・附
　　　 錄》，《宋集珍本叢刊》（北京：線裝書局，2004年第一版），頁561。
〔註8〕 （宋）李昴英：《文溪集》卷四，《叢書集成續編》，冊131，頁389。
〔註9〕 《全宋詞》，冊4，頁2203。

待制，知成都府，本路安撫使，時年六十三。……《宋史》本傳言『蜀人思之，肖其像於成都仙游閣，以配張詠、趙抃，名三賢祠。』此詞為入蜀五年間作。」〔註10〕蓋崔氏出任成都知府兼本路安撫使時，曾登臨劍門關，寫下此首傳世名作。由於此時淮河、秦嶺以北大片土地，早已淪落金人之手，故詞人立馬劍門，北望中原，不勝浩歎！此詞上片展現英雄豪情，抒發抗敵守邊、保家衛國之決心；下片則流露英雄白頭，功業未就之感慨，於悲慨中同時體現豪放奔騰之情調，風格屬辛棄疾一派。潘飛聲《粵詞雅》盛讚：「此詞起四句，雄壯極矣，雖蘇、辛亦無以過之。」〔註11〕梁令嫻輯編《藝蘅館詞選》亦記載麥孟華評語：「菊坡雖不以詞名，然此詞豪邁，何減稼軒！」〔註12〕均予此詞極高之評價。

　　由於崔與之存詞僅兩首，另一首〈賀新郎‧壽轉運使趙公汝燧〉〔註13〕為壽詞，屬一般應酬之作，雖有潘飛聲稱：「出以典雅，亦復不易。」〔註14〕但與憂國憂民之〈水調歌頭〉相比，畢竟遜色許多。故本詩三、四句論崔氏詞，尋李昂英跋語，稱賞〈水調歌頭‧題劍閣〉一詞，有類諸葛亮〈出師表〉所展現之忠愛情思。「忠武」即諸葛亮，卒後諡號忠武。通過與諸葛亮之聯繫，彰顯詞人愛君憂國之忠臣形象，於焉此詩首句乃云「但許詞家品已低」！

三、論李昂英

　　李昂英（1201～1257），字俊明，番禺（今廣東廣州）人。有《文溪存稿》二十卷，為門人李春叟所輯，錄詞三十首。譚瑩詩云：

> 不知履貫亦稱工，（楊升菴《詞品》謂昂英資州盤石人，〈蘭
> 陵王〉一詞絕妙）忠簡生平六一同。獨說蘭陵王一闋，曉

〔註10〕《唐宋詞匯評》，冊4，頁2813。
〔註11〕《詞話叢編》，冊5，頁4883。
〔註12〕梁令嫻《藝蘅館詞選》引（臺北：臺灣中華書局，1970年10月）。
〔註13〕《全宋詞》，冊4，頁2203。
〔註14〕《詞話叢編》，冊5，頁4884。

風殘月柳郎中。（見《文溪集》，孫文燦跋）

首句意謂：楊愼《詞品》不知李昴英籍貫亦稱賞其詞「絕妙」。「履貫」，即籍貫也。據明・楊愼《詞品》卷五載：

> 李公昴，名昴英，號文溪，資州盤石人。送太守詞，『有腳豔陽難駐』一詞得名。然其佳處不在此。文溪全集，予家有之。其〈蘭陵王〉一詞絕妙，可並秦、周。〔註15〕

楊氏未詳考，遂引昴英爲鄉人，稱賞其詞。《四庫全書總目・文溪詞提要》評云：「至楊愼『資州盤石人』之說，觀詞內所述，惟有嶺南，無一字及於巴蜀，愼引爲鄉人，尤爲杜撰。」〔註16〕本詩首句亦表露作者譏諷之意。

次句「忠簡」係李昴英謚號；「六一」係指歐陽修，晚號六一居士。全句意謂：李昴英生平與北宋歐陽修有共通處。立意何在？蓋歐陽修乃北宋著名賢臣，敢於直諫，慶曆三年（1043）擢知諫院，每次進見，多所建言，遂招忌，曾撰〈朋黨論〉，言詞剴切，以呈仁宗，上獎其直言，擢知制誥。昴英亦如是，其人忠君敢言，爲理宗所賞，清・阮元修《廣東通志》卷二百七十引《黃志》記：「上喜其直，書御屏記姓名。十月，擢右正言。上謂宰相曰：『李昴英，南人無黨，中外頗畏憚之。』除兼侍講，益感知遇，知無不言。」〔註17〕再者，兩人亦皆因直諫敢言，觸犯龍顏遭貶。仁宗慶曆五年（1045），韓琦、富弼、范仲淹等以直言相繼罷去，歐陽修上疏切諫，貶知滁州；理宗淳佑六年（1746），昴英彈劾樞密院陳韡等人，「上怒拂衣入」，未久免其右正言職。〔註18〕故譚瑩從直諫敢言、正直無黨之性格，與兩人當朝爲官之歷程，聯繫「忠簡」與「六一」生平相通之處。

第三句又重新回到首句論楊愼之評語，意謂楊愼《詞品》獨賞昴

〔註15〕《詞話叢編》，冊1，頁512～513。

〔註16〕（清）永瑢等：《四庫全書總目提要》（臺北：臺灣商務印書館，1983年10月），冊5，頁334。

〔註17〕《廣東省志彙編（據清同治三年重刊本影印）》，頁4467。

〔註18〕同上註，頁4468。

英〈蘭陵王〉一闋。茲錄全詞如下：

> 燕穿幕。春在深深院落。單衣試，龍沫旋薰，又怕東風曉
> 寒薄。別來情緒惡。瘦得腰圍柳弱。清明近，正似海棠，
> 怯雨芳蹤任飄泊。　　釵留去年約。恨易老嬌鶯，多誤靈
> 鵲。碧雲杳渺天涯各。望不斷芳草，更迷香絮，回文強寫
> 字屢錯。淚欲注還閣。　　孤酌。住春腳。便彩局誰忺，
> 寶軫慵學。階除拾取飛花嚼。是多少春恨，等閑吞卻。闌
> 干猛拍，嘆命薄，悔舊諾。〔註19〕

此詞應作於前文所述昴英免官南歸時。全詞通過比興手法，寫閨中春
恨，纏綿悱惻，從而抒發自己信而見疑、忠而被謗之情緒，寄慨深沉。
此詞婉麗流暢，柔情曼聲，故楊愼稱可並北宋周邦彥與秦觀詞。惟譚
瑩以「獨說」〈蘭陵王〉一闋，並未見昴英詞風全豹，故末句更引北
宋柳永並比。「曉風殘月」，係摘自柳永名作〈雨霖鈴〉（寒蟬淒切）
詞句。明・毛晉〈文溪詞跋〉曾云：

> 因送太平州太守王子文詞得名，叔暘止選此一調，稱爲詞家
> 射雕手。用修又極稱〈蘭陵王〉一首可並秦、周。余讀〈摸
> 魚兒〉諸篇，其佳處豈遜「楊柳岸、曉風殘月」耶？〔註20〕

茲引黃昇所選李昴英〈摸魚兒・送王子文知太平州〉一闋爲例，詞上
片爲：「怪朝來、片紅初瘦，半分春事風雨。丹山碧水含離恨，有腳
陽春難駐。芳草渡。似叫住東君，滿樹黃鸝語。無端杜宇。報采石磯
頭，驚濤屋大，寒色要春護。」〔註21〕詞人即景抒情，寫送別場景，
情緒一波三折，幾經跌宕，將戀戀不捨卻又不得不別之心緒，細膩刻
劃，足可與柳永〈雨霖鈴〉詞寫送行惜別之情並比。蓋李昴英詞多長
調，善於鋪陳事物，寫景言情；明・毛晉輯編《宋六十名家詞》，更
將《文溪詞》列爲一家，足見李昴英於詞史之地位。故譚瑩特爲拈出，

〔註19〕《全宋詞》，冊4，頁2867。
〔註20〕《詞籍序跋萃編》，頁326。按：今本《花庵詞選》見錄李昴英此詞，
　　　　但無毛晉所言評語。
〔註21〕《全宋詞》，冊4，頁2868。

以其詞可與北宋柳、周、秦並比，殊不遜色。

四、論劉鎮

劉鎮，生卒年不詳，字叔安，號隨如，學者稱隨如先生，南海（今廣東廣州）人。著有《隨如百咏》，已佚。今《全宋詞》僅輯得其詞二十六首。譚瑩詩云：

> 柳周辛陸事兼能，（劉潛夫語，見花菴《絕妙詞選》並《絕
> 妙好詞牋》）論到隨如得未曾。豈獨後村評驚當，心傾周密
> 又黃昇。

首句化用劉克莊評語，《後村大全集》卷九十九〈跋劉叔安感秋八詞〉云：「叔安劉君落筆妙天下，間為樂府，麗不至褻，新不犯陳，借花卉以發騷人墨客之豪，託閨怨以寓放臣逐子之感。周、柳、辛、陸之能事，庶乎其兼之矣。」〔註22〕劉克莊稱賞劉鎮能兼北宋柳永、周邦彥與南宋辛棄疾、陸游等人倚聲填詞之特色，評價甚高。

次句「隨如」係劉鎮自號，全句亦扣合劉克莊評語，蓋上引劉氏跋語接言：

> 然詞家有長腔，有短闋。坡公〈戚氏〉等作，以長而工也。
> 唐人〈憶秦娥〉之詞曰：「西風殘照，漢家陵闕。」〈清平
> 樂〉之詞曰：「夜夜常留半被，待君夢魂歸來。」以短而工
> 也。余見叔安之似坡公者也，未見其似唐人者。叔安當為
> 余盡發秘藏，毋若李衛公兵法，妙處不教人也。〔註23〕

劉氏此文前賞劉鎮詞兼「周柳辛陸之能事」，工於長調敷陳；後則怪其不以清麗精鍊小令教人，譚瑩深然其言，故曰「論到隨如得未曾」，然評論劉鎮而恰當者，豈僅劉克莊一人？譚氏尤欣賞周密與黃昇之取捨，故云：「豈獨後村評驚當，心傾周密又黃昇。」蓋周、黃兩人能留意及於其小令也。按：南宋‧周密嘗選《絕妙好詞》一編；「黃昇」則編有《花菴詞選》。兩人選詞，皆錄劉鎮詞作，黃昇選錄二十二首

〔註22〕《詞籍序跋萃編》，頁296。
〔註23〕同上註。

之多，其中不乏清麗可誦、含蓄蘊藉之小詞，如〈清平樂・趙園避暑〉〔註24〕詠夏，寫盛夏時節之清幽景色，生出寒涼之意，結二句轉寫夜景，更添遠致；又〈阮郎歸〉（寒陰漠漠夜來霜）〔註25〕一詞，明楊慎詞品卷五亦稱賞云：「清麗可誦」。〔註26〕至於周密《絕妙好詞》雖僅錄劉鎮〈玉樓春・東山探梅〉〔註27〕小令，亦爲譚瑩所「心傾」，故特於詩末及之也。

五、論陳紀

　　陳紀，字景元，東莞（今廣東東莞）人。宋度宗咸淳九年（1273）鄉貢。官通直郎。宋亡後隱居不仕，與趙必岢等遺民唱和。著有《越吟斐稿》、《秋江欸乃》等，不傳。《粵東詞鈔》僅輯得其詞四首。譚瑩詩云：

　　　　念奴嬌曲賦梅花，（見《廣東文選》）譜賀新郎聽琵琶。（見
　　　　《詞綜》）絕妙好詞偏未選，咸淳以後足名家。

首句係指陳紀〈念奴嬌・梅花〉〔註28〕一詞；次句則指陳紀另有〈賀新郎・聽琵琶〉詞。〔註29〕譚瑩並於兩句句末各加案語，蓋《廣東文

〔註24〕全詞爲：「柳陰庭院。簾約風前燕。著雨荷花紅半斂。消得盈盈綠扇。竹光野色生寒。玉纖雪藕冰盤。長記酒醒人靜，暗香吹月欄干。」《全宋詞》，冊4，頁2474。

〔註25〕全詞爲：「寒陰漠漠夜來霜。階庭風葉黃。歸鴉數點帶斜陽。誰家砧杵忙。　燈弄幌，月侵廊。燻籠添寶香。小屏低枕怯更長。和雲入醉鄉。」《全宋詞》，冊4，頁2475。

〔註26〕《詞話叢編》，冊1，頁511。

〔註27〕全詞爲：「泠泠水向橋東去。漠漠雲歸溪上住。疏風淡月有來時，流水行雲無覓處。　佳人獨立相思苦。薄袖欺寒修竹暮。白頭空負雪邊春，著意問春春不語。」《全宋詞》，冊4，頁2475。

〔註28〕全詞爲：「斷橋流水，見橫斜清淺，一枝孤裊。清氣乾坤能有幾，都被梅花佔了。玉質生香，冰肌不栗，韻在霜天曉。林間姑射，高情迥出塵表。　除是孤竹夷齊，商山四皓，與爾方向調。世上紛紛巡檐者，爾輩何堪一笑。風雨憂愁，年來何遜，孤負渠多少。參橫月落，有懷付與青鳥。」《全宋詞》，冊5，頁3392。

〔註29〕全詞爲：「趁拍哀弦促。聽泠泠、弦間細語，手間推覆。鶯語間關花底滑，急雨斜穿梧竹。又澗底、松風簌簌。鐵撥鵾弦春夜永，對金

選》卷四十錄有陳紀〈念奴嬌・梅花〉一詞，〔註30〕而《詞綜》卷三十二補人則錄其〈賀新郎・聽琵琶〉一闋。〔註31〕惟加說明者，《廣東文選》亦錄陳紀〈賀新郎〉詞，至於譚瑩所以特別指出《詞綜》，實欲強調陳紀詞非僅見賞於「廣東」，更能為清代盛行之《詞綜》所見選，可知其詞足堪傳誦，從而啓下詩句。

第三句意謂：南宋・周密編《絕妙好詞》一選，偏未錄陳紀詞。「偏」字流露作者之不滿，以為此選未錄陳紀詞作乃良玉有瑕，故曰：「咸淳以後足名家」。蓋陳紀於度宗咸淳九年（1273）中鄉舉，〔註32〕官至通直郎，宋亡後隱居不仕，與趙必瓈等遺民相互唱和，存詞雖少，質量卻頗高。明・黃佐《廣東通志》稱其：「尤工小詞，有周美成、康伯可風韻。」〔註33〕如前引「賦梅花」一詞，託物寓意，以梅之孤高品格自況，表達詞人隱居不仕之高潔情操；〈賀新郎〉則寫「聽琵琶」之感受，刻畫樂音，細膩清婉，富有情韻，頗能體現詞家功力，遂為《詞綜》所選。譚瑩因之稱賞其詞足為傳世名作也。

六、論趙必瓈

趙必瓈（1246～1295），字玉淵，號秋曉，東莞（今廣東東莞）人。商王元份九世孫。宋度宗咸淳元年（1265）登進士，任南康縣丞。文天祥開府潮惠，辟攝軍事判官。毀家紓難。入元，隱居溫塘。著有《覆瓿集》二卷，存詞三十一首。譚瑩詩云：

敘鍾乳人如玉。敲象板，剪銀燭。 六么聲斷涼州續。悵梅花、歲晚天寒，佳人空谷。有限弦聲無限意，淪落天涯幽獨。頓喚起、閒愁千斛。賀老定場無處問，到如今，只鼓昭君曲。呼羯鼓，瀉醽醁。」《全宋詞》，冊5，頁3391。
〔註30〕（清）屈大均編：《廣東文選》，《北京圖書館古籍珍本叢刊》（北京：書目文獻出版社，1988年），冊117，頁804～805。
〔註31〕（清）朱彝尊、汪森編：《詞綜》（上海：上海古籍出版社，1999年11月），頁552。
〔註32〕（清）阮元修：《廣東通志》卷二七○，《廣東省志彙編（據清同治三年重刊本影印）》，頁4474。
〔註33〕同上註。

感到滄桑覆瓿（名集）宜，秋娘猶在足相思。（「舊日秋娘
猶在否」，集中〈蘇幕遮‧錢唐避暑憶舊〉語）集中多用清
眞韻，秋曉詞（集名）同片玉詞。

首句「覆瓿」係趙必瓈集名，有《覆瓿集》二卷行世。「覆瓿」本意
指覆蓋盛醬之瓦罐，用以喻著作毫無價值，不被人重視，蓋文人自謙
之辭也。全句意謂：詞人感受家國淪亡之滄桑，將著作命名「覆瓿」，
頗爲得宜。蓋趙氏生於南宋末年，度宗咸淳元年（1265）進士，歷任
高要、四會、南康等縣官吏，有治績。文天祥開府惠州，趙氏往謁，
「相與論時事，必瓈慷慨泣下」，得文天祥賞識，辟攝惠州軍事判官。
宋亡，「歸隱東莞之溫塘，以詩酒自娛，足跡不入城郭」。〔註34〕《四
庫全書總目‧覆瓿集六卷提要》云：「滄桑以後，肥遁終身，其節亦
不可及。」〔註35〕綜觀詞人身世，可知以「覆瓿」命名，實有其深意。

次句化用趙必瓈〈蘇幕遮‧錢塘避暑憶舊，用美成韻〉〔註36〕
詞句：「舊日秋娘猶在否。」此詞懷念舊游，語言清麗，詞情婉曲動
人，潘飛聲《粵詞雅》評曰：「豔冶」〔註37〕；蓋其詞風與周邦彥同
樣富豔工麗，甚有綺思，故曰：「集中多用清眞韻，秋曉詞同片玉詞」。
「清眞」係周邦彥自號，「片玉」乃其詞集名；「秋曉」則係趙必瓈之
號也。趙必瓈喜周邦彥詞，所作有九首用美成韻，〔註38〕清‧張德瀛

〔註34〕（清）阮元修：《廣東通志》卷二七〇，《廣東省志彙編（據清同治三
　　　　年重刊本影印）》，頁 4473。
〔註35〕《四庫全書總目提要》，冊 4，頁 332。
〔註36〕全詞爲：「遠迎風，回避暑。人似荷花，笑隔荷花語。無限情雲並意
　　　　雨。驚散鴛鴦，蘭棹波心舉。　　約重游，輕別去。斷橋風月，夢
　　　　斷飄蓬旅。舊日秋娘猶在否。雁足不來，聲斷衡陽浦。」《全宋詞》，
　　　　冊 5，頁 3381。
〔註37〕《詞話叢編》，冊 5，頁 4890。
〔註38〕〈蘭陵王‧贛上用美成韻〉，〈風流子‧贛上飲歸用美成韻〉，〈風流
　　　　子‧別贛上故人用美成韻〉，〈華胥引‧舟泊萬安用美成韻〉，〈意難
　　　　忘‧過廬陵用美成韻〉，〈宴清都‧舟中思家用美成韻〉，〈鎖窗寒‧
　　　　春暮用美成韻〉，〈隔浦蓮‧春行用美成韻〉，〈蘇幕遮‧錢塘避暑憶
　　　　舊用美成韻〉，共九首。據《全宋詞》統計，冊 5，頁 3379～3381。

《詞徵》卷一即指出：「至周美成詞，趙秋曉八用其韻」。〔註39〕這九首詞不僅用美成韻，抒寫內容與格調皆與周詞相似，可見趙氏曾用心鑽研周邦彥詞作，以「綺思麗句，取法清眞」，〔註40〕故本詩三、四句以此立論。

綜上所述，譚瑩論五代至南宋之嶺南詞人，嚴格言之，五代黃損之詞作，據今人考證屬宋人偽託；北宋年間，嶺南未有詞作傳世，直至南宋，方有名臣崔與之作〈水調歌頭・題劍閣〉傳世，爲門人李昴英推崇，影響後繼嶺南詞家之創作，遂有「粵詞之祖」之譽。今人梁守中即云：「崔與之存詞極少，僅得二首；但卻開創了以『雅健』爲宗的嶺南詞風，對後世嶺南詞人影響甚大。南宋後期的李昴英、趙必瓛、陳紀等人，便是這種『雅健』詞風的直接繼承者。」〔註41〕蓋崔氏承襲蘇辛詞風，特具豪放奔騰之情調，並表現南宋詞家普遍追求之「雅詞」風貌，形成所謂之「雅健」詞風。李昴英繼之，如〈水調歌頭〉「題斗南樓和劉朔齋韻」與「題登春臺」二詞，皆登高臨遠，游目騁懷所作，豪情勝概，富雄直之氣。惟譚瑩特表其「可並周、秦」之〈蘭陵王〉，及強調詞中近於「曉風殘月」之柳詞風貌，再次彰顯譚氏評賞旨趣，亦即稱賞詞情婉曲，風格雅麗，且寄慨深沉之作；故其論劉鎭，除承襲劉克莊「柳周辛陸事兼能」之評語，亦強調詞人能爲清麗可誦、含蓄蘊藉之小詞；論陳紀，稱賞其詠物寄意之作品，皆格調清婉，富有情韻；論趙必瓛，特言其詞風近周邦彥，富豔精工，甚有綺思。凡此，均可見譚瑩論詞之觀點。

殊值留意者，嶺南詞人之數量自南宋始，有逐漸增長之趨勢，究其緣由，當與宋室南渡關係密切。蓋南宋前，嶺南一帶屬化外之境，生存環境險惡，北宋蘇轍〈雷州謝表〉曾云：「身錮陋邦，地窮南服。

〔註39〕《詞話叢編》，冊 5，頁 4082。
〔註40〕潘飛聲：《粵詞雅》，《詞話叢編》，冊 5，頁 4888。
〔註41〕參氏著：〈南宋時期的嶺南詞〉，《中山大學學報（社會科學版）》（1994年第 1 期），頁 91。

夷言莫辨，海氣常昏。出有踐蛇茹蟲之憂，處有陽淫陰伏之病。艱虞所迫，性命豈常？」〔註42〕可見北宋文人貶謫嶺南之心態。然隨北人南渡，諸多北方士民，如呂本中、陳與義、朱敦儒等，均曾逃難至嶺南，文學活動逐漸頻繁，唱詞之風亦漸盛行。據錢建狀研究指出：「朱敦儒《樵歌》之中，有十三首詞作於嶺南。張孝祥《于湖詞》中有十首詞作於廣西。李光現存十四首詞中，有一半以上也是嶺南所作。胡銓傳世的十五首詞中，竟有十二首是作於嶺南的。」〔註43〕再者，北方移民遷居嶺南之後，當地之文化教育水準亦隨之提升，故李光〈儋耳廟碑〉云：「近年風俗稍變，蓋中原士人謫居者相踵，故家知教子，士風浸盛。應舉終場者幾三百人，比往年幾十倍。三郡併試時，得人最多。」〔註44〕又〈昌化軍學記〉云：「昔蘇公端明謫居此邦，有〈游學舍〉詩云：『攝衣造兩塾，窺戶無一人。邦風方圮夷，廟貌猶殷因。先生饌已闕，弟子散莫臻。』蓋歎之也。今相去五六十年間，文學彬彬，不異閩浙。」〔註45〕凡此皆反映嶺南地區於漫長之歷史發展中頗受冷落，然隨南宋政治與文化重心之南遷，遂改變了當地之文化生態，亦促進詞學人才之成長；其傳世作品雖不多，然所樹立之詞風，對後世嶺南詞家仍具一定之影響也。

第二節　論明代嶺南詞人

譚瑩論明代嶺南詞人，取黎貞、陳獻章、戴槻、祁順、黃瑜、邱濬、霍韜、霍與瑕、張萱、盧龍雲、區元晉、何絳、韓上桂、陳子升十四家，得十四首。茲依詞家論列，逐次分析如下：

〔註42〕（宋）蘇轍撰；陳宏天、高秀芳校點：《蘇轍集》（北京：中華書局，1990 年 8 月），冊 3，頁 1080。

〔註43〕詳氏著：〈南渡詞人地理分佈與南宋文學發展新態勢〉，《文學遺產》（2006 年第六期），頁 69。

〔註44〕（宋）李光：《莊簡集》卷十六，任繼愈、傅璇琮總主編：《文津閣四庫全書》（北京：商務印書館，2005 年），冊 377，頁 203。

〔註45〕同上註。

一、論黎貞

　　黎貞（1358～1416），〔註46〕字彥晦，號秫坡，新會（今廣東新會）人。譚瑩詩云：

> 老樹嫣然也著花，秫坡仍未算詞家。薄情鶯燕偏相惱，（秫坡先生詞集中〈風入松〉詞語）詩學西菴（見《獻徵錄》）竟不差。

首句化用明末清初顧炎武〈又酬博處士次韻〉詩句：「蒼龍日暮還行雨，老樹春深更著花。」全句意謂：看似枯槁的老樹，竟也開出美麗的花朵。譚瑩以「老樹」喻詞人，蓋黎貞乃地方大儒，隱居不仕，聲望頗高。洪武八年（1375），以明經辟薦，至京託疾不赴禮部而歸；十八年（1385），因事為訟者誣，發戍遼陽；三十年（1397）獲赦歸。此後於鄉里講學著述，年五十卒。陳獻章極推許黎貞，曾云：「吾邑以文行誨後進，百餘年來，秫坡先生一人而已。」〔註47〕由此可知，其隱逸高儒之風範十分鮮明。譚瑩以「老樹」喻之，並謂：「嫣然也著花」，一方面稱揚詞人品格學問；另一方面則彰顯黎貞莊嚴肅穆的儒者形象下，亦能寫作小詞，由是啓下文詩意。

　　次句「秫坡」係黎貞號。全句意謂：黎貞雖有詞作傳世，嚴格而論，實難入詞家之列。黎貞《秫坡詩集》附詞八首，多造語自然淺白，情思表露直率，如〈醉太平・八月十八日徧游鳳凰坡〉下片：「賢良策奏人才盛。陰陽順氣鬼神寧。與陶唐並稱。」〔註48〕〈折桂令・寄東海〉上片：「老頑老頑，酒詩蕭條。別後相思，高興迢迢。」〔註49〕〈臨江仙・朱二尹朝觀〉下片：「兒童竹馬笑相迎。風雲重際會，雨

〔註46〕此據今人王頲、倪尚明研究斷限。詳氏著：〈論陳獻章與黎貞的思想淵源〉，《湖南農業大學學報（社會科學版）》（2006 年 4 月第 7 卷第 2 期），頁 81。

〔註47〕（明）陳獻章：《陳獻章集》。

〔註48〕饒宗頤初纂；張璋總纂：《全明詞》（北京：中華書局，2004 年 1 月），冊 1，頁 197。

〔註49〕同上註。

露到岡城。」〔註50〕雖有自然風味，卻缺乏譚瑩所強調詞體含蓄蘊藉、雅麗婉曲的準則，由是難以「詞家」稱之。

　　第三句摘自黎貞〈風入松・閨情〉〔註51〕詞句。呼應首句之意，以黎貞高儒形象，亦「嫣然」而作「閨情」小詞；全詞寫閨怨，相思之情濃烈，惟表現過於直露，是其缺失。整體而言，黎貞的文學成就在於詩文創作，而非寫作小詞，故本詩末句重新拉合詞人的詩歌成就立說，「西菴」係孫蕡（1337～1393）號，字仲衍，順德人，居南園五先生之首，才華橫溢，「性警敏，書無所不窺。詩文援筆立就，詞采爛然。」〔註52〕其詩作，明清以降，評價頗高，如明・胡應麟《詩藪》謂：「嶺南詩派昉於孫蕡仲衍」，「咸足雄據一方，先驅當代」。〔註53〕清・湯先甲推爲「嶺南明詩之首」。清・朱彝尊《靜志居詩話》卷三亦稱云：「自蕡以下，世所稱南園五先生也。仲衍才調，傑出四人。五古遠師漢、魏，近體亦不失唐音。歌行尤琳琅可誦，微嫌繁縟耳。」〔註54〕黎貞曾學於孫氏門下，據清・阮元修《廣東通志》卷二百七十一引《獻徵錄》云：「孫蕡才美絕人，爲文章，操筆立就……貞從之游，故學所成就非一時流輩所及。發而爲詩文，滔滔自胸中寫出，無斧鑿痕。」〔註55〕蓋黎貞詩學孫蕡，有較高之成就，故曰：「詩學西菴竟不差」。

二、論陳獻章

　　陳獻章（1428～1500），字公甫，號石齋，晚號石翁，卒諡文恭。

〔註50〕同上註。

〔註51〕全詞爲：「鳳孤鸞隻怎生熬。鰥守困蓬蒿。薄情鶯燕偏相惱，傷懷處、漫倚庭皐。比翼雙飛何日，同翻碧海波濤。」《全明詞》，冊 1，頁 197。

〔註52〕詳《明史・文苑一》。（清）張廷玉等：《明史》（北京：中華書局，1974 年 4 月），卷二八五列傳一七三，冊 24，頁 7331。

〔註53〕周維德集校：《全明詩話》（濟南：齊魯書社，2005 年 6 月），冊 3，頁 2732。

〔註54〕（清）朱彝尊撰；黃君坦校點：《靜志居詩話》（北京：人民文學出版社，1998 年 2 月），上冊，頁 70。

〔註55〕《廣東省志彙編（據清同治三年重刊本影印）》，頁 4498。

生於新會（今廣東新會）圭峰山下的都會村，後徙居江門（今廣東江門）附近的白沙村，世稱白沙先生。譚瑩詩云：

> 風韻何嘗樂府殊，白沙遠過邵堯夫。春風沂水人千古，也
> 學烟波舊釣徒。（按《白沙集》有長短句一門，實雜體詩也，
> 無詩餘。然〈釣徒〉一首，題云「效張志和體」。志和原作，
> 各家詞選俱收調名「漁歌子」，而白沙譜之，殆詩餘矣）

首句意謂：詩文風韻與詞作沒有分別。蓋其意即按語所云：「《白沙集》有長短句一門，實雜體詩也，無詩餘。」可知陳氏所作是詩非詞，可視為詞作者，僅〈釣徒〉一首。綜觀白沙詩歌，傳世者約兩千首，風格超妙沖淡，清新秀美，富有韻味，迥異於宋代理學家邵雍等人「頭巾氣習」的道學詩，故曰「白沙遠過邵堯夫」；「堯夫」即邵雍（1011～1077）字。而白沙精於理學，所作詩歌亦好寄寓哲理，部分作品因議論成分太重，難免枯燥乏味，但相較之下，重自然、重意趣之詩歌仍佔多數，故清・溫汝能《粵東詩海》評曰：

> 理學名儒，多不以詩見長，而本性原情自然超妙，朱晦翁後
> 推吾粵白沙一人。論者謂白沙蜚英騰茂，黎秫坡有以倡之。
> 顧秫坡質實近理，白沙美秀而文，不可同日語也。〔註56〕

白沙詩主要體現為醇雅淡泊之風貌，與其個人心境品格相契合，清・錢謙益《列朝詩集》評白沙詩時引其弟子林俊語云：「涵養完粹，脫落清灑，獨超造物牢籠之外，而寓言寄興於風煙水月之間，蓋有舞雩陋巷之風焉。」〔註57〕即結合人品與詩品充分肯定白沙詩的美學價值。本詩三、四句所論即著眼於此。「春風沂水」係化用《論語・先進》所記：「暮春者，春服既成，冠者五六人，童子六七人，浴乎沂，風乎舞雩，咏而歸。」指放情自然，曠達高尚之生活樂趣；「人千古」意謂孔門弟子其人其事已遠。惟其人事雖遠，精神仍在，體現於白沙詞作有〈漁歌子・釣魚效張志和體〉一詞。末句「烟波舊釣徒」即唐

〔註56〕（清）溫汝能編：《粵東詩海》。
〔註57〕（清）錢謙益：《列朝詩集》丙集第四引。

人張志和，自號「煙波釣徒」，有〈漁父〉詞五首，爲後代隱逸詞之
宗。茲錄白沙全詞如下：

> 紅蕖風起白鷗飛。大網攔江魚正肥。微雨過，又斜暉。村
> 北村南買醉歸。〔註58〕

此詞仿張志和〈漁父〉詞之格調，寫嶺南水鄉漁民的生活，語言清麗自
然，色彩鮮明生動，充分展現詞人遁跡山林、恬淡閒適的心境。清・張
德瀛《詞徵》評曰：「結響騷雅，使劉後村見之，當不敢嗤爲押韻語錄。」
〔註59〕蓋宋人往往視理學家詩詞爲「押韻語錄」體，以其質實近理，缺
乏風神韻味。而陳獻章雖爲有明一代著名理學家，寫詩作詞卻能擺脫議
論說理、枯燥乏味之成分，流露自然「風韻」，故爲譚瑩所稱賞。

三、論戴璉

戴璉，字汝器，南海（今廣東廣州）人。生卒年不詳。明正統三
年（1438）舉人，官訓導。譚瑩詩云：

> 石屏家世獨文章，清節先生（見《粵大記》）總擅場。新酒
> 諒難降舊恨，宋人風格滿庭芳。（見《廣東文選》及《詞綜》）

首句「石屏」係南宋戴復古號，蓋戴氏居南塘（今浙江黃岩）之石
屏山，明毛晉〈石屏詞跋〉云：「石屏，其所居山名，因以爲號。」
〔註60〕全句意謂：戴復古以文章寫作稱名後世。本詩首句先言戴復
古獨以文章稱世，乃欲興起下句評戴璉「總擅場」之語。次句「清
節先生」即戴璉，據阮元修《廣東通志》卷二百七十三引《粵大記》
云：「（戴璉）時稱清節先生。」〔註61〕所謂「總擅場」，相對首句「獨
文章」，強調戴璉創作，不惟詩文，詞作亦佳。

三、四句引詞人具體詞作，證其佳處所在。第三句化用戴璉〈滿
庭芳〉（竹隱寒烟）詞句：「新酒難降舊恨」。此詞見錄於《廣東文選》

〔註58〕（清）許玉彬、沈世良編選：《粵東詞鈔・陳獻章》，頁1。
〔註59〕《詞話叢編》，冊5，頁4175。
〔註60〕《詞籍序跋萃編》，頁323。
〔註61〕《廣東省志彙編（據清同治三年重刊本影印）》，頁4519。

卷四十與《明詞綜》卷二。茲錄全詞如下：

> 竹隱寒烟，菊凝晚露，空階霜月微明。小窗寂靜，四壁響蟲聲。風細金爐香裊，穿花影、數點飛螢。良夜永，悶無情緒，獨坐對長檠。　　玉人音聲斷，巫山雲鎖，洛浦烟橫。奈魚沉雁杳，誰訴衷情。新酒難降舊恨，佳期誤、檐鵲無憑。愁人處，更闌酒醒，孤枕夢難成。〔註62〕

此詞寫閨怨，語言清麗典雅，詞情婉曲纏綿。其中多用宋詞意象，如「空階」、「小窗」、「魚沈雁杳」、「孤枕」等，通過景物環境之細膩描繪，自然流露閨中女子相思愁情，頗似北宋柳永、秦觀等人之風格，故曰「宋人風格〈滿庭芳〉」。

四、論祁順

祁順（1434～1497），字致和，號巽庵，又號巽川居士，東莞（今廣東東莞）人。明英宗天順四年（1460）進士。授兵部主事，轉員外郎。升江西參政、江西布政使。著有《巽川集》。譚瑩詩云：

> 卻金亭築表清風，（使朝鮮時事。見《黃通志》）偉麗詞傳應制同。蠻徼弓衣應織遍，滿朝懽〔註63〕又滿江紅。（見《廣東文選》）

首句「卻金亭築」，用祁順使朝鮮時事。據阮元修《廣東通志》卷二百七十五引《黃志》記：「憲宗成化十一年，建儲賜一品服使朝鮮，惟疋騎從，自就館至旋斾，凡輿馬金繪聲伎之奉，一切麾卻，三韓君臣，相顧駭異，為築卻金亭。」〔註64〕由是知其人清風亮節，故曰「表清風」。下文三句皆扣合此事立說。

第三句「蠻徼弓衣」意謂邊地征戰，此處指出使朝鮮一事。蓋詞人於成化十一年（1475）奉命出使朝鮮，有〈歸朝懽〉（昨捧綸音過鴨綠）與〈滿江紅〉（漢水風光）二詞，茲引錄如次：

〔註62〕《全明詞》，冊1，頁264～265。
〔註63〕原詩作「滿」朝懽，乃訛誤，當為「歸」朝懽也。
〔註64〕《廣東省志彙編（據清同治三年重刊本影印）》，頁4549。

昨捧綸音過鴨綠。五色麒麟明繡服。蕃王稽首覲天威，歡
聲盡效封人祝。宣恩兼問俗。陽春到處生寒谷。愛三韓，
海山清勝，收拾歸遐矚。　　　不學張騫攜首蓿。只有詩囊
珠萬斛。北山勞事底須嗟，皇華篇什行當續。旋裝何太速。
江湖望望縈心曲。向長安，九重宮闕，恩獻千秋錄。〔註65〕

漢水風光，清絕處、海邦希有。端的是、天生雄勝，地分
靈秀。金馬郡城傳自昔，新羅人物皆非舊。記唐家、都府
亦留名，熊津口。　　　鷗鷺狎，魚龍吼。山入畫，江如酒。
使遊人到此，貪歡忘久。佳會合超滕閣上，幽情不在蘭亭
後。想明朝、一別隔層城，頻回首。〔註66〕

前首記使韓過程：「蕃王稽首覲天威，歡聲盡效封人祝。宣恩兼問俗。
陽春到處生寒谷。」展現兩國友好邦交：「向長安，九重宮闕，恩獻
千秋錄。」後一首讚美朝鮮壯麗河山：「漢水風光，清絕處、海邦希
有。端的是、天生雄勝，地分靈秀。」表現出使過程順利、臨別不
捨之情：「想明朝、一別隔層城，頻回首。」兩詞用語皆樸實無華，
蓋呈顯使節於兩國交際時應有之態度，由是呼應次句「偉麗詞傳應
制同」。

五、論黃瑜

　　黃瑜，字廷美，自稱雙槐老人，香山（今廣東中山）人。景泰七
年（1456）舉人，成化五年（1469）授廣東長樂縣知縣，在任十五年
後棄職而去。卒年七十有三。譚瑩詩云：

雙槐手植（見《黃通志》）興蕭然，著述何須樂府先。宋末
補題工詠物，持螯曾譜鵲橋仙。（見楊子《卮言》閨集）

首句「雙槐手植」用事，據阮元修《廣東通志》卷二百七十五引《黃
志》載：「（黃瑜）既歸，徙居會城番山下，手植槐二，構亭，吟嘯其

〔註65〕見錄（清）屈大均編：《廣東文選》，《北京圖書館古籍珍本叢刊》，
　　　　冊117，頁805。
〔註66〕同上註。

中，自稱雙槐老人。」〔註67〕譚瑩稱其意興「蕭然」，蓋此事展現詞人瀟灑悠閒的生活態度，其孫黃佐記其生活，曰：「置《朱子語類》及唐音《杜詩》於臥所，晨起讀《語類》以析疑義，暮則詠詩數章而後寢，於聲色紛華，一無所好。」〔註68〕故詞體創作僅為餘事，著述不以樂府為先。

第三句「補題」係指《樂府補題》一編。此南宋遺民詞選，不著編者名氏。從輯錄詞作內容考察，輯錄者當是宋室遺民；書中所選皆詠物之作，分別以〈天香〉、〈水龍吟〉、〈摸魚兒〉、〈齊天樂〉、〈桂枝香〉五調分詠龍涎香、白蓮、蓴、蟬、蟹，故曰「宋末補題工詠物」。譚瑩所以提及此選，蓋因詠「蟹」詞作，由是興起下句詩意。

末句用事，據明・楊慎《詞品》卷二所記：

> 《齊東野語》載鷺箕〈鵲橋仙〉詞詠七夕，以八煞為韻。……近時東莞方彥卿正月六日於俞君玉席上，擘槽蟹薦酒，壽其友人黃瑜，亦依此調。其詞云：「草頭八足。一團大腹。持螯笑向俞君玉。花燈預賞為先生，生日是新正初六。　　今宵過了，七人八穀。又七日天官賜福。福如東海壽如山，願歲歲春盤盈綠。」瑜，字廷美，香山人。其孫才伯，與予同官，嘗為予誦之。〔註69〕

依譚瑩按語，此事「見楊子《巵言》閏集」，惟筆者翻檢，未見此書，疑「楊子」或明人楊慎，《巵言》即傳本《詞品》一書，且書中記事，正合本詩末句詩語。如是，則〈鵲橋仙〉詠蟹一闋非黃瑜所「譜」，乃友人方彥卿壽其生辰所作，故黃瑜實未有詞作傳世。譚瑩置黃氏於嶺南詞家而論，或曾見其詞，惜今傳文獻，難以確考。

六、論邱濬

邱濬（1420～1495），字仲深，號瓊臺，別號深庵，卒諡文莊。

〔註67〕《廣東省志彙編（據清同治三年重刊本影印）》，頁4554。
〔註68〕同上註。
〔註69〕《詞話叢編》，冊1，頁454～455。

海南瓊州府城（今廣東瓊山）人。著有詩文集《瓊臺會稿》二十四卷。
譚瑩詩云：

> 倚聲屈指到文莊，人似流鶯語可商。（「人似流鶯老」稿中
> 〈青玉案〉詞語）春思宛然秋思好，生查子與應天長。（《瓊
> 臺彙稿》存詞十九闋，唯三闋稍工耳。）

首句「文莊」即邱濬，卒諡文莊。次句「人似流鶯」摘自邱濬〈青
玉案・夏日即事〉〔註70〕上片末句：「人似流鶯老」。蓋「流鶯」有
飄蕩流轉、無所棲託之特點，故漂泊漫遊、仕宦外地之文人，特別
鍾情藉「流鶯」抒寫心曲，如唐・韋應物〈寒食寄京師諸弟〉詩云：
「雨中禁火空齋冷，江上流鶯獨坐聽」，〔註71〕李商隱〈流鶯〉詩云：
「流鶯漂蕩復參差，度陌臨流不自持」，〔註72〕宋・寇準〈春日登樓
懷歸〉詩云：「荒村生斷靄，深樹語流鶯。舊業遙清渭，沉思忽自驚」
〔註73〕皆用「流鶯」寫漂泊客居之情懷。邱濬此詞亦以「流鶯」寓
遊子之情，惟直言「人似流鶯」，又著一「老」字，殊覺不類，反失
其漂泊流轉之意，用語應再斟酌，故曰「語可商」。

　　三、四句點明邱濬詞之佳者，有寫「春思」之〈應天長〉以及寫
「秋思」之〈生查子〉兩闋，茲引錄如次：

> 午窗閒展湘紋簟。春夢醒來眉作斂。珠簾捲。重門掩。情
> 事不堪重點檢。晚山青似染。望眼年年頻減。惆悵流光荏
> 苒。芳心無半點。〔註74〕
> 雲散嶺頭光。葉落山形瘦。目斷遙空鴈不來，正是悲秋候。

〔註70〕全詞爲：「綠槐庭院紅蓮沼。清夢斷、池塘草。推枕起來天未曉。佳
　　　　期悄悄，人似流鶯老。　　家園萬里雲山杳。久不見、音書附魚鳥。
　　　　世事縈纏何日了。這般情緒，這般懷抱。畢竟如何好。」《全明詞》，
　　　　冊1，頁272。
〔註71〕（清）乾隆輯：《全唐詩》（北京：中華書局，1960年4月），卷一八
　　　　八，冊6，頁1923。
〔註72〕同上註，卷五四〇，冊16，頁6196。
〔註73〕北京大學古文獻研究所編：《全宋詩》（北京：北京大學出版社，1991
　　　　年7月），卷九〇，冊2，頁1001。
〔註74〕《全明詞》，冊1，頁273～274。

雨點水痕圓，風麼波文皺。顧影徘徊落小池，頓覺人
非舊。〔註75〕

句末案語曰：「《瓊臺彙稿》存詞十九闋，唯三闋稍工耳。」譚瑩所言
「三闋」詞作，蓋合上句所引〈青玉案〉而論；此三首不同於集中他
作，皆清麗宛轉，頗有風致。綜觀邱濬詞作，多有率意處，如〈水龍
吟・癸巳初度〉：「少日東塗西抹。到如今、要他作麼。」〔註76〕〈鷓
鴣天・己亥初度〉：「老子明年六十齊。百年光景日頭西。」〔註77〕洵
乎「打油體」；又〈行不得也哥哥〉、〈不如歸去〉〔註78〕二詞，隨心
所欲，難以詞作目之；再者，〈清平樂〉（佳人空谷）有題序云：「昔
高槎軒（高啓）作〈水龍吟〉詞詠紅竹，予誦而喜之。欲擬作一詞，
未有以起其意者。」〔註79〕惟細究兩人詞作，相去甚遠，以是略知明
詞有愈擬而愈下者。故譚瑩立論觀點誠有客觀依據。

七、論霍韜

霍韜（1487～1540），字渭先，號兀厓、渭厓。南海（今廣東廣
州）人。著有《渭厓文集》十卷。譚瑩詩云：

水調歌頭調獨佳，（《渭厓集》存詞廿一闋，俱填此調。）
誰容奮筆寫胸懷，以人存亦談詩例，未甚傾心霍渭厓。

首句詩意即案語所云：「《渭厓集》存詞廿一闋，俱填此調。」蓋霍韜
《渭厓文集》卷七有〈水調歌頭〉二十一闋，足見其獨賞此調。次句
概括霍韜詞風。霍韜乃明武宗、世宗朝大臣，詞筆剛健，由於明代邊
患頻仍，北方部族不斷南侵擄掠，朝廷戰備廢弛，無力抵禦，詞人感
觸深刻，發而為詞，如〈水調歌頭・古邊情〉四詞〔註80〕等，以「奮

〔註75〕《全明詞》錄此詞調名為〈卜算子〉，案語：「原詞調誤作〈生查子〉，
　　　　據《詞譜》改。」同上註，頁271。
〔註76〕同上註，頁272。
〔註77〕同上註。
〔註78〕以上二詞，見《全明詞》，同上註，頁274。
〔註79〕同上註，頁271～272。
〔註80〕詳霍韜：《渭厓文集》卷七，《四庫全書存目叢書・集部》（臺南：莊

筆」抒寫深沈之憂國情懷與抗敵決心，詞情豪邁激昂，展現作者浩然之氣。

　　第三句則概括詞作內容。綜觀霍韜〈水調歌頭〉二十一闋，除上引「古邊情」表現邊戰豪情外，題序亦有「甬川（張邦奇）先生示讀學規之作，譽借太過，次韻奉答」、「次論學，答甬川」、「次論詩，答甬川」、「有所思，和白山」、「仰宸樓，爲陽峰題」、「陽峰詞，爲張學士」等，〔註81〕可見詞人唱酬的情形，故曰「以人存」。此外，由題序知詞作有「論詩」、「論學」等內容，其中亦頗存詞人珍貴的心得體會，值得探究。惟譚瑩終究「未甚傾心霍渭厓」，蓋如前文所述，譚氏所賞乃婉曲抒情之詞作，即使寫壯志、論學問，亦當如南宋辛稼軒詞筆，通過潛氣內轉、寓剛於柔之手段出之，而非如霍韜以「奮筆寫胸懷」，忽略詞之體性特徵。茲引錄「古邊情其一」與「次論詩，答甬川」兩首供參考：

> 天驕橫漢世，戾氣眇邊關。一任彀弓馳突，赤子若爲安？嫚書主臣忍辱，拊髀頗牧興歎，勁氣竟誰還。賈生晁錯策，炯然萬世丹。　　匡相君，石內史，吻涎殘。坐使金戈銷鑠，戰士委嬉閒。有日陰山膠勁，胡虜南馳馬壯，鐵甲爲誰寒？我也嫖姚後，夢見燕然山。

> 久矣厭浮藻，茅閣土築關。林叟瓦杯布鼓，質任自然安？慨惜太羹玄酒，醉飽義皇堯舜，此爲也堪還。萬古中和散。人心不老丹。　　怊時風，文漸著，質旋殘。恁描霞雲月露，畢竟語言閒。往歲閉門抱朴，不喜隨人畫餅，盟竟若何寒？宵夢無言叟，攜我陟東山。

八、論霍與瑕

　　霍與瑕（1522～1588？），字勉齋。南海（今廣東廣州）人。霍韜之子，著有《霍勉齋集》，詞附。譚瑩詩云：

嚴文化事業公司，1997年6月），冊69，頁205～206。
〔註81〕同上註，頁206～207。

文章官職遜而翁，偏至填詞格調同。（見《勉齋集》）自鄶
無譏誰過刻，前明樂府鮮宗工。

首句「而翁」，用於稱人之父親，此處指霍與瑕之父親霍韜。與瑕乃
霍韜次子，嘉靖三十八年（1559）進士，歷官至廣西僉事，其父霍韜
累官至太子太保、禮部尚書，且「於經史大義頗有建白，著有《詩經
解》、《象山學辨》、《程朱訓釋》、《渭厓集》、《西漢筆評》、《渭厓家訓》
等述作」，〔註82〕故曰「文章官職遜而翁」。次句仍扣合霍與瑕及其父
之比較，蓋與瑕詞作同霍韜，多以「奮筆寫胸懷」，如〈菩薩蠻·癸
亥李太華死事〉，〔註83〕以詞寫歷史事件，慷慨激昂，豪氣悲壯，故
曰「填詞格調同」。承上一首論霍韜「未甚傾心」之評，則其不喜與
瑕詞作，不言而喻。

　　三、四句總論明詞。「自鄶無譏」，典出《左傳·襄公二十九》：「（吳
公子札）請觀於周樂，使工為之歌〈周南〉、〈召南〉，曰：『美哉！始
基之矣，猶未也，然勤而不怨矣。』……自〈鄶〉以下無譏焉。」杜
預注：「〈鄶〉第十三，〈曹〉第十四。言季子聞此二國歌，不復議論
之，以其微也。」〔註84〕意謂自此以下不值得評論。合下句觀之，當
指「前明樂府」不足道也。關於明詞中衰，明清詞家多有體認，如明·
王世貞《藝苑卮言》云：「我明以詞名家者，劉誠意伯溫，穠纖有致，
去宋尚隔一塵。楊狀元用修，好入六朝麗事，近似而遠。夏文愍公謹
最號雄爽，比之辛稼軒，覺少精思。」〔註85〕王氏基於比較鑑別之立
場，以明詞不若宋詞佳。清·吳衡照《蓮子居詞話》卷三有云：「論
詞於明，並不逮金元，遑言兩宋哉。蓋明詞無專門名家，一二才人如

〔註82〕曾抗：〈霍韜〉，毛慶耆主編：《嶺南學術百家》（台山：廣東人民出
　　　　版社，2004年12月），頁228。
〔註83〕全詞為：「南鄉坐湖澄灣水。悲歌忽墮天涯淚。秋老落霜楓。村村戰
　　　　朔風。　朔風搖桂影。金粟冰花冷。深夜羨嫦娥。清光依舊多。」
　　　　（清）許玉彬、沈世良編選：《粵東詞鈔·霍與瑕》，頁1。
〔註84〕《十三經注疏》（臺北：藝文印書館，1997年8月），冊6，頁667
　　　　～670。
〔註85〕《詞話叢編》，冊1，頁393。

楊用修、王元美、湯義仍輩，皆以傳奇手爲之，宜乎詞之不振也。其患在好盡，而字面往往混入曲子。」〔註86〕由是，明詞不惟不及宋詞，亦「不逮金元」，地位等而下之，此外，吳氏更指出明詞之患在於墮入曲家習氣，失卻含蓄蘊藉之詞風。清‧杜文瀾《憩園詞話》卷一則曰：「有明一代，未尋廢墜，絕少專門名家。間或爲詞，輒率意自度曲，音律因之益棼。」〔註87〕從明人混淆詞律之角度立論，檢討明詞衰落之因。譚瑩於此亦深有所感，故本詩雖論霍與瑕，卻於結二句總論明詞。依其意，明清詞家此等批評，看似「過刻」，實亦揭示明詞所以「自鄶無譏」之弊。至於譚氏批評明詞之角度，在「鮮宗工」，亦即宗奉對象之選擇，取法不高，呼應本詩所論霍與瑕，以其塡詞效法其父——霍韜，取法不高，則詞作自難「工」也。

九、論張萱

張萱（1558～1641），字孟奇，一字九岳，別號西園，博羅（今廣東博羅）人。明萬曆十年（1582）舉人。歷任內閣中書、戶部郎中、平越知府。好學博識，經史百氏，靡不淹通。能畫，書法兼通諸體。有《彙雅西園集》，詞附。譚瑩詩云：

> 西園詞稿不須添，著等身書韻偶拈。獨釣罷時還獨汎，（見
> 《西園存稿》）喜無一語近香奩。

首句「西園」係張萱別號，有《西園存稿》，附詞五闋。所以曰張萱「詞稿不須添」，乃因次句「等身書韻偶拈」。「等身書」本謂與身高相等之一段卷子，後人遂指疊起來與身高相等之書籍，形容讀書之多，此處則用以形容張萱著述之多。蓋張氏曾參與編修國史，入侍經筵，得窺秘閣藏書，熟於典故，周見博聞，著作豐富，據晚年所撰〈疑耀新序〉記，除《彙雅》、《疑耀》外，尚有「《西園彙經》一百二十卷、《西園彙史》二百卷、《西園史餘》二百卷、《西園類林》五百卷、

〔註86〕《詞話叢編》，冊3，頁2461。
〔註87〕《詞話叢編》，冊3，頁2852。

《西園聞見錄》一百二十卷、《西園古文》六卷、《西園古韻》十卷，凡千餘卷，足見其著述繁多；或錄史，或考證，可爲後世博古問學之資。至於依調塡詞僅偶然爲之，爲免礙其學問著述之豐富涵養，故曰「不須添」。

三、四句評其詞。「獨釣」、「獨汎」，分別爲張萱〈望海潮・獨釣〉〔註88〕與〈念奴嬌・獨汎〉〔註89〕二詞題序。此二詞通過垂釣與泛舟二事，表現不慕功名，歸隱山林的旨趣，承襲唐人張志和〈漁父〉以降隱逸詞之寫作風貌，造語清麗自然，頗見淡泊高遠的情調，不同於《花間》一系寫「香奩」閨怨之情詞，故曰「喜無一語近香奩」，足見稱賞之意。

十、論盧龍雲

盧龍雲，字少從，南海（今廣東廣州）人。生卒年不詳。明萬曆十一年（1583）進士。補邯鄲（今河北邯鄲）令，治行爲諸郡邑最。復補長樂（今廣東五華），以忤權要左遷江西藩幕。累遷貴州參議，卒於官。有《四留堂稿》，卷十七附詞七闋。譚瑩詩云：

> 千秋歲又桂枝香，腦滿腸肥儘吉祥。賦罷郊居（見本集）
> 蠻峒苑。（見《阮通志》）敢占文福四留堂。（《四留堂稿》附
> 詞七闋）

首句概括盧龍雲〈千秋歲・壽人七十〉〔註90〕與〈桂枝香・喜友人報

〔註88〕全詞爲：「春暖風和，日高煙斂，新綠洄瀠。撥喇如梳，噆喁似貫，戲牽荇帶荷莖。淨掃磯頭兀坐，卻逢舊識，隔水叫聲。搖頭不語，爲沈香餌怕魚驚。　年來無姓無名。笑飛熊入夢，遺客爲星。總是戀浮榮。但一竿長把，柳岸蘆汀。終日臨淵，誰人知道羨魚情。」《全明詞》，冊3，頁1285。

〔註89〕全詞爲：「浮家一葉，向白蘋紅蓼，笠風簑雨。短棹溯流花片片，不問桃源何許。欲伴眠鷗，恐驚落雁，懶泊孤青嶼。且載香爐茗椀，綠楊深處。　有問雲水萍蹤，往來無定，付笛聲說與。醉臥蒲帆舷是枕，夢裡老龍傳語。聲楫英雄，飄蓬估客，早勸歸來去。心閒身健，且爲煙波作主。」同上註。

〔註90〕全詞爲：「萬綠千碧。歲寒自松柏。邁稀齡，貢泉石。勢利總不關，

捷〕〔註91〕兩首詞作，由詞題可知，此二詞一為祝壽，一寫征戰報捷，字面多稱揚讚頌之「吉祥」用語，故次句曰：「腦滿腸肥儘吉祥」。「腦滿腸肥」形容養尊處優之狀態，略有諷刺意味；蓋盧雲龍詞作內容多類此「吉祥」話語，藝術成就不高，不為譚瑩稱賞。

三、四句轉論詞人文章事功之成就。「賦罷郊居」係指盧龍雲《四留堂稿》卷一〈郊居賦〉文；「蠻峒苑」乃南方少數民族聚居之所，盧雲龍曾出權楊州陞貴州參議，據清·阮元修《廣東通志》卷二百八十二記云：「時苗眾猖獗，下車即訪苗情，條其款要於中丞，恩威並及，儸服有法，往來嵾峒，力瘁成病，遂不起。」〔註92〕是知盧氏有功於定邦。蓋詞人文章功業若此，堪稱「文福」，化用明·葉憲祖《鸞鎞記·廷獻》：「休說文齊福乃齊」。呼應次句，則「腦滿腸肥」之「吉祥」詞作存於《四留堂稿》，亦理所當然。

十一、論區元晉

區元晉，新會（今廣東新會）人。《廣東通志》卷三十三載「嘉靖元年壬武鄉試榜」有「區元晉，新會人，同知」。〔註93〕《雲南通志》卷十九云：「區元晉，廣東新會人。嘉靖間任鎮南知州，政治循良，好士愛民，修建廟學。」〔註94〕

譚瑩詩云：

　　漁樵方傲跡。世莫知，丹丘自有神仙客。　　無營甘處廓。聚順天倫樂。童顏駐，老堪卻。遠志等冥鴻，幽姿如海鶴。壽筵開，春酒年年花下酌。」《全明詞》，冊3，頁1243。

〔註91〕全詞為：「秋高氣肅。喜月桂初攀，天香萬斛。爭看海上風雲，鵬程迅速。賓筵乍聽歌鳴鹿。際會昌、鳴騶出谷。十載山中，幾詠菁莪，同廣棫樸。　　人道是、昆丘片玉。當為國呈珍，應時剖璞。禮樂三千，都是明時儲育。五色祥光炫朝旭，重喜慰、天朝夢卜。大展經綸，勉副主知，蒼生望足。」同上註。

〔註92〕《廣東省志彙編（據清同治三年重刊本影印）》，頁4658。

〔註93〕《景印文淵閣四庫全書》（臺北：臺灣商務印書館，1983年），冊563，頁418。

〔註94〕同上註，冊569，頁670。

> 海目詩存十手鈔，（前明吾粵區氏稱詩者數家，而海目先生
> 稱最無詞。）見泉詞律晷推敲。滿江紅外無多調，（《見泉
> 集》附詞十闋，俱填此調）范履霜能與解嘲。

首句「海目」，係明萬曆年間著名詩人——區大相（？～1612），字用
儒，號海目，高明（今廣東高明）人，萬曆十七年（1589）進士，歷
官贊善、中允，掌制誥。有《區太史詩集》傳世，存詩一千五百餘首，
故曰「海目詩存十手鈔」。萬曆年間，前後七子互為號召，「文必秦漢」、
「詩必盛唐」，復古文風籠罩詩壇，區大相「力袪浮靡，還之風雅」，
寫下大量內容充實、感慨深沈之作品，一時間，「粵東詩派皆宗區海
目」，〔註95〕屈大均曾盛讚：「嶺南詩，自張曲江倡正始之音，而區海
目繼之。明三百年，嶺南詩之美者，海目為最……俾世之言詩者知吾
粵，言粵詩者知區氏焉。」〔註96〕足見區海目於明代詩壇之成就。

　　本詩論區元晉，所以先述海目詩，蓋因兩人同宗，故句末特注云：
「前明吾粵區氏稱詩者數家，而海目先生稱最無詞。」區氏一宗，明
代稱詩者數家，卻無詞人，由是引出區元晉詞。次句「見泉」，據譚
瑩自注可知乃詞人集名。二、三句論詞人詞作，依譚氏「推敲」，《見
泉集》附詞十闋，幾為〈滿江紅〉一調，可見詞人於詞牌詞調之選擇
十分單一，沒有變化。故末句引北宋范仲淹事予以「解嘲」。據宋·
陸游《老學庵筆記》卷九載：「范文正公喜彈琴，然平日止彈〈履霜〉
一操。時人謂之『范履霜』。」〔註97〕范仲淹「止彈〈履霜〉一操」，
如同區元晉只填〈滿江紅〉一調，末句詩語多少帶有嘲諷意味。

　　殊值一提者，筆者翻檢區氏《見泉集》，未詳著錄何處，蓋是書
已佚，而詞人詞集，端賴譚瑩此絕傳世，雖未見全豹，亦有著錄之功
也。

〔註95〕（清）王士禛：《香祖筆記》。
〔註96〕（清）屈大均撰；李育中等注：《廣東新語注》（廣州：廣東人民出
　　　　版社，1991年5月），卷十二，頁311。
〔註97〕楊家駱主編：《陸放翁全集》（臺北：世界書局，1990年11月），冊
　　　　下，頁58。

十二、論何絳

何絳（1627～1712），字孟門，號不偕，順德（今廣東順德）人。著有《不去廬集》。譚瑩詩云：

> 感切興亡問著書，北田遺集附詩餘。曼詞未敢相推許，小
> 令鏗然不去廬。（集名）

首句概括詞人遺民身份。何絳終身布衣，好讀書，博通群籍。明亡，慨然揣摩兵法之書，風塵僕僕，四方奔走，參與秘密進行之抗清活動。著有《不去廬集》。譚瑩以爲詞人感慨家國興亡，反映現實之種種意念，必存於文字著作中。次句「北田」乃詞人晚年回粵隱居鄉里，自號所居爲「北田」。「北」指北原田野；「田」係游牧狩獵之意，以誌其奔走抗清，輾轉千里，如同北原游牧一般。蓋亡國後，何絳不畏艱險，奔走反清，終無所成，遂與陶璜、梁槤、何衡同隱居於北田；順治末，陳恭尹亦來避居，世稱「北田五子」。

至於遺集所附詞作，評價如何？三、四句總評曰：「曼詞未敢相推許，小令鏗然不去廬」，「曼詞」即慢詞，相對於「小令」而言。依譚瑩之見，何絳詞於慢詞長調之表現，未見特出，殊難「推許」，〔註98〕然小令塡作上，卻擲地有聲，爲人稱賞。如〈定風波〉云：

> 青鳥傳來鳳紙書。開緘先自歎離居。一覺揚州前夜夢。情重。
> 可堪孤影獨踟躇。　　細憶珠江春水工。惆悵。問東風幾刻
> 歡娛。除是微波傳密意。難事。且隨明月工君裾。〔註99〕

全詞抒發相思之情，造語清麗婉曲，情意眞切動人。又如〈相思兒令〉云：

> 記得東風和暢。芳樹共聽鶯。猶恐箇春歸去。無夜不三更。
> 　　一旦獨自南行。莫悲涼、孤館寒鐙。空幽夢歡娛。共
> 低按小秦箏。〔註100〕

〔註98〕今本《不去廬集》卷十四錄何氏所撰「詩餘」，凡五首，皆屬小令形
　　　式，未見長調。詳（明）何絳：《不去廬集》（景印微尚齋鈔本，1973
　　　年10月），頁93～94。
〔註99〕同上註，頁94。
〔註100〕同上註。

此詞同樣寫相思之情。詞人由往日歡情之美好，興起今日客途漂泊之悲涼，兩相對照，更顯淒美孤絕之感。其詞造語清麗，筆意婉曲，故為譚氏所稱。

十三、論韓上桂

　　韓上桂（1572～1644），字孟郁，號月峰。番禺（今廣東廣州）人。明神宗萬曆二十二年（1594）舉人，天啓年間授國子監博士，崇禎間轉永平（今河北盧龍）通判。著有《朵雲山房稿》十二卷，詞附。譚瑩詩云：

> 長相思與浪淘沙，（見《歷代詩餘》）不為忠魂許作家。第一才人（見《阮通志》）餘技稱，生死消息有蓮花（見《番禺志》）。

首句概括詞人兩首詞作〈長相思〉與〈浪淘沙・春晚〉。〈長相思〉一闋未詳，〔註101〕茲引錄〈浪淘沙・春晚〉一詞如次：

> 春意漸稀微，錯落花飛。小園爛漫詎多時。蛺蝶不知春已去，強戀花枝。　　少婦坐顰眉，暗損香肌。年華荏苒漫拋移。花落花開猶有約，幽恨誰知。〔註102〕

全詞寫暮春景致，藉由蛺蝶戀花，寄寓主角依依不捨之情，從而引發閨怨相思，幽恨難耐之心境轉折。文詞清麗，語短情深，為譚瑩所賞。

　　次句「忠魂」係指韓上桂。明代末年，政局混亂，上桂參與東北邊事，抵禦清兵入侵，其居常「扼腕時事，鬱鬱無所試。酒酣，拔劍起舞，慷慨悲歌，或至墮淚」，曾「仰視天文，憂形於色」，預測時局變異，而曰：「吾死官守矣。」〔註103〕故譚瑩稱以「忠魂」。全句意謂：所以稱賞詞人詞作，不因韓上桂有「忠魂」形象，而稱之為作家，

〔註101〕此二詞翻檢譚瑩自注《歷代詩餘》未見。今本《全明詞》、《全明詞補編》不著錄韓詞。僅《粵東詞鈔》錄詞四闋，有〈浪淘沙・春晚〉一詞，惜未見〈長相思〉。

〔註102〕（清）許玉彬、沈世良編選：《粵東詞鈔・韓上桂》，頁1。

〔註103〕（清）阮元修：《廣東通志》卷二百八十四，《廣東省志彙編（據清同治三年重刊本影印）》，頁4683。

亦即稱其所作眞能側身作家之林也。

於焉第三句以「第一才人」許之。而據阮元修《廣東通志》卷二百八十四記云：「（韓上桂）萬曆間，嶺南第一才子。」〔註104〕則知譚氏此論亦有所本。然綜觀韓氏一生，能寫能作，特其餘事；其志潔品高，方足教人景仰，故末句引詞人軼事以概括其身世。據清・李福泰修《番禺志》卷四十一所記：

> 父夢美丈夫持青蓮拜呼爲大人，遂生。……其叔玉海不願歸，語上桂曰：「離家萬里，同死何恨？昨夢秋荷墮手，恐非佳兆。」上桂頷之。甲申三月，流賊陷京師，報至，慟哭不食，卒於寧遠城。〔註105〕

可知詞人生死預兆皆與蓮、荷花有關；蓋蓮、荷乃廉潔自持之象徵，正用以呼應次句「忠魂」之形象。茲引《粵東詞鈔》所錄餘三闋詞如次：

> 春花已別春風去，春鶯猶帶春時語。有意苦相招，無情何處飄。　　新愁難具訴，往事成虛度。寄語看鶯人，鶯啼不忍聞。（〈菩薩蠻・初夏聞鶯〉）

> 平生已怕別離苦，況是多情侶。陌上寒條不肯垂，祇恐攀來到手便分攜。　　沉沉落日西將墜，卻倩長繩繫。勿言別後付征鴻。任是征鴻何以面相逢。（〈虞美人・別離〉）

> 細雨滴梧桐。秀色瀟然暎曉空。遙望寒山青不盡，朦朧。一帶輕煙鎖黛容。　　獨自倚簾櫳。天遠風高未見鴻。想像音書緣底滯，飄蓬。人在秦關路幾重。（〈南鄉子・述懷〉）

> 〔註106〕

上引三詞，同屬小令形式，皆清麗婉曲，哀感眞摯，頗能體現譚氏評詞標準。

〔註104〕《廣東省志彙編（據清同治三年重刊本影印）》，頁4683。

〔註105〕（清）李福泰；史澄修：《番禺縣志》，《中國方志叢書（據清同治十年刊本影印）》（臺北：成文出版社，1967年12月），頁527～528。

〔註106〕上引三作，見（清）許玉彬、沈世良編選：《粵東詞鈔・韓上桂》，頁1～2。

十四、論陳子升

陳子升（1614～1692），字喬生，號中洲，南海（今廣東廣州）人。明諸生，陳子壯之弟。明崇禎末年，與薛始亨等人結詩社於仙湖。子升工詩，著有《中洲草堂集》。譚瑩詩云：

> 不唱吳歈唱嶺歈（集名），堂開顧曲（見薛始亨撰傳）也須臾。金琅玕（傳奇）寫桄榔下（見《中洲草堂集》附詞自序），實與升菴格調殊（王阮亭謂喬生詩似用慎脩格調）。

首句「吳歈」本指春秋吳國之歌曲，後泛指吳歌。「嶺歈」意謂嶺南一帶之歌曲，亦陳子升集名。陳氏《中洲草堂遺集》卷二十〈嶺歈題詞〉有云：「予若冠時嗜聲歌，作傳奇數種，因經患難，刻本散失，僅存清曲數闋，名曰『嶺歈』。」〔註107〕

次句「顧曲」，用「曲有誤，周郎顧」一事，喻其妙善音律。蓋陳子升精於音律，能作曲，善鼓琴，又擅書畫，篆刻；在廣東文人中，號為多才多藝，故友人薛始亨〈陳喬生傳〉即稱：「粵人鮮解音律，而喬生能吳歈，世所侈九宮十三調，曲盡其妙。又善鼓琴，詩媲顏、謝，畫法董倪，即以餘技為印章，亦追秦、漢，非才子而何？」〔註108〕惟陳氏作吳歈、寫傳奇，乃「少事嬉遊」，〔註109〕非專事於此，為時並不久，故曰「也須臾」。

第三句轉謂：在桄榔樹下，撰寫〈金琅玕〉傳奇，此係據其《中洲草堂集》附詞自序而立論。陳氏〈嶺歈題詞〉有云：「嘗作絕句四首並錄而存之，其一曰：九節琅玕作洞簫，九宮腔板阿儂調。千人石上聽秋月，萬斛愁心也總銷。……南越中洲居士書於桄榔樹西之鉢地。」〔註110〕是可知其作非句斟字酌寫於顧曲堂中，風調自與升菴

〔註107〕（明）陳子升：《中洲草堂遺集》，《烏石山房文庫・粵十三家集》（清道光二十年南海伍氏詩雪軒校刊本），卷二十，頁1。

〔註108〕同上註，〈卷首〉，頁7～8。

〔註109〕（明）陳子升〈舊刻雜劇弁言〉云：「僕嶺南人也，生非吳音，安用作吳歈哉？惟少事嬉遊，因習成聲，因聲成文，是今日適吳而昔至也，是僕之過也。」同上註，卷二十，頁1。

〔註110〕同上註。按：陳氏所撰傳奇〈金琅玕〉已佚，陳氏子於《中洲草堂

不同。「升庵」係明人楊愼號，全句反用清・王士禛《池北偶談》卷十一〈談藝一〉評語：「陳子升字喬生，皆廣州人，工詩。……又有〈南中塞下曲〉一篇，極似楊用修格調。」〔註111〕清・沈德潛《清詩別裁》卷七亦云：「喬生詩麗而有骨，原本義山，近代中可儷楊升庵。」〔註112〕陳子升詩學漢魏三唐，格調頗高，功力不弱，晚年之作，更洗盡鉛華，體現沈鬱蒼健、感時憤世之風格，大抵身世、時事使然。但若僅就一二篇詩作斷言似楊愼格調，實未見喬生詩之全豹，自不爲譚瑩所認同。

綜上所述，譚瑩論明代嶺南詞人，除少數幾位，如戴璉婉之約詞作被稱賞具「宋人風格」；次如何絳、韓上桂、陳子升諸遺民詞人，則就詞人身世、詞作評賞，略見推許之意，餘皆評價不高。究其緣由，實與明詞整體發展呈現「質量下乘」之衰微趨勢相關，如論及霍與瑕一絕，徵引明清評家之說可以爲證。廣東現當代著名詞家朱庸齋亦秉持明清以降一貫之批評而曰：「明詞鄙陋，……此亦時代風氣使然，無可如何也。」又云：「明詞實已趨於淪亡，詞、曲不分，格調一致。以曲爲詞，則易成淺俗；以詞爲曲，則曲亦失其民間文學本色。」〔註113〕

元、明乃廣東詞壇中衰之消歇期。查《全金元詞》，元代粵東詞人作品俱已無傳。《全明詞》亦僅收廣東詞家十八人，所收與《全清詞・順康卷》重疊者，有陳子升、陳恭尹、屈大均等，至《全明詞補編》復增補陳獻章、霍韜等十二人。〔註114〕以上兩書蒐羅明代廣東

遺集》卷二十〈舊刻雜劇弁言〉附云：「因音律一道，粵人類不甚解，即藏書之家，亦以其不善解而不知寶護故。予家經患難流離，遇世交舊好，詢之而茫乎若昧矣。以小子所聞，先生傳奇之一有〈金琅玕〉之名。儻博雅君子，家有藏本，乞惠借鈔錄，續授鋟梓。」

〔註111〕 勒斯仁點校：《池北偶談》，《清代史料筆記叢刊》（北京：中華書局，1997 年 12 月），冊上，頁 250～251。
〔註112〕 （清）沈德潛編：《清詩別裁》（北京：中華書局，1981 年 5 月），上冊，頁 123。
〔註113〕 朱庸齋：《分春館詞話》（廣州：廣東人民出版社，1989 年）。
〔註114〕 此十二人分別爲：陳獻章、柯漢、張詡、鍾芳、方獻夫、霍韜、黎

詞人近三十人，參照譚瑩所論十四家，仍有未著錄者，如黃瑜、區元晉、何絳與韓上桂等四人，除黃瑜一絕，似不應以詞家論列，餘就文獻流傳之角度論之，則譚氏於明代嶺南詞之保存，實具貢獻也。

第三節　論清代嶺南詞人

　　譚瑩論清代嶺南詞人，取屈大均、梁佩蘭、陳恭尹、梁無技、陶璜、許遂、王隼、易宏、何夢瑤、張錦芳、黎簡、譚敬昭、倪濟遠、清遠人（黃球、黃蘗觀、歐嘉逢）、詞僧今釋（金堡）等十七家，得十五首；以清遠三人並論，合作一首故也。茲依詞家論列，逐次分析如下：

一、論屈大均

　　屈大均（1630～1696），初名紹隆，字翁山，又字介子。番禺（今廣東廣州）人。福王弘光元年（1645）補南海縣學生員。清兵入廣州前後，曾參加抗清義軍，事敗，削髮為僧，時年二十一歲。後還俗，改名大均。工詩，與陳恭尹、梁佩蘭並稱「嶺南三家」，有《道援堂集》、《騷屑詞》等。譚瑩詩云：

> 國初抗手小長蘆，除是番禺屈華夫。讀竟道援堂一集，彭
> （孫遹）鄒（祇謨）說擅倚聲無？

首句「小長蘆」係指朱彝尊（1629～1709），晚號小長蘆釣魚師；次句「番禺屈華夫」即屈大均，番禺人。清康熙五年（1666）秋，詞人寄居代州陳上年家，由李因篤撮合，娶明故榆林都督王壯猷之女為妻，大均為王氏取名「華姜」，自號「華夫」，伉儷情深。兩句意謂：清初有浙西詞人朱彝尊稱於世，能與之匹敵者，唯有嶺南詞人屈大均。蓋朱彝尊乃清初浙西詞派領袖詞人，論詞宗法南宋姜夔、張炎，以清空醇雅為尚，詞派流風影響廣遠，歷康、雍、乾、嘉、道數朝，直至常州詞派興起後仍存在一定勢力；朱氏詞作更為後繼詞家所推崇，如郭麐《靈芬館詞話》卷一稱：

瞻、馮彬、郭廷序、林迴霄、李學一、黃應兆。

> 竹垞才既絕人，又能搜剔唐、宋人詩中之冷雋豔異者，取
> 以入詞。至於鎔鑄自然，令人不覺，直是胸臆間語，尤爲
> 難也。同時諸公，皆非其偶。〔註115〕

是知其領袖詞壇的地位，具有「皆非其偶」的成就，而譚瑩特引屈大
均詞可與匹敵，評價可謂高矣。惟此說曾遭丁紹儀《聽秋聲館詞話》
卷二十批評曰：

> 南海譚瑩玉生廣文（瑩）《樂志堂集》中〈論詞絕句〉，……
> 謂屈詞足以抗手竹垞。此與番禺張南山司馬（維屏）服膺
> 鄭板橋、蔣藏園詞，同似門外人語。〔註116〕

就詞壇現實而論，大均詞誠然未開宗立派，影響遠不及竹垞，且兩人
於詞藝之展現亦各有別。

綜觀屈大均詞，內容多悲慨之音，結合詞人生命體驗，早年投身
抗清鬥爭，表現堅持抗戰之決心，同時亦流露屢經挫折、壯志難酬之
苦悶。中年北走中原、邊塞，聯絡各地志士，力圖恢復，詞作充滿愛
國之情與身世飄泊之感。晚年作品漸趨平淡，卻依然含藏孤臣孽子絕
望之悲涼。故清‧張德瀛《詞徵》卷六評曰：

> 屈翁山詞，有〈九歌〉、〈九辯〉遺旨，故以「騷屑」名篇。
> 觀其「潼關感舊」、「榆林鎮吊諸忠烈」諸闋，激昂慨慷，
> 如蒯通讀〈樂毅傳〉而涕泣，其遇亦可悲矣。〔註117〕

點出屈大均詞中比興要眇之旨，與楚騷相通。晚清朱孝臧題其詞集曾
云：「湘眞老，斷代殿朱明。不信明珠生海嶠，江南哀怨總難平。愁
絕庾蘭成。」〔註118〕以屈氏冠諸所舉清名家之首，並以庾信相比，
可見推挹之至。

蓋屈氏詞無論思想內容或藝術表現，均有一定成就。惜其著作在
清代曾被列爲禁書，未能廣爲流傳。王昶《明詞綜》僅錄七首，署大

〔註115〕　《詞話叢編》，冊2，頁1504。
〔註116〕　《詞話叢編》，冊3，頁2830。
〔註117〕　《詞話叢編》，冊5，頁4177。
〔註118〕　（清）朱孝臧〈望江南‧雜題我朝諸名家詞集後〉其一，白敦仁箋注：
　　　　　《彊村語業箋注》（成都：巴蜀書社，2002年1月），卷三，頁326。

均法名「一靈」，亦非屈詞中最優秀之作品，未能代表其主要風格。
屈大均著有《騷屑詞》一集，又名《道援堂詞》，傳本甚稀。〔註 119〕
本詩第三句「讀竟道援堂一集」，可知譚瑩曾見屈詞傳本，稱賞之餘，
亦感嘆清初評詞名家未見《道援堂詞》，故曰「彭鄒說擅倚聲無」。「彭
鄒」係指清初詞人彭孫遹（1631～1700）與鄒祇謨（？～1670），兩
人時代與屈氏相當，分別撰有《金粟詞話》與《遠志齋詞衷》等論詞
專著，鄒祇謨甚至與王士禛共同編選《倚聲初集》行世。全句意謂：
「彭鄒」兩人深諳「倚聲」之學，若得親睹屈詞全集，請評斷屈氏擅
於此道否？雖以問句結語，依作者之見，答案自屬肯定。

二、論梁佩蘭

　　梁佩蘭（1629～1705），字芝五，一字藥亭，號鬱洲。南海（今
廣東廣州）人。清順治十四年（1657）應鄉試，名列第一。後屢試不
中，專力為詩，與屈大均、陳恭尹同游酬唱，聲名大起。清康熙二十
七年（1688）會試得中，授翰林院庶吉士。一年後告假還鄉，主持粵
中詩壇。有《六瑩堂集》。譚瑩詩云：

> 　嶺外論詩筆斬新，六瑩堂冠我朝人。倚聲僅有山花子，不
> 弔湘妃（見《國朝詞綜》）弔洛神（見《國朝詞雅》。《六瑩
> 堂集》附，存詞十八闋而兩闋俱不存）。〔註 120〕

首句論梁佩蘭詩。「嶺外」即嶺南之外，蓋梁氏身經離亂，年少時幾
經輾轉逃難的生涯，入清，好「流覽名山，與諸名宿唱酬，主持風雅」，
〔註 121〕由於足跡遍及京師齊魯吳越，歷覽名山大川、形勝古蹟，開

〔註 119〕武進趙尊岳曾刊入《惜陰堂匯刻明詞》內，刻成，未及刊布，然僅
　　　　　得詞一百八十二闋。宣統間上海國學扶輪會本《騷屑詞》，存詞三
　　　　　百七十三闋，是為最完備者。
〔註 120〕《全清詞・順康卷》又自蔣景祁《瑤華集》錄得〈山花子・七夕，
　　　　　贈女溫薆〉一闋，則梁佩蘭詞現今可見者得二十一首。（北京：中
　　　　　華書局，2002 年 5 月），冊 11，頁 6308。
〔註 121〕（清）阮元修：《廣東通志》卷二百八十六，《廣東省志彙編（據清

拓眼界，爲詩歌創作注入新內容，使其詩氣象更雄闊，意境更深遠，
筆力更老健，故清林昌彝曾評云：「足跡燕齊更楚吳，名山嘯傲又江
湖。詩篇伉爽商聲近，易水歌來起夜烏。」〔註122〕再者，梁氏曾多
次北上，得以廣交朱彝尊、王士禎、顧貞觀、陳維崧、宋犖、吳綺、
查慎行等詩界名流。尤以康熙二十一年（1682）和二十四年（1685）
在京師結詩社，與朱彝尊等同主壇坫，詩名益遠播，成爲當時公認之
詩壇宗匠。故「嶺外論詩筆斬新」一句，足以概括詞人生平，及其詩
歌成就。

　　次句「六瑩堂」係梁氏集名。梁佩蘭於順治十四年（1675）「鄉
試舉第一」，〔註123〕惟往後仕途坎坷，三十年間六次會試均下第，至
康熙二十七年（1688）方中進士，入選翰林院庶吉士，「次年假還」。
〔註124〕因之梁氏雖生於明末，入清而仕，其《六瑩堂集》於清代完
成，故曰「六瑩堂冠我朝人」。

　　三、四句由詩名轉而論「六瑩堂」詞。梁氏《六瑩堂集》附詞十
八闋，多詠物應酬之作，如〈南鄉子〉分詠「荔枝」、「莞香」、「丫蘭」、
「巖硯」、「玳管」、「素馨」、「葛衫」、「藤簟」、「葵扇」、「榕陰」。詠「荔
枝」一首云：

　　　　南海最知名。孰與胡桃比重輕。釘出金盤親手擘，猩猩。
　　　　不信胭脂盡化冰。　　　恐是許飛瓊。恐是仙人下碧城。翡
　　　　翠裙香嘗也未，卿卿。一笑能教一坐傾。〔註125〕

又〈木蘭花慢・竹葉符贈王使君〉云：

　　　　是誰人拾得，飛去也，尚依然。絕不似朱砂，又非黃紙，

　　　　同治三年重刊本影印）》，頁4720。
〔註122〕　（清）林昌彝撰；王鎭遠、林虞生標點：《林昌彝詩文集》卷七〈論
　　　　詩一百又五首〉（上海：上海古籍出版社，1989年8月），頁157。
〔註123〕　（清）阮元修：《廣東通志》卷二百八十六，《廣東省志彙編（據清
　　　　同治三年重刊本影印）》，頁4720。
〔註124〕　同上註。
〔註125〕　（清）梁佩蘭：《六瑩堂二集》卷八，《叢書集成續編》（臺北：新
　　　　文豐出版公司，1989年），冊174，頁247。

一片句連。洞天，羅浮道院，定綠章封事押其間。柬印雷
文上下，松釵鳥跡旁偏。　　當年曾袖石樓邊。疊向小窗
前。有金荃詩卷，蓮花梵夾，映帶鮮妍。翻憐洞庭零落，
只隨波流恨摺湘煙。縱辟蠹魚散帙，怎如驅鱷長篇。〔註126〕

皆屬此類詞作，自不為譚瑩所喜。

　　而本詩第三句所指「倚聲僅有山花子」，乃意謂其詞為人稱道者
不多，僅〈山花子〉一調。依譚瑩自注可知，當時通行的詞選本，如
《國朝詞綜》與《國朝詞雅》二選，所錄梁氏詞皆〈山花子〉。其中
清・王昶輯卷十五《國朝詞綜》僅錄〈山花子・湘妃廟〉〔註127〕一
闋，姚階輯《國朝詞雅》卷二除「湘妃廟」，又錄「洛神」〔註128〕一
詞，故曰「不弔湘妃弔洛神」，蓋其詞為人所賞者，非「弔湘妃」，即
「弔洛神」；對比其詩歌盛名，相去頗遠。

三、論陳恭尹

　　陳恭尹（1631～1700），字元孝，初號半峰，晚號獨漉子。順德
（今廣東順德）人。父兄抗清殉難，舉家遭害，僅以身免。明亡後，
曾積極從事反清活動。入清不仕。晚年定居廣州，以詩酒自娛。與屈
大均、梁佩蘭合稱「嶺南三家」。有《獨漉堂集》。譚瑩詩云：

千秋得失也須公，獨漉詩名蓋代雄。祝壽餞離兼咏物（《獨
漉堂集》附詩餘一卷，類多此等題），倚聲何敢過推崇。

首句作者自陳評論詞人應當公正。次句「獨漉」係詞人晚號，全句意
謂：陳恭尹詩作稱名於世。蓋恭尹遭逢時代巨變、家破人亡之慘痛經
歷，故詩作多能體現時勢艱維；一方面抒發身世之感、故國之思，亦

〔註126〕同上註，頁 249。

〔註127〕全詞為：「水闊瀟湘見二妃。江空露下少人知。一望渚煙迷到處，
　　　　暗靈旗。　　太息雅琴成絕調，並彈瑤瑟寄相思。奈有九峰遙對起，
　　　　至今疑。」《全清詞・順康卷》，冊 11，頁 6308。

〔註128〕全詞為：「一片精雲立水宮。似曾相見不曾通。惆悵桂旗和玉佩，
　　　　忽如逢。　　何處侯來儀彷彿，若為將去影朦朧。莫怪停車曹植在，
　　　　賦驚鴻。」同上註。

有不少描寫人民疾苦、反映現實之內容。在格調上與杜甫相近，詩風沈鬱頓挫，並能兼採眾長，直抒胸臆，各體俱佳，其中又以七律之成就最高，故清‧沈德潛《清詩別裁》卷八評云：「諸體兼善，七律尤矯矯不群。」〔註129〕清‧朱庭珍《筱園詩話》卷二更謂：

> 雄厚渾成，警策古淡，天分人工，兩造其極，故各體兼善，不容軒輊也。其神骨峻而堅，其格調高而壯，其才力肆而醇，其氣魄沈而雄，其意思深而醒，其筆致爽而辣，其篇幅謹而嚴，其法度密而精，其風韻清而遠，真詩家全才也。……七律名作，如詠古、游覽諸詩，人人皆知，勿庸多贊。不惟嶺南當推第一，即江左亦應退避三舍。明末國初，作家如林，幾莫與抗衡，可云巨擘矣。〔註130〕

可知恭尹「詩名」足以引領一代，故為譚瑩所稱。

三、四句轉而評價其詞。第三句概括恭尹詞作內容，並注云：「類多此等題。」實則恭尹存詞不多，正如譚瑩所指除「祝壽餞離」等應酬唱和作品外，即「詠物」之作，且率託物寄意，表達詞人之襟懷與抱負，如〈傳言玉女‧詠紅芭蕉〉詞云：

> 何處高霞，映我疏籬茅屋。卷簾深坐，見一天新綠。東風著意，葉底深紅相續。層層吐焰，重重苞束。　　火樹珊瑚，怎似他、閒草木。丹心無限，化作光明燭。山榛隰苓，想見其人空谷。可憐今古，同然蕉鹿。〔註131〕

此詞以紅芭蕉自喻，言己身如空谷幽人，孤芳自賞，仍不忘將一片「丹心」，「化作光明燭」，以照亮「疏籬茅屋」中之窮苦百姓，體現亡國遺民之高尚節操。但總體而言，恭尹詞相較於詩之成就，差距甚遠。箇中緣由，誠如譚瑩所指，題材內容之狹窄，限制詞人發揮之空間，故曰「倚聲何敢過推崇」，由是呼應首句之說，依此確立譚瑩論詞公允之立場。

〔註129〕　（清）沈德潛編：《清詩別裁》，上冊，頁 136。
〔註130〕　郭紹虞編選：《清詩話續編》（上海：上海古籍出版社，1999 年 6 月），冊下，頁 2356。
〔註131〕　《全明詞》，冊 6，頁 3202。

四、論梁無技

梁無技，生卒年不詳，字王顧，號南樵，番禺（今廣東廣州）人。梁佩蘭族侄，困諸生數十年。年八十，以貢生終。有《南樵初集》、《二集》，詞附。譚瑩詩云：

> 嶺南竟有玉田生，飜覺稱詩浪得名。試覽南樵初二集（《初集》附詞十六闋，《二集》附詞三闋），流聞猶藉賦風箏（見《廣州府志》）。

首句「玉田生」係南宋詞人張炎，全句意謂梁無技詞可與張炎並稱。蓋梁無技青年時多與明遺民同遊，思想亦受薰染，詞中頗見憂憤之作，如〈念奴嬌・暮春送蒲衣子游西湖兼柬湖上友人〉詞云：

> 柳絲無力，恨東風、又放殘春歸去。舊病新愁誰忍見？別浦離亭烟樹。蔓草無言，零花有淚，寂寞空庭雨。碧雲方合，玉鞭遙指何處？　閒說道出雙江，羅浮峰影，采入行邊賦。若到西湖尋舊跡，應有落紅無數。青雀蘭橈，白蘋明月，相訪橫塘路。箇人如問，別來依舊無緒。〔註132〕

「蒲衣子」即王隼，明遺民詩人王邦畿之子，曾出家為僧，中年還俗。無技此作乃為王隼送行，詞境淒迷空茫，通過暮春時節煙雨江南之景，寄託詞人臨別意緒。語言清麗典雅，詞情哀感真摯，與前章論張炎〈南浦・春水〉、〈解連環・孤雁〉等詞作表現頗有相通之處，是知無技詞造詣頗高，故譚瑩進而論曰：「飜覺稱詩浪得名」。蓋詞人以詩名世，曾參加尹源進組織之詩會賽詩，被評為第一，「會城詩社率數千百人，糊名第甲乙，王顧履居首」，〔註133〕由是頗負時名。

眾人皆稱無技詩，惟譚瑩「試覽」詞人著作——《南樵初集》、《二集》，翻覺詞人不當以詩稱名，蓋其佳者在詞。然無技流傳當代，聞名於世者，仍為「十一歲，以風箏詩知名」〔註134〕一事，故曰「流

〔註132〕　（清）許玉彬、沈世良編選：《粵東詞鈔・梁無技》，頁3～4。
〔註133〕　（清）王尚瓊：〈南樵二集・序〉。
〔註134〕　（清）戴肇辰；史澄修：《廣州府志》（臺北：成文出版社，1966年），卷一百三十，頁303。

聞猶藉賦風箏」。

五、論陶錩

　　陶錩，字眹茲，號雲地，新會（今廣東新會）人。陶璜（1637～1689）弟，有《四桐園存稿》，詞附。譚瑩詩云：

> 芙蓉月下麗人來，翦翦西風對菊開（見《四桐園存稿》〈眼兒媚〉、〈一斛珠〉兩詞）。有四桐園工小令，不教苦子（名璜，錩之兄）擅詩才。

首句化自陶錩〈眼兒媚〉題序：「月下詠芙蓉戲貽麗人」；次句「翦翦西風」摘自陶氏所撰〈一斛珠・對菊〉上片詞句：「西風翦翦」，因此詞寫「對菊」，故曰「對菊開」。兩首小令，皆清麗婉曲，頗有風致，故曰「工小令」；「四桐園」係詞人集名，惜今不見。幸賴《粵東詞鈔》選詞三首，除譚氏所稱二作，另存〈清平樂・客況〉一詞，同屬小令形式，抒發客途遊子之思，詞境淒美孤絕，情感亦眞摯深刻。茲併移錄如次：

> 秋水芙蓉晚正紅。影在月明中。最憐醉後，芳心無定，暗惹遊蜂。　　妖嬈不怯清霜，冷深夜更情。濃殘妝半，挽朱脣微，笑倚東風。（〈眼兒媚・月下詠芙蓉戲貽麗人〉）

> 園林清晝。西風翦翦東籬透。金英玉蕊芳時候。淡淡寒香，相對偏宜酒。　　莫待濃華過去後。秋光不似春光了。眼前幽趣堪攜友。醉向霜叢，且免紅塵鬧。（〈一斛珠・對菊〉）

> 剛剛雨歇。好箇蛾眉月。幾點孤鴻叫雪客，子空庭淒絕。　　無言涕淚闌干。行吟又苦霜寒。卻怎的飛殘夢，看看衣帶兒寬。（〈清平樂・客況〉）〔註135〕

三、四句意謂：陶錩才名雖不若其兄——陶璜，但有清麗小詞傳世，一顯詞才，不讓陶璜獨以詩才顯揚。「苦子」即陶璜字，明亡，與何絳等隱居順德北田，爲著名「北田五子」之一，詩多悲愴之音，感慨至爲深沈，故清・梁九圖〈嶺表詩傳〉評曰：「苦子詩別有寄

〔註135〕以上三詞併見（清）許玉彬、沈世良編選：《粵東詞鈔・陶錩》，頁1～2。

託，語語入人心坎。」本詩藉陶璜詩名凸顯陶鎧詞作亦有佳處，足爲稱賞。

六、論許遂

許遂，生卒年不詳，字揚雲，一字壽山，號眞吾，番禺（今廣東廣州）人。清康熙三十五年（1696）舉人。官清河知縣，曾釐免貧民欠賦，後坐事去職。有《眞吾閣集》，詞附。譚瑩詩云：

> 門掩梨花雨打聲，至今斷腸摘紅英。眞吾閣在伊人苑，誰譜孤舟棹月明（《眞吾閣集》詞唯〈摘紅英〉、〈明月棹孤舟〉兩闋特工）。

首二句化自許遂〈摘紅英·喜雨〉，茲錄全詞如下：

> 雲容捲。月容斂。淡煙輕曳垂楊線。風初瀉。雨初下。門掩梨花，聲聲暗打。　　窗兒見。蝶兒戀。寒香細遠疏簾遍。酒堪把。情堪寫。碧闌靜倚，閒愁消也。〔註136〕

此詞詠雨，用語清新自然，且善於營造音聲節奏，富有情韻。譚瑩化用「門掩梨花，聲聲暗打」兩句，並曰「至今斷腸摘紅英」，表明對許遂此詞欣賞之意。

第三句「眞吾閣」係詞人集名；末句「孤舟棹月明」即〈明月棹孤舟〉詞牌，兩句皆化自許遂〈明月棹孤舟〉（暮靄沈沈天接水）一詞，茲錄全詞如下：

> 暮靄沈沈天接水。風聲細、遠林聲碎。漁火輕侵，一柂歌頻起，明月照人難寐。　　一舸中流行復止。猛然見、鴻音相遞。千里蒼葭，萬里幽思，欲寄伊人何自。〔註137〕

此詞懷人，造語清麗自然。詞人通過幽靜沈寂的景色，映襯孤舟遊子念遠懷人、深夜難眠的思緒。全詞由景入情，幽思綿邈。依譚瑩自注：「《眞吾閣集》詞唯〈摘紅英〉、〈明月棹孤舟〉兩闋特工。」故此絕四句皆化自許詞二作，表明稱賞之意。

〔註136〕《全清詞·順康卷》，冊18，頁10311。
〔註137〕同上註，頁10310～10311。

七、論王隼

王隼（1644～1700），字蒲衣，番禺（今廣東廣州）人。明末詩
人王邦畿之子。曾棄家入丹霞山爲僧，復至廬山，居太乙峰中，六、
七年後還俗。常與遺民詩人陳恭尹等同遊，有《大樗堂集》。卒後，
友人私諡曰「清逸先生」。譚瑩詩云：

> 琵琶楔子（傳奇）寄閑情，合大樗堂外集評。解賦無題詩
> 百首（見《番禺志》），固當秦七是前生。

首句「琵琶楔子」乃王隼所撰傳奇，〔註138〕蓋王氏喜琵琶，善音律，
每自度新曲，作崑腔以寄意，故曰「琵琶楔子寄閑情」。次句「大樗堂」
乃王氏集名，有《大樗堂集》十卷、外集一卷，全句意謂：合全集、
外集而評之。其中最引譚瑩關注者，乃七言律〈無題一百首〉〔註139〕
組詩，並自注詩解「見《番禺志》」。據清・李福泰修《番禺縣志》卷
四十三載：「（王隼）比長，娶潘棋元女孟齊，孟齊亦能詩，倡隨拈韻，
雅相得也。」又注云：「王子年四十餘而孟齊謝世，……題其卷有曰：
『琵琶妙手王摩詰，不買鸞膠續斷琴。』欲其不忘孟齊也，王子愛而
嘗誦之。」〔註140〕是知〈無題一百首〉乃王氏傷悼亡妻所作，結合琵
琶意象，婉曲傳遞憶念深情，準此論之，則其前生當爲北宋秦觀，以
兩人所作皆婉約情深，皆古之「傷心人」也。

本詩殊值留意處，在於所論詞人王隼，現今未見詞作流傳，或遺
佚既久，遂無可考。且觀此絕，雖論王氏詞，卻未著一字述及詞作，
疑《琵琶楔子》或存有王隼詞作，誠如王氏友人屈大均詩題云：「琵
琶仙蒲衣將我新詞譜入琵琶楔子，令新姬歌之，賦以爲謝」，譚瑩曾

〔註138〕此作未詳，僅著錄於（清）李福泰：史澄修：《番禺縣志》卷四十
三，《中國方志叢書（據清同治十年刊本影印）》，頁 546。（清）屈
大均有〈琵琶仙蒲衣將我新詞譜入琵琶楔子令新姬歌之，賦以爲
謝〉，廖燕《松堂文集》卷二十七則有〈琵琶楔子題詞〉。

〔註139〕（清）王隼：《大樗堂初集》卷十二，《叢書集成續編》（臺北：新
文豐出版公司，1989 年），冊 174，頁 438～446。

〔註140〕《番禺縣志》卷四十三，《中國方志叢書（據清同治十年刊本影
印）》，頁 546。

親覽此作，當亦頗稱賞其詞。

八、論易宏

易宏（1644～1700），字秋河，號雲華子。鶴山（今廣東鶴山）人。少工詩，為陳恭尹所賞。後北游塞外，遍歷名山，所至與文人學士往來。歸粵後居肇慶法輪寺中，無家無子，謝絕人事，以著述自娛。有《雲華閣詩略》、《坡亭詞鈔》等。譚瑩詩云：

> 日上坡亭（集名）日按歌，瓣香當屬易秋河。才名足動張
> 文烈（見《鶴山縣草志》），綺靡新聲奈汝何。

首句概括詞人詞集，「坡亭」即詞集名，蓋易宏有《坡亭詞鈔》一卷。次句稱揚其詞，「秋河」係易宏號，「瓣香當屬」，意謂其詞值得傳揚師承。第三句引詞人軼事，清·劉繼等修《鶴山縣志》卷十載：「（易宏）閉戶不出，年二十尚未知名，嘗遊海幢題詩壁間。總督吳興祚見之，遂諭縣令廉訪，禮延入幕。」〔註 141〕蓋易宏承父兄之教，不仕新朝，少工詩，曾遊廣州海幢寺作〈贈惺和尚〉一詩題詩壁間，受當時兩廣總督吳興祚賞識，延攬為幕客。其詩頗為人稱道，東莞陳伯陶（又號九龍真逸）曾評曰：「清麗芊綿，間作蒼涼沈鬱之句。時謂諸名輩中，宏詩可稱秀絕。」〔註 142〕由其「才名」若此，以秀絕詩筆寫詞，則「綺靡新聲」又奈他如何？

關於易宏詞作，吳虎文曾跋曰：「坡亭諸詞觀止，怵心瀝血以屬其思，海涵地負以博其氣，而纏綿綺旎以成其聲，擬以秦柳何讓焉。」〔註 143〕予易詞極高之評價。易宏存詞僅二十三闋，數量不多，卻可稱得上「綺靡新聲」，蓋詞中有不少纏綿綺旎之作品，看似難明，實則蘊含極深之用意。如〈鷓鴣天·閨情〉詞云：

〔註 141〕（清）劉繼；黃之璧修：《鶴山縣志》，故宮博物院編：《故宮珍本叢刊》（海口：海南出版社，2001 年 6 月），冊 180，頁 418。

〔註 142〕（清）九龍真逸輯：《勝朝粵東遺民錄》卷三，周駿富輯：《清代傳記叢刊》（臺北：明文書局，1985 年），冊 70，頁 264～265。

〔註 143〕（清）易宏：《坡亭詞鈔》，《叢書集成續編》，冊 174，頁 305。

宿雨初消日未紅。冷吟聲在落花中。雲皆近海終爲水，葉
已辭枝只任風。　　從別後，憶相逢。幾多春恨上眉峰。
無端溢起蓬萊水，似隔仙源幾萬重。〔註144〕

上片寫清晨所見之景，寄寓己身無法擺脫之命運悲感；辭枝之葉，飄
轉隨風，表現身不由己之處境，不言悲情，而哀感已寓。下片感慨深
刻，欲哭無端，非只寫閨情。故譚瑩此絕雖未化用詞人作品，然其詞
佳處必多，方足擔「瓣香」之名。

九、論何夢瑤

　　何夢瑤（1693～1764），字贊調，一字報之，號研農，又號西池。
南海（今廣東廣州）人。清雍正八年（1730）進士，出任廣西岑溪縣知
縣，後遷奉天遼陽州知府。其學旁通百家，經算術，醫學，尤以詩名。
平生著述甚豐，有《菊芳園詩文鈔》、《紫棉樓樂府》等。譚瑩詩云：

　　者舊凋零得報之，菊芳園集有填詞。移橙閑話人收取，說
　　紫棉樓樂府誰（《菊芳園詩文集》、《移橙閑話》《紫棉樓樂
　　府》並夢瑤撰）。

首句「報之」係何夢瑤字，全句意謂：當嶺南遺民故老逐漸凋零之際，
有何夢瑤出。次句「菊芳園」乃詞人集名，顯見夢瑤有詞傳世。第三、
四句所舉《移橙閑話》與《紫棉樓樂府》，皆何氏著作，兩書經筆者
檢索，未詳。清・阮元修《廣東通志》卷二百八十七著錄夢瑤著作，
有《移橙餘話》一書〔註145〕；今人張榮華、沈英森撰〈何夢瑤〉一
文，亦提及詩文方面著述有《紫棉樓樂府》〔註146〕。此二書未傳，
譚瑩特於此著錄，以明作者屬誰。

十、論張錦芳

　　張錦芳（1747～1792），字藥房，一字粲夫，號芝玉，一號花田。

〔註144〕同上註，頁302～303。
〔註145〕《廣東省志彙編（據清同治三年重刊本影印）》，頁4737～4738。
〔註146〕毛慶耆主編：《嶺南學術百家》，頁411。

順德（今廣東順德）人。清乾隆五十四年（1789）進士，改庶吉士，授翰林院編修，著有《逃虛閣詩鈔》、《逃虛閣詩餘》（一名《南雪軒詩餘》）等。譚瑩詩云：

> 對此茫茫譜曲宜，無多心血好男兒。詞人北宋推黃九（並《逃虛閣》〈買陂塘〉詞語），未解逃虛閣所師。

首三句皆化自張錦芳〈買陂塘〉詞語。茲錄全詞如下：

> 好男兒、無多心血，抱愁那遽如許。天公吝惜愁千斛，要揀騷人付與。歎今古，祇如夢、如塵都是供愁具。吾曹要苦。但對此茫茫，因他寂寂，幾曲又新譜。　　論風調，北宋詞人誰伍。只應黃九稱祖。不須地獄憂犁舌，筆妙神靈難妒。君試數。自載酒、江湖幾得歡場住。箏人笛步。好留取當筵，飛揚意氣，共和管弦語。〔註147〕

張氏言及北宋詞家當推黃庭堅，並參譚瑩論黃詞一絕，曾云：「詞憑法秀浪相誇，迥脫恒蹊玉有瑕」，可知譚瑩並未稱賞「黃九」，故末句結語：「未解逃虛閣所師」，「逃虛閣」乃詞人集名，全句意謂：不能理解張錦芳論詞何以推北宋黃庭堅為師法對象。

　　平心而論，張錦芳處於浙西詞風盛行之乾隆朝，卻能擺脫浙派籠罩，為詞筆勢縱橫，有豪放之風。如〈滿江紅‧木棉花〉其一云：

> 十丈晴紅，高照徹、尉佗城郭。濃綠外，數株烘染，驛樓江閣。一簇晨霞標乍起，九枝海日光齊躍。似炎官、火傘殿前張，飄丹罌。　　龍銜燭，行寥廓。鵑啼血，巢跗萼。經百花飛盡，東風猶惡。歌舞岡鋪雲錦亂，扶胥潮動珊瑚落。縱吹殘、尚得一回看，翻階藥。〔註148〕

此詞詠木棉，色彩濃豔鮮明，尤善設喻，藉由不同形象之比擬，極力渲染木棉花奇情壯采之景象，頗具撼動人心之效果。此外，錦芳詞中尚有不少詠花佳作，結合嶺南一代風俗民情，頗能呈現地方色彩，對於嶺南詞風之推動具有一定之積極作用。

〔註147〕（清）許玉彬、沈世良編選：《粵東詞鈔‧張錦芳》，頁5。
〔註148〕同上註，頁3。

十一、論黎簡

黎簡（1747～1799），字簡民，又字未裁，號二樵。順德（今廣東順德）人。清乾隆五十四年（1789）拔貢，所居名百花村，亭名眾香，閣名藥煙，著有《五百四峰堂詩鈔》、《藥煙閣詞鈔》、《芙蓉亭樂府》等。譚瑩詩云：

> 樵夫情韻特纏綿，小閣何因署藥煙。少作芙蓉亭樂府，中年哀樂總鼇然（《藥煙閣詞鈔》二樵著。閣緣婦病得名。二樵少客邕州，著《芙蓉亭樂府》）。

首句「樵夫」係指黎簡，其號「二樵」；全句意謂：黎簡詞情韻纏綿。而詞人所以能寫作情韻纏綿之作品，即因其情意摯深。次句云「小閣何因署藥煙」，即著眼於詞人夫妻情深之事；雖曰「何因」，作者實已指明其原由，並於詩末自注：「閣緣婦病得名。」蓋黎簡妻梁雪，乃順德處士長女，聰穎賢慧，惟身體病弱，梁氏死後，黎簡哀慟至極，寫詩懷念妻子，如：「相憐逢同病，同病更相憐。枕共花檐雨，房分藥鼎煙。」「藥煙閣」命意，即由此而來也。

首二句概括詞人情事，體現詞人深情形象，三、四句則論其詞風轉變。詞人年少撰《芙蓉亭樂府》，中年經歷喪妻之痛，「哀樂鼇然」，詞風轉爲平淡自然。如〈海天秋·題畫〉詞云：

> 南浦風煙，五湖寫就，六橋荒跡。范蠡扁舟何處覓？只見是、蒼蒼山色。古渡頭，秋苔衰柳情無極。陳隋故事何人識？一幀圖畫，寒雲澄漢空凝碧。　　白蘋水動雁初飛，相思無限遙相憶。好趁江潮挂帆席。閒雲野鶴難相值。湍瀨月明時，剩水殘山，夢中歷歷。〔註149〕

此首題畫作品，以細緻之筆觸勾畫優美之詞境，使讀者如臨山水畫作，鮮活生動，於自然中蘊含古風情調，頗具韻味。此乃詞人經歷悲

〔註149〕（清）楊永衍編選：《粵東詞鈔二編·黎簡》，頁 1。楊氏錄此詞，注云：「（黎）簡所著《藥煙閣詞》，不見於世。此首從李氏藏簡畫山水卷錄出，又許宗彥鑑止水齋集詩注有引簡『別後花枯月黑』一句。」

喜哀樂之情，遂以超脫世俗之心境予以反映。

十二、論譚敬昭

　　譚敬昭（1774～1830），字子晉，號康侯。陽春（今廣東陽春）人。清嘉慶二十二年（1817）進士，官戶部主事。工詩，與黃培芳、張維屏合稱「粵東三子」，有《聽雲樓詞》。譚瑩詩云：

> 秘書郎（自鐫「上清秘書郎」小印）許魯靈光，便署陽春錄（陽春人）不妨。三疊柳枝誰為唱（著有〈柳枝詞〉九十首，三疊平韻），聽雲樓（集名）圯月如霜。

首句「秘書郎」，依自注乃譚敬昭刻印鐫字，「魯靈光」係漢代魯恭王所建靈光殿，屢經戰亂而歸然獨存，後藉以稱碩果僅存之人事物，譚瑩此處用以稱揚詞人。次句點明詞人籍貫，蓋敬昭乃陽春人氏，故曰「便署陽春錄不妨」，意謂刻印亦可署「陽春錄」無妨。第三句概括詞人詞作，並注云譚敬昭「有〈楊柳枝〉九十首，三疊平韻」，故曰「三疊柳枝誰為唱」。末句「聽雲樓」係詞人集名；全句蘊含人事變遷之慨，意謂聽雲樓已坍塌，惟明月依舊如霜照大地，呼應首句「魯靈光」之歸然獨存，益見滄桑之感。

十三、論倪濟遠

　　倪濟遠（1795～1832），字孟杭，號秋槎。南海（今廣東廣州）人。清嘉慶二十二年（1817）進士，歷官廣西北流、恭城、荔浦、賀縣知縣。性耿直，時與上官不合，不得升調。俸滿入都，南歸道卒。有《茶嶇精舍詞鈔》、《味辛堂詩存》等。譚瑩詩云：

> 曲付玲瓏舊酒徒，官場滋味困倪迂（並《茶嶇舍詞稿》〈花犯·觀劇戲作〉語）。茆煙箐雨茶嶇舍，便算羅浮與鼎湖（見《味辛堂詩鈔·自序》）。

首二句化自倪濟遠〈花犯·觀劇戲作〉詞語，頗能概括詞人生平性格。蓋倪氏於嘉慶二十二年（1817）以解元聯捷成進士，後以知縣任用，歷官廣西北流、恭城、荔蒲、賀縣。在任頗關心民困，常與

上司齟齬，以致浮沈縣職十餘年，不獲升遷。箇中「官場滋味」，令詞人感觸良多。

三、四句則用倪氏《味辛堂詩存・自序》之意，以其人才士多厄，身困官場，頗思閒適生活，故寄望於羅浮、鼎湖山色湖光中悠然度日，故云此。

十四、論國朝清遠人

黃球、黃藹觀、歐嘉逢。〔註150〕譚瑩詩云：

> 倚聲猿鳥助蕭騷，過客能來羨汝曹。生長最佳山水處，讀書臺與釣臺高（黃球，太學生，有「讀書臺懷古」〈憶君王〉一闋。黃藹觀，諸生，有「峽中漁」〈步蟾宮〉一闋，歐嘉逢有「遊飛來納涼，菩提樹下夢回偶調」〈漁歌子〉一闋，並國朝清遠人）。（並見《禺峽山志》）

首句「蕭騷」係指蕭條淒涼之景色；全句意謂：作為歌詞，有猿鳥悲鳴，助以淒涼之景，更增添詞作動人意境。由是歷來遊子過客，觀覽此地山水景色，皆羨慕清遠（今廣東清遠）人氏得「生長最佳山水處」。末句「讀書臺」與「釣臺」並禺峽著名景點，亦概括清遠人黃球〈憶君王・讀書臺懷古〉及黃藹觀〈步蟾宮・峽中漁〉詞作，呼應首句，清遠詞人有山水景色助倚聲之能事。

十五、論今釋

今釋（1614～1680），本名金堡，字道隱，號性因，杭州人。〔註151〕明崇禎十三年（1640）進士，官臨青州知州。清兵破桂林，削髮為僧，住韶州丹霞寺。有《遍行堂集》。譚瑩詩云：

> 落落寒雲獨倚樓，遠懷如畫一天秋（並見《明詞綜》「得程民部詩卻寄」〈小重山〉詞語）。此才不讓程民部，佛屋塡

〔註150〕此三人詞作，依譚瑩自注：「並見《禺峽山志》。」惟翻查未見此書。茲翻檢今本《清遠縣志》，亦未詳三人詞作，待考。

〔註151〕今釋本籍浙江仁和人，譚瑩並《粵東詞鈔》皆以粵人視之。

　　詞也白頭。

首二句皆化自今釋〈小重山・得程周量民部詩卻寄〉上片詞語。茲錄
全詞如下：

> 落落寒雲晚不流。是誰能寄語、竹窗幽。遠懷如畫一天秋。
> 鐘徐歇，獨月倚層樓。　　　點點鬢霜稠。十年山水夢，未
> 全收。相期人在別峰頭。閒鷗意，煙雨又扁舟。〔註152〕

此詞抒寫念遠懷人之情，清麗婉曲，情致動人，頗能體現譚瑩評詞標
準。惟綜觀今釋詞作，「除去少量酬應之作外，無不蒼勁悲涼，極痛
切淒厲。他好次稼軒、竹山韻，而比辛棄疾多苦澀味，較蔣捷為辛辣，
這是遭際身世大悲苦心境的表現，所以即使他常有勘破塵世的禪門話
頭，骨子裡絕不是四大皆空。」〔註153〕如〈賀新郎・感舊，次竹山
兵後寓吳韻〉〔註154〕、〈滿江紅・大風泊黃巢磯下〉〔註155〕等作，
皆具奇情壯思，意蘊深刻，而此作品不為譚瑩稱引，概因評賞旨趣不
合，此其一。另，今釋〈小重山〉一詞，乃得當時著名詩人——程周
量詩作，復寄；譚瑩援引，適足與程詩相較，顯揚詞人詞作之藝術成
就，此其二。故三句接言「此才不讓程民部」；「程民部」即程可則（1627
～1676），字周量，南海人，與今釋同屬清初遺民，經歷家國巨變，
明亡，曾削髮為僧，入清，應試以求自免。其詩往往借懷古寓故國之
思，多感懷身世、哀傷人生之作品，友人汪琬評曰：「予友程子周量，

〔註152〕《全明詞》，冊5，頁2282。

〔註153〕嚴迪昌：《清詞史》（南京：江蘇古籍，2001年7月），頁99～100。

〔註154〕全詞為：「古劍花生繡。憶當初、仰天長歎，風尖□透。幾墨哀笳
吹白露，化作清霜滿袖。喚一緉芒鞋同走。入夜欲投何處宿，見半
灣、月上三更後。剛掛住，駝腰柳。　　隔溪漁網懸如舊。渡前村、
叩門不應，猖狂多狗。積得陳年零落夢，搬出胸中堆阜。要澆也、
不須盃酒。老大無人堪借問，照澄潭吾舌猶存否。窺白髮，自搔手。」
《全明詞》，冊5，頁2330。

〔註155〕全詞為：「激浪輪風，偏絕分、乘風破浪。灘聲戰、冰霜競冷，雷
霆失壯。鹿角狼頭休地險，龍蟠虎踞無天相。問何人、喚汝作黃巢，
真還謗。　　雨欲退，雲不放。海欲進，江不讓。早堆垜一笑，萬
機俱喪。老去已忘行止計，病來莫算安危帳。是鐵衣、著盡著僧衣，
堪相傍。」《全明詞》，冊5，頁2298。

既不得志於時，及其爲詩，清婉深粹，蓋猶有風人可以怨之遺焉。」
〔註156〕與宋琬、施閏章、王士祿、王士禛、汪琬、沈荃、曹爾堪並
稱「海內八大家」，爲時人所稱。由是，譚瑩將今釋詞作與程可則並
稱，以其塡詞才情「不讓」程氏，則賞愛之情溢於言表。末句自然生
發作者感慨，蓋今釋乃出家僧人，但若屬心如止水之高僧，何能塡寫
「落落寒雲獨倚樓」之深情小詞？誠然詩詞之生命在於情感，情深「白
頭」者境界自高，此乃「佛屋塡詞也白頭」之深意。

　　綜上所述，譚瑩論清代嶺南詞人，亦體現文獻保存之功，如論陶
鎬，其人有《四園桐存稿》，惜今未傳，且《全清詞・順康卷》亦未
見錄，端賴譚瑩化用詞語，著錄文集，得略窺詞人風貌；清初遺民王
隼詞作亦未傳世，譚瑩引《琵琶楔子》論之，固當見其作品，結語比
擬北宋詞人秦觀，知其作必婉曲纏綿。另，譚氏論何夢瑤，特別著錄
詞人著述；論黎簡，自注「閣緣婦病」；論譚敬昭，注云詞人「自鐫
『上清秘書郎』小印」，論清遠詞人，詳錄詞牌題序。總此，看似瑣
碎小事，一經作者用心註明，對後世研究嶺南詞家作品、軼事等，助
益頗大。

　　至其詞藝品評之角度，所稱譽者，首推遺民詞人屈大均，以其能
抗手浙西詞人朱彝尊，此乃結合詞中故國之思立論，遂有無限凄婉悲
涼之況味。另稱賞梁無技，典雅清空，具張炎詞風；陶鎬工於小令，
所作清麗婉曲；易宏能爲「綺靡新聲」，纏綿綺旎；詞僧今釋，寫作
小詞，情致動人，「不讓程民部」。皆體現譚氏論詞評賞之旨趣，以清
麗典雅、情致婉曲爲標準。並兼及情感內涵之要求，故批評陳恭尹「祝
壽餞離兼詠物」等酬應之作，缺乏眞情實感，而曰「何敢過推崇」。

　　殊值一述者，乃清・丁紹儀《聽秋聲館詞話》卷二十曾強烈批評
譚瑩論嶺南詞家，取捨未當，曰：

　　　　內三十六首專論粵人，如陳元孝、黎二樵詞，均覓之未得。

〔註156〕　（清）汪琬：《鈍翁前後類稿》卷二十八〈程周量詩集序〉，《四庫
　　　　　全書存目叢書・集部》，冊227，頁644。

> 余所見粵詞，近推吳石華、儀墨儂爲最。再則東莞林桓次
> 侍讀（蒲封）〈齊天樂〉云（詞略）。欽州馮魚山戶部（敏
> 昌）新搆小亭落成〈天仙子〉云（詞略）。高要黃琴山太守
> （德峻）留別友人〈金縷曲〉云（詞略）。番禺陳蘭甫（澧）
> 朝雲墓〈八聲甘州〉云（詞略）。林有《籜洲集》，附詞。
> 黃有《三十六鴛鴦館詞》。顧詩中均無一言論及，殆以爲近
> 時人耶？二樵亦近時人也，殊不解。〔註157〕

丁氏批評殊爲激烈，卻有未盡之處。檢閱譚瑩所論嶺南詞家，時代最
末者，乃詞人倪濟遠，約道光十二年（1832）辭世，譚瑩年三十二，
此時當未撰寫完成論嶺南詞人組詩。而文中所舉「二樵」係詞人黎簡，
於嘉慶四年（1799）謝世，譚氏隔年出生。雖「近時人也」，亦不礙
論列範疇。而丁氏以爲佳作者，皆與譚瑩同時代人，如詞人儀墨農，
譚瑩曾爲其詞集撰序，〔註158〕陳澧更爲交好數十年之友人，由是略
而不論，非不推崇也。

第四節　小　結

　　誠如前文所述，由於南宋政治與文化重心之南遷，加速中原文化
向嶺南傳播，逐漸交融之下，改變當地之文化生態，亦促進詞學人才
之成長。而嶺南以地理優勢，時而作爲朝代結束前之最後舞臺，如南
宋王朝末幾年，大抵轉徙流離於東南沿海一帶，至祥興二年（1279）
崖山之變，陸秀夫負帝昺蹈海死，始告終結。明代亦復如是，明亡後，
南明王朝於嶺南輾轉流徙，歷時雖不久，然反清勤王之師，此伏彼起，
湧現「嶺南三忠」〔註159〕等大批忠義烈士，屈大均亦曾投身軍中。
清兵平粵後，嶺南士人或遁跡空門，或終身不仕清朝，以遺民自居。

〔註157〕《詞話叢編》，冊3，頁2830～2831。
〔註158〕詳（清）譚瑩：《樂志堂文集續集》卷一〈儀墨農孝廉詞集序〉文，
　　　　收錄《續修四庫全書》（上海：上海古籍出版社，2002年），冊1528，
　　　　頁336。
〔註159〕係指陳邦彥、張家玉、陳子壯三人。

蓋嶺南士子、烝黎百姓，身經事變，於亡國之痛益加眞切，於焉形塑嶺南心理文化，以及慷慨堅毅之內在特質。〔註160〕

　　承襲慷慨堅毅之文化心理，嶺南詞家殊能擺脫流俗，寫作剛健清新之詞。尤以明末清初之詞家爲代表，其作品往往注入家國之思、亡國之痛，聲情激楚，頗能撼動人心。惜乎譚瑩於此，論述不足，或與其人身處清朝統治有關，故前文論南宋遺民《樂府補題》三、四句曾曰：「易世恐興文字獄，子規誰許盡情啼」，實可引爲其論清初遺民之註腳。

〔註160〕詳參管林等：《嶺南晚清文學研究》（廣州：廣東人民出版社，2003　　　年 11 月），頁 10～14。

第八章　論歷代女詞人

　　本章擬探究譚瑩「論詞絕句」論女詞人部分。宋詞取李清照、朱淑真、鄭文妻孫氏、嚴蕊四人，得六首詩；此中論李清照兩首，並附論〈擷芳詞〉一首。至於嶺南詞與清詞部分，僅各取一人，分論明代張喬與清初徐燦各一首。茲依次分析如下，並總結主要觀點於後。

一、論李清照

　　李清照（1084～1155？），號易安居士，濟南章丘（今山東明水鎮）人。譚瑩詩云：

> 綠肥紅瘦語嫣然，人比黃花更可憐。若並詩中論位置，易
> 安居士李青蓮。

首句「綠肥紅瘦」摘自李清照〈如夢令〉（昨夜雨疏風驟）詞句，茲錄全詞如次：

> 昨夜雨疏風驟。濃睡不消殘酒。試問卷簾人，卻道海棠依
> 舊。知否。知否。應是綠肥紅瘦。〔註1〕

此闋小令波瀾，由「試問」生發，問者蘊含急切關懷、忐忑不安之複雜情緒，答者隨意淡然，不假思索地回應「依舊」，問答之間，反映心境如此有別。「綠肥紅瘦」流露詞人對海棠之一往情深，「無限悽婉，

〔註1〕《全宋詞》，冊2，頁927。

卻又妙在含蓄」〔註2〕；此四字用語，甚爲人所稱道，有評曰「此語甚新」〔註3〕；或云「天下稱之」〔註4〕；或稱「此句較周詞更婉媚」〔註5〕；更有讚嘆四字「剏獲自婦人，大奇」。〔註6〕譚瑩則曰「語嫣然」，概括此詞曲折婉媚之筆法與風格，同時凸顯詞人深情嬌媚之形象。是知「嫣然」之評，可謂簡明精當。

次句化用李清照〈醉花陰〉（薄霧濃雲愁永畫）結三句：「莫道不消魂，簾捲西風，人似黃花瘦。」〔註7〕此詞抒寫重陽節日懷人念遠之寂寞心境，結句乃全篇最精彩處，以人比黃花，遂使抽象情思化爲具體物象，形象鮮活，含蘊豐富。譚瑩曰「更可憐」，是將「瘦」之具體形象轉化爲內在情思，強調詞句渲染效果，使人讀之更堪憐惜，感同身受。

三、四句轉而論詞人歷史定位。「李青蓮」係唐詩人李白，號青蓮居士。二句意謂：李清照於詞史之地位，實有如李白於詩歌發展之定位一般。

譚瑩詩次首云：

> 一餅一鉢可歸來，覓覓尋尋亦寫哀。自是百年鍾間氣，張
> 秦周柳總清才。

首句「一餅一鉢」係指詞人與夫婿所珍藏之金石文物。據李清照〈金

〔註2〕（清）黃蘇：《蓼園詞選》，《詞話叢編》，冊4，頁3024。

〔註3〕（宋）胡仔：《苕溪漁隱叢話》前集卷六十（臺北：世界書局，1961年10月），冊上，頁413。

〔註4〕（宋）陳郁：《藏一話腴》內編卷下，《四庫筆記小說叢書·老學庵筆記外十一種》（上海：上海古籍出版，1993年7月），頁554。

〔註5〕（明）楊慎批《草堂詩餘》卷一，轉引自《唐宋詞匯評》（兩宋卷）（杭州：浙江教育出版社，2004年12月），冊2，頁1411。

〔註6〕（明）沈際飛：《草堂詩餘·正集》，（明）顧從敬選；沈際飛評：《古香岑草堂詩餘》（明崇禎間末翁少麓刊本），卷一，頁3。

〔註7〕據（宋）李清照著，徐培均箋注：《李清照集箋注》（上海：上海古籍出版社，2003年5月）校記云：「《花庵詞選》、《全芳備祖》、《花草粹編》、《詩餘圖譜》並作『人似』，王本同。四印齋本作『人比』，注云：別作『似』。」，頁54。

石錄後序〉稱：「建炎戊申秋九月，（趙明誠）侯起復知建康府」，兩
人將分別時：「呼曰：『如傳聞城中緩急，奈何？』戟手搖應曰：『從
眾。必不得已，先去輜重，次衣被，次書冊卷軸，次古器，獨所謂宗
器者，可自負抱，與身俱存亡，勿忘也。』」〔註8〕可知夫妻兩人對此
等器物之珍愛。蓋詞人身經靖康之難，金兵入侵，北宋滅亡，夫婿趙
明誠不久死於任上；且在南渡避難過程中，半生收藏之金石文物又丟
失殆盡，一連串打擊使李氏嘗盡生命摧折之苦痛。但譚瑩認爲「一缾
一鉢」之珍貴器物，終究有尋回歸來之希望。唯殊可悲哀者，志趣相
投之夫婿再更無相見之日，故次句接言「覓覓尋尋亦寫哀」。「覓覓尋
尋」，摘自李清照〈聲聲慢〉詞首句。茲錄全詞如次：

> 尋尋覓覓，冷冷清清，淒淒慘慘戚戚。乍暖還寒時候，最
> 難將息。三杯兩盞淡酒，怎敵他、晚來風急。雁過也，正
> 傷心，卻是舊時相識。　　滿地黃花堆積。憔悴損，如今
> 有誰堪摘。守著窗兒，獨自怎生得黑。梧桐更兼細雨，到
> 黃昏、點點滴滴。這次第，怎一個、愁字了得。〔註9〕

易安此詞歷來爲人稱道，尤其起首三句連用疊字，更爲評者驚嘆其才
情。如宋・張端義《貴耳集》卷上評曰：「秋詞〈聲聲慢〉：『尋尋覓
覓，冷冷清清，淒淒慘慘切切。』此乃公孫大娘舞劍手。本朝非無能
詞之士，未曾有一下十四疊字者。」〔註10〕宋・羅大經《鶴林玉露》
乙編卷六亦云：「近時李易安詞云：『尋尋覓覓，冷冷清清，淒淒慘慘
戚戚。』起頭連疊七字，以一婦人，乃能創意出奇如此。」〔註11〕譚
瑩摘首句疊字，顯然亦賞愛此詞連用疊字「創意出奇」之藝術手法；
同時亦留意此詞經由語言音韻之巧妙安排，遂能抒發詞人憂鬱惝恍、

〔註8〕　（宋）趙明誠；金文明校證：《金石錄校證》（桂林：廣西師範大學
　　　　出版社，2005 年 10 月），頁 533。
〔註9〕　《全宋詞》，冊 2，頁 932。
〔註10〕　《四庫筆記小說叢書・老學庵筆記外十一種》（上海：上海古籍出版，
　　　　1993 年 7 月），頁 422。
〔註11〕　（宋）羅大經撰：王瑞來點校：《鶴林玉露》，《唐宋史料筆記叢刊》
　　　　（北京：中華書局，1997 年 12 月），頁 227。

孤苦無依之悲哀心境。

由是，譚瑩從藝術手段與抒情內容體會稱賞詞人作品，給予極高評價，故三、四句曰「自是百年鍾間氣，張秦周柳總清才」。「鍾氣」，謂凝聚天地靈秀之氣，蓋稱易安乃詞史發展百年以還，聚靈秀之氣於一身之作家，故作品評價已非單純女詞家所能局限，且早已超越眾多詞人之創作成就。誠如《四庫全書總目·漱玉詞提要》評曰：「清照以一婦人，而詞格乃抗軼周、柳。」〔註12〕本詩則將易安詞與北宋詞家張先、秦觀、周邦彥與柳永四人並列。其說承自明·王世貞《藝苑卮言》：

> 即詞號稱詩餘，然而詩人不爲也。何者？其婉孿而近情也，足以移情而奪嗜。其柔靡而近俗也，詩嘽緩而就之，而不知其下也。之詩而詞，非詞也。之詞而詩，非詩也。言其業，李氏、晏氏父子、耆卿、子野、美成、少游、易安至矣，詞之正宗也。〔註13〕

王氏自詞以婉約爲正之傳統觀念出發，定柳、張、周、秦與李清照五人爲「詞之正宗」。譚瑩之意亦如是，故舉易安與「張秦周柳」並列，以其「總清才」，意謂皆屬詞家正聲，擅於詞體創作。

二、論朱淑眞

朱淑眞，生卒年不詳，號幽棲居士，錢塘（今浙江杭州）人。譚瑩詩云：

> 幽棲居士惜芳時，人約黃昏莫更疑。未必斷腸漱玉似，送春風雨總憐伊。

首句「幽棲居士」係朱淑眞號，曰「惜芳時」，蓋連繫次句而言。「人約黃昏」係摘自朱氏〈生查子〉（去年元夜時）詞句：「月到柳梢頭，人約黃昏後。」整闋詞以今昔對比之方式書寫，上片寫月下幽會之欣

〔註12〕 （清）永瑢等：《四庫全書總目提要》（臺北：臺灣商務印書館，1983年10月），冊5，頁295。
〔註13〕 《詞話叢編》，冊1，頁385。

喜，下片則流露出物是人非之悲情。後人依此批評朱淑眞有失婦德，清·王士禎《池北偶談》卷十四〈談藝四〉爲之辨曰：

> 今世所傳女郎朱淑眞「去年元夜時，花市燈如畫」〈生查子〉詞，見《歐陽文忠公集》一百三十一卷，不知何以訛爲朱氏之作？世遂因此詞疑淑眞失婦德，紀載不可不愼也。〔註14〕

《四庫全書總目·斷腸詞提要》亦考證：

> 楊愼升庵《詞品》載其〈生查子〉一闋，有「月上柳稍頭，人約黃昏後」語，（毛）晉跋遂稱爲「白璧微瑕」。然此詞今載歐陽修《盧陵集》第一百三十一卷中，不知何以竄入淑眞集內，誣以桑濮之行。愼收入《詞品》，既爲不考，而晉刻《宋名家詞》六十一種，《六一詞》即在其內，乃於《六一詞》漏注，互見《斷腸詞》，已自亂其例，於此集更不一置辨，且證實爲「白璧微瑕」，益鹵莽之甚。〔註15〕

宋翔鳳〈論詞絕句二十首〉論朱淑眞詞亦明言：「說盡無慚六一詞，黃昏月上是何時。斷腸集裏誰編入，也動人閒萬縷疑。」〔註16〕認爲〈生查子〉一詞之作者當屬歐陽修而非朱淑眞，顯然係清人普遍之認知。譚瑩則提出不同見解，以爲此作乃朱氏回憶芳華過往之情事，對比如今所遭非偶，處境堪憐，感慨自是深刻，故曰「莫更疑」。蓋清人普遍認同此詞非朱淑眞作，其立意在維護朱氏未有「失婦德」之舉，惟譚瑩辨之而云「莫更疑」，即知不以朱氏爲「失婦德」，而係以詞人身世，縱感懷往日歡情，亦屬人之常情，實不需質疑爭辯若此。誠如梁紹壬《兩般秋雨盦隨筆》卷三云：「《漱玉》、《斷腸》二詞，獨有千古。而一以『桑榆晚景』一書致誚；一以『柳稍月上』一詞貽譏。後人力辨易安無此事，淑眞無此詞，此不過爲才人開脫。其實改嫁本非聖賢所禁；〈生查子〉一闋，亦未見定是淫奔之詞。」

〔註14〕（清）王士禎撰；勒斯仁點校：《池北偶談》，《清代史料筆記叢刊》（北京：中華書局，1997年12月），冊下，頁321～322。

〔註15〕《四庫全書總目提要》，冊5，頁315。

〔註16〕（清）宋翔鳳：《洞簫樓詩紀》（臺北：聖環圖書，1998年5月，《浮溪精舍叢書》十五），卷三，頁256。

〔註17〕陳廷焯《詞壇叢話》亦云：「余謂古人托興言情，無端寄慨，非必實有其事。此詞即爲朱淑眞作，亦不見是洗女，辨不辨皆可也。」〔註18〕其說皆可爲本詩所論註腳。

　　三、四句流露作者對女性詞家深切之同情。「斷腸」係朱淑眞詞集名；「漱玉」則爲李清照詞集名。詩云兩人詞作「未必似」，實朱氏詞本不及李清照，《四庫全書簡明目錄》集部詞曲類評：「雖未能與清照齊驅，要亦無愧於作者。」〔註19〕又陳廷焯《白雨齋詞話》卷二亦云：「朱淑眞詞，才力不逮易安，然規模唐五代，不失分寸。」〔註20〕則其筆意詞語亦清麗婉曲，不失唐五代風格，有一家風貌。惟譚瑩此處表面曰兩人詞作未必相似，並非著意評價詞人高下，而是隱含兩人生平遭際皆堪憐惜。李清照因晚年改嫁一事，遭人以「失節」議之，朱淑眞亦因〈生查子〉一詞，被後世批評「有失婦德」，然女性詞家所適非偶，處境已是淒涼，又落人譏評，更覺不堪！故譚瑩從同情之角度云：「送春風雨總憐伊」；「送春風雨」蓋化用朱氏〈蝶戀花・送春〉詞句：「把酒送春春不語。黃昏卻下瀟瀟雨。」通過一片「送春風雨」之淒迷景象，概括朱淑眞悲淒孤寂之人生境遇，而詩人總是有情，遂生憐惜之意。全詩除感慨朱氏境遇，亦流露對女性詞家之同情理解。蓋其時譚瑩身處封建時代之氛圍，能哀憐女詞人命運際遇若此，誠屬難得！

三、論鄭文妻孫氏

　　鄭文妻，姓孫氏，秀州（今浙江嘉興）人，夫鄭文爲太學生。譚瑩詩云：

　　　　寄憶秦娥語不深，海棠開後到如今。酒樓依館皆傳播，信

〔註17〕（清）梁紹壬：《兩般秋雨盦隨筆》，《清代筆記小說大觀》（上海：上海古籍出版社，2007 年 10 月），冊 6，頁 5438。
〔註18〕《詞話叢編》，冊 4，頁 3727。
〔註19〕（清）紀昀等：《四庫全書簡明目錄》，楊家駱主編：《中國目錄學名著・第一集》（臺北：世界書局，1961 年，2 月），下冊，頁 899。
〔註20〕《詞話叢編》，冊 4，頁 3820。

是旗亭獨賞音。

首句「寄憶秦娥」用事，據明·田汝成《西湖遊覽志餘》卷十六記：「宋時，秀州鄭文者，爲太學生，久寓行都，其妻寄以〈憶秦娥〉詞云：花深深（略）。」〔註21〕蓋南宋太學生鄭文遊學未歸，妻孫氏因寄〈憶秦娥〉一詞傳情。茲錄全詞如下：

> 花深深。一鉤羅襪行花陰。行花陰。閒將柳帶，細結同心。
>
> 　　日邊消息空沈沈。畫眉樓上愁登臨。愁登臨。海棠開
>
> 後，望到如今。〔註22〕

詞牌別名「花深深」，〔註23〕係因此詞起句得名，故知流傳甚廣。次句「海棠開後到如今」則化用此詞結句，詞人以海棠花開「到如今」，寫時日長久，相思深切，同時流露出期待之痛苦，情感表白樸實無華，詞句意涵亦淺白直露，故譚瑩曰「語未深」，蓋反用「花深深」之語評其詞。正因此詞情感眞切，表露直接，故廣爲歌樓酒館傳唱，本詩三、四句蓋言此。「旗亭」即酒樓，古代酒家築亭道旁，挑旗門前，故稱。上引田氏一書有云：「此詞爲同舍見者傳揚，酒樓妓館皆歌之。」〔註24〕依譚瑩之見，此詞用語淺露，含蘊不深，卻傳誦廣遠，當得力於酒館歌樓獨賞其音，咸傳唱之。

四、論嚴蕊

　　嚴蕊，生卒年不詳，一名蕊奴，字幼芳。曾爲天台（今浙江天台）營妓。譚瑩詩云：

> 天台伎合賦桃花，限韻詞工益作家。怪得有人心爲醉，鵲

〔註21〕（明）田汝成：《西湖游覽志餘》（臺北：成文出版社，1983年3月），冊2，頁758。

〔註22〕據《全宋詞》載：「文，秀州人，太學生。《彤管遺編》云：妻孫氏。」本詞原載於《古杭雜記》，《全宋詞》考曰：「此首別誤作孫道絢詞，見《歷代詩餘》卷十五。《古杭雜記》云：『人傳以爲　歐陽修作。』別又誤作黃庭堅詞，見《草堂詩餘》雋卷三。」

〔註23〕見馬興榮、吳熊和、曹濟平主編：《中國詞學大辭典》（杭州：浙江教育出版社，1996年），頁495。

〔註24〕（明）田汝成：《西湖游覽志餘》，冊2，頁758。

橋已駕恐緣差。

首二句用事，典出宋・周密《齊東野語》卷二十〈台妓嚴蕊〉所
載：

> 天台營妓嚴蕊，字幼芳，善琴弈歌舞、絲竹書畫，色藝冠
> 一時。間作詩詞有新語，頗通古今。善逢迎，四方聞其名，
> 有不遠千里而登門者。唐與正守台日，酒邊，嘗命賦紅白
> 桃花，即成〈如夢令〉云：「道是梨花不是，道是杏花不是，
> 白白與紅紅，別是東風情味。曾記、曾記，人在武陵微醉。」
> 與正賞之雙縑。又七夕，郡齋開宴，坐客有謝元卿者，豪
> 士也，夙聞其名，因命之賦詞，以己之姓為韻。酒方行，
> 而已成〈鵲橋仙〉云：「碧梧初出，桂花纔吐，池上水花微
> 謝。穿針人在合歡樓，正月露、玉盤高瀉。
>
> 蛛忙鵲嬾，耕慵織倦，空做古今佳話。人間剛道隔年期，
> 在天上、方纔隔夜。」元卿為之心醉，留其家半載，盡客
> 囊橐饋贈之而歸。〔註25〕

首句概括詞人身分與賦紅白桃花一事，〈如夢令〉一闋，表現紅白桃
花之高標逸韻，隱含己身淪落風塵而心自高潔之意涵，且藉詠物抒發
一己懷抱，似無寄託，實有寄託，故為人所稱賞。

次句以嚴蕊限韻作成〈鵲橋仙〉一事，美其「詞工」，足為詞家
典範。三、四句繼而引伸，蓋嚴蕊才情若此，莫怪有人為之心醉，「留
其家半載」。惟可惜者，彼以一介女子，雖賦〈鵲橋仙〉期成就佳事，
終仍「盡客囊橐饋贈之而歸」，故譚瑩曰「鵲橋已駕恐緣差」，慨嘆風
塵才女卻不得良人託付終身，甚有惋惜之意。

五、論無名氏〈擷芳詞〉

譚瑩詩云：

> 果屬唐人未可知，禁中傳得擷芳詞。燕來時也無消息，一

〔註25〕 （宋）周密撰；張茂鵬點校：《齊東野語》，《唐宋史料筆記叢刊》（北
京：中華書局，1997 年 12 月），頁 374～375。

語令人十日思。

首二句論〈擷芳詞〉〔註26〕之起源，據《花草萃編》卷十二引宋・楊湜《古今詞話》云：

> 政和間，京師妓之姥曾嫁伶官，常入內教舞，傳禁中〈擷芳詞〉以教其妓。人皆愛其聲，又愛其詞，類唐人所作也。張尚書帥成都，蜀中傳此詞，競唱之，卻於前段下添「憶憶憶」三字，後段下添「得得得」三字。又名〈摘紅英〉，其所添字，又皆鄙俚，豈傳之者誤耶？「擅芳英」之名，非擅爲之，蓋禁中有擷芳園、擷景園也。〔註27〕

首句「果屬唐人未可知」，蓋相傳「類唐人所作也」，然因年代久遠，未能確切考證。今人張夢機考此作曾云：「此詞作者既闕名，又出於徽宗朝，年代久遠，未必可確指爲唐調」。〔註28〕本詩於此亦未確指創作年代，顯然保有清人論據嚴謹之態度，預留持續探討之空間。次句則見引文所記，此詞流傳禁中之過程。第三句化用〈擷芳詞〉（風搖蕩）結二句：「燕兒來也，又無消息。」以其中頗有含意，或存在探究此詞之線索，故云「一語令人十日思」。

六、論張喬

張喬（1615～1633），又名張麗人，〔註29〕字喬婧，號二喬。廣州名妓。明末與南園名士黎遂球、陳子壯等同游。喬能詩，善畫蘭，其詩「清麗有風致」。卒年僅十九，葬於白雲山梅花坳中，送者數十百人，人詩一章，植花一株以紀念之，號曰「百花冢」。著有《蓮香集》五卷。譚瑩詩云：

〔註26〕全詞爲：「風搖蕩，雨濛茸，翠條柔弱花頭重。春衫窄，香肌濕。記得年時。共伊曾摘。　都如夢。何曾共。可憐孤似釵頭鳳。關山隔。晚雲碧。燕兒來也。又無消息。」《全唐五代詞》，冊下，頁1358。

〔註27〕（明）陳耀文編：《花草萃編》，任繼愈、傅璇琮總主編：《文津閣四庫全書》（北京：商務印書館，2005年），冊499，頁45。

〔註28〕張夢機：《詞律探源》（臺北：文史哲出版社，1981年11月），頁409。

〔註29〕見饒宗頤初纂：張璋總纂：《全明詞》（北京：中華書局，2004年1月），冊5，頁2375。

偷覷鴛鴦不自知，偶然心事上雙眉（分明《蓮香集》〈如夢令〉、〈風入松〉兩詞）。男兒慣作蓉城主，鱗屋龍堂合嫁伊（亦見《蓮香集》）。

首二句分別化用張喬《蓮香集》〈如夢令〉與〈風入松〉兩詞詞句，前句化用〈如夢令‧閨情〉〔註30〕詞；後句則化自〈風入松‧憶舊〉〔註31〕結二句：「只是偶然心事，如何動上雙眉？」兩首詞作風格皆清新婉麗，自然流露女兒家「心事」，毫無矯揉造作之態，全係詞人細膩刻劃所呈現之活潑情態。時代稍後之嶺南潘飛聲撰〈論嶺南詞絕句〉亦稱賞張喬詞云：「清詞滴粉與搓酥，珠海群花拜麗姝。爲識雙忠青眼定，蓮香終勝柳靡蕪。」〔註32〕詩中稱賞張喬詞「清」，故終勝柳如是一籌，所言「清詞滴粉與搓酥」即由譚瑩所引〈如夢令〉與〈風入松〉等詞風而來。

　　三、四句依作者自注：「亦見《蓮香集》。」惟張喬此集未詳，僅《粵東詞鈔》收詞四闋，《眾香詞》收另外三闋。故二句未明所指，有待詳查。

七、論徐燦

　　徐燦（1658～？），字湘蘋，號深明，茂苑（今蘇州）人。陳之遴（1605～1666）〔註33〕繼室。善填詞，工繪事。晚年皈依佛法，更

〔註30〕全詞爲：「妝罷碧漪軒後。無語倚闌長晝。偷眼覷鴛鴦。驀地翠眉雙皺。消瘦。消瘦。人遠小春時候。」（清）許玉彬、沈世良編選：《粵東詞鈔‧張喬》，頁2。

〔註31〕全詞爲：「海棠慵睡晚風時。柳帶垂垂。卷簾不語羞英母。任落花、透濕胭脂。戲逐鴛鴦尋夢，更從蝴蝶相期。　　山園春草又芳菲。淚雨凝枝。憑欄細數殘紅片，乍陰晴、雲雨絲絲。只是偶然心事，如何動上雙眉？」同上註，頁1。

〔註32〕《古今文藝叢書》（揚州：江蘇廣陵古籍刻印社，1995年12月），頁346。

〔註33〕陳之遴（1605～1666），字彥升，號素庵，海寧鹽官人。出身名門望族。年輕時與東林、復社名士錢謙益、吳偉業、陳名夏等結交，參與活動。明崇禎十年（1637）以一甲二名進士（榜眼），授翰林院編修。清兵入擾衡水一帶，其父陳祖苞時任順天巡撫，因城池失守

號紫言，靜坐內養，無疾而終。有《拙政園詩餘》等。譚瑩詩云：

> 起居八座也伶俜，出塞能還繡佛靈。文似易安人道韞，教
> 誰不服到心形。

首句「八座」於清代乃六部尚書之稱謂，蓋徐燦夫婿陳之遴，入清，官至尚書，順治十五年（1658）擢弘文院大學士。徐燦自亦隨夫婿享有「起居八座」、富貴顯達之生活待遇。雖然，譚瑩卻稱其「伶俜」，意謂在富貴豪奢、奴僕簇擁之環境中，獨詞人孤單寂寞，有苦難言。詞人隱微之心境，由《拙政園詩餘》詞作可略窺一二，是書編成於陳之遴宦途貴盛之際，但徐氏詞中卻不乏愴懷故國之悲情。如〈踏莎行‧初春〉詞云：

> 芳草纔芽，梨花未雨。春魂已作天涯絮。晶簾宛轉爲誰垂，
> 金衣飛上櫻桃樹。　　故國茫茫，扁舟何許。夕陽一片江
> 流去。碧雲猶疊舊河山，月痕休到深深處。〔註34〕

上片即景抒情，意深辭曲，其中「晶簾宛轉爲誰垂，金衣飛上櫻桃樹」，鮮明對照兩種情境：一方於水晶簾後深情等待，寂寥悵望；一方卻早已飛上別枝，光鮮亮麗。如此對比，實流露詞人與夫婿在政治節操上之分歧。對於陳之遴選擇出仕清廷，徐燦始終懷抱難言之苦痛；一則傳統婦德教養，以及對丈夫之摯愛，使伊不能又不忍與夫婿據理力

下獄問罪，旋卒。陳之遴因父罪株連，被罷官。清兵入關后，起初效命於南明政權，被任爲福建主考官。清兵逼近南京，眼看大勢已去，避不赴任。清順治二年（1645）降清。初，陳之遴受清攝政王多爾袞器重，任爲翰林院侍讀學士、禮部右侍郎、都察院左都御史。多爾袞死后，又得順治帝重用，升禮部尚書加太子太保，後調任戶部　尚書。其間，整頓錢糧，奏請依律例定滿洲官員有罪之法，又上修舉農功、寬恤兵力、節省財用等改革措施，爲鞏固清統治盡忠竭力。順治九年、十二年，兩度被授爲弘文院大學士。當時，滿漢官員之間、漢官南北派之間爭權奪利，鬥爭激烈。他屬於南人陳名復一派，周旋其間，時受牽連。順治帝屢加申斥，但仍惜其才而加以利用。十三年，被控「結黨營私」，流放盛京，不久復職。十五年，又因賄結內監吳良輔論斬，免死革職，籍沒家產，與老母、兄弟、妻子流放尚陽堡（今遼寧開原東），死於戍所。

〔註34〕《全清詞‧順康卷》，冊1，頁447。

爭，但儒家重氣節之精神與愛國情懷，卻又教伊對丈夫之選擇深感遺憾。且陳之遴雖青雲直上，但仕宦歷程卻充滿危機，不斷有彈劾之聲浪出現。凡此，看在卓有見識之詞人眼中，即覺隨時可能招致意外變故，於焉委婉勸說陳之遴退隱山林，可惜終究未果。因之，入清後之詞人，一則心中糾結亡國之痛與思鄉之愁，一則對丈夫失節之愧疚與前途之憂慮，均困擾詞人敏感而孤寂之內心。發而為詞，遂情思飽滿，感人至深，於是下片「夕陽一片江流去」，明白道出詞人對故國之眷戀，如泣如訴，如怨如慕，故清‧譚獻《篋中詞》卷五選錄此詞而評曰：「興亡之感，相國愧之。」〔註35〕相國即徐燦夫婿陳之遴。俞陛雲《吟邊小識》卷二亦云：「素庵相國雖兩朝冠劍，湘蘋則時有故國之思。」〔註36〕本詩首句雖未明言徐燦詞中故國之感，然強調詞人處身榮華，心緒則寂寥惆悵，立論實基於此。

次句相對首句而言，由富貴榮華之生活轉而論詞人晚年坎坷之境遇。蓋陳之遴授弘文院大學士，三年後即坐結黨罪遣戍，順治十五年（1658）復以事免死革職，籍沒家產，全家徙盛京（今遼寧省瀋陽）。康熙五年（1666）陳之遴死於戍所，十年（1671）聖祖東巡，徐燦上疏乞歸骨，上命還葬，得歸。晚學佛，更號紫言。〔註37〕次句所言蓋指徐燦隨夫婿流徙盛京，晚年歸里以經聲佛理作為最後之皈依與解脫。關於徐燦出塞歸里、晚年繡佛一事，清人言之，多見感喟與嘆息。如吳騫〈過南樓感舊〉詩小序云：「南樓在小桐溪，故相國陳素庵夫人徐氏舊居也。……相國得罪，同徙遼左。洎賜還後，故第已不可復問，遂卜居於此。日惟長齋繡佛，初不問戶外事，人稱閣老廳。」〔註38〕

〔註35〕（清）譚獻輯；羅仲鼎、俞浣萍校點：《篋中詞》（杭州：浙江古籍出版社，1996年3月），頁291。

〔註36〕轉引自尤振中、尤以丁編著：《清詞紀事會評》（合肥：黃山書社，1995年12月），頁68。

〔註37〕詳《清史稿》卷五○八〈陳之遴妻徐傳〉。陳廣笙、陳錦德校刊：《海寧渤海陳氏宗譜》卷二十七〈第九世一品徐夫人〉。

〔註38〕（清）吳騫：《拜經樓詩集》卷一，《續修四庫全書》（上海：上海古

吳敦亦有〈小桐溪雜詠〉：「閣老廳堂付鬱攸，長齋繡佛幾經秋。南樓依舊看明月，絕勝如花十二樓。」〔註39〕譚瑩此處雖未見發出喟嘆之語，然就其首二句所形成強烈之對比觀之，作者之感慨實已寄寓其中。

第三句「文似易安人道韞」，意謂：徐燦詞作可上比宋代第一流女詞人李清照，至其為人性格則有類於東晉才女謝道韞。由前文譚瑩論李清照詞藝成就，可知賞愛極深，故本詩雖未著眼於詞人詞藝而論，惟僅就「文似易安」之簡短四字評論，則稱賞之意已足。至於謝道韞乃東晉著名才女，聰慧能辯，晚年喪夫喪子，寡居會稽，潔身自守，清心玄旨，與徐燦人品性格自有相似處。故末句接言「教誰不服到心形」蓋用謝道韞事，據《晉書・烈女傳》載〈王凝之妻謝氏〉云：

> 太守劉柳聞其名，請與談議。道韞素知柳名，亦不自阻，乃簪髻素褥坐於帳中，柳束修整帶造於別榻。道韞風韻高邁，敘致清雅，先及家事，慷慨流連，徐酬問旨，詞理無滯。柳退而嘆曰：「實頃所未見，瞻察言氣，使人心形俱服。」道韞亦云：「親從凋亡，始遇此士，聽其所問，殊開人胸府。」〔註40〕

謝道韞風韻高邁，言辭清雅，令名士劉柳殊為讚嘆，「心形俱服」。譚瑩用此事，冠以「教誰」二字，通過反詰語氣，強調徐燦無論人品詞品，皆使人「心形俱服」。

綜上所述，除其中一首係探究〈攗芳詞〉一調之起源，餘皆論女詞家。歸納譚瑩諸觀點，可自三方面窺知：

其一，從藝術創作予以評價：由於詞興起之背景，有相當長之時間，端在發揮淺斟低唱之藝術感染力。而「詩莊詞媚」之傳統觀念，更使詞傾向女性婉約柔媚之特質，故歷來詞家多有代女子聲口敘寫，所謂「男子作閨音」是也。又或以「香草美人」之寄寓手法傳達特定

籍出版社，2002 年），冊 1454，頁 10。

〔註39〕轉引自許傳霈原纂；朱錫恩續纂：《海寧州志稿》卷八。

〔註40〕（唐）房玄齡等：《晉書》（北京：中華書局，1974 年），卷九六列傳六六，冊 8，頁 2516～2517。

情思。總此而論，詞所特具之書寫範式似乎更適於女性作家，此中代表當推宋代之李清照，其詞自然清新、細膩婉麗，足與諸大家分鑣並騁，故譚瑩特撰兩首論之。無論以詩中李白比擬易安詞作成就，或與「張秦周柳」等著名詞家並置，皆足見作者稱賞讚嘆之情；而其中關鍵，除卻詞人才華學養與個人經歷外，關鍵之因仍在於「鍾氣」之凝聚，亦即以女子靈秀之氣，發而為詞，有絕非男子所能模擬之氣韻神思，故能別具一家。惟就現實論之，宋詞發展之高峰期，並未見堪與李清照比肩之女詞人；此或受限於女性在當時之生活境遇與範疇，致影響其創作動機。即便寫詞，不過夫妻私語，可為知己者言，不足為外人道也。故譚瑩自語言內容批評鄭文妻孫氏「寄憶秦娥語不深」、「信是旗亭獨賞音」，就評論角度言之，自有其客觀依據，然歸結其因，仍在於女性所處時代所帶來之侷限。

其二，從人品性格予以肯定：此以論徐燦一首殊為鮮明，全詩著眼詞人品格心境，評其足令人「心形俱服」。惟需說明者，譚瑩避免述及徐燦詞中普遍存在之家國之感、故國之思，僅著眼於詞人晚年「繡佛」參理，當是時代背景使然。誠如大陸學者鄧紅梅研究指出：「與李清照的詞相比，徐燦的詞在意蘊上體現出從閨思閨情這一側端向往『故國之思』這一側端『重心的傾斜』……在李詞中，憂患情緒——那種對於社稷變遷、人生苦悶、榮衰興廢等等感到驚悸與痛苦的情緒，才是一株強健的幼芽，尚未成為帶有自覺色彩的『意識』。就女性詞史而言，這一『意識』是在徐燦詞作中最終形成的。」〔註41〕如此觀點可作為「文似易安」之引伸註腳。然譚瑩從人品性格界定徐燦「人道韞」，則為後來評詞家所接受，如朱孝臧〈望江南・雜題我朝諸名家詞集後〉有云：「詞是易安人道韞，可堪傷逝又工愁。」〔註42〕

〔註41〕詳鄧紅梅：〈徐燦詞論〉，《山東師範大學學報》（1997 年第 3 期），頁
79～80。

〔註42〕（清）朱孝臧撰；白敦仁箋注：《彊村語業箋注》（成都：巴蜀書社，
2002 年 1 月），卷三，頁 326。

即化自譚瑩詩句，故所論仍有一定程度之影響。

　　其三，傷悼女性詞人身世：譚瑩論女性詞家，多有傷悼身世之語，如論李清照兩首云：「人比黃花更可憐」、「覓覓尋尋亦寫哀」；論朱淑眞云：「送春風雨總憐伊」等，化用詞人詞句以寄寓身世堪憐。至於論嚴蘂云：「鵲橋已駕恐緣差」，則用詞人軼事，慨嘆風塵才女卻不得良人託付終身。凡此，皆流露作者對女性詞家生命際遇之同情與理解。

第九章　總評與結論

第一節　總評

　　譚瑩「論詞絕句」體現於論各朝代詞人之主要觀點，歸納評論如次：

　　其一，論唐人詞，多著重源流。蓋唐代乃文人詞之開端，界定詞作眞僞，製曲源流相形重要；而新興詞體逐漸定型，體現長於抒情寫意之能事，朝向綺麗柔婉之藝術風貌發展，故譚氏所論特重詞家閨怨情詞，頗能彰顯詞史發展之趨勢。至若五代詞人，則往往結合詞家身世之感立說，於人品無足稱道，若馮延巳者，遂略而不論，足見作者評賞旨趣，頗有以人存詞之用意。

　　其二，論北宋詞人，能鮮明呈現是時詞壇概況，而其所關注之柳永、蘇軾、秦觀與周邦彥四人，正爲北宋詞壇開拓革新、承襲流衍，影響南宋詞壇至爲深遠之詞家，可證其識見卓然，吾人亦可藉此建構宋詞發展之脈絡。惟其論北宋詞人，往往結合詞家身分立說，殊爲鮮明者，乃論前期詞家林逋、韓琦、范仲淹、歐陽脩等，以爲其抒情小詞未能呼應詞人身分地位，如此反侷限藝術品評之觀點。

　　其三，論南宋詞家，好著眼於忠愛之思、家國之感，蓋因時代創作之*趨勢*使然，亦可彰顯譚氏論詞存史之用心，故所論往往結合相關

之政治、社會發展，並從中寄寓個人之歷史評價。至於藝術風貌，則體現南宋詞之「雅化」趨勢，強調藝術鍛鍊之「精工」，此中無論辛詞之「詩化」或姜詞之「樂化」，皆體現此種創作趨勢與藝術風貌。惟譚氏論詞，依循「婉曲含蓄」之審美要求，評價仿蘇、辛之詞人，多就其忠愛之思與身世之感立說，而鮮少及於藝術表現或創作成就，論述難免偏頗。

其四，清代詞壇，流風承衍，各有宗尚，故譚瑩評廣陵詞人，有「綺語」、「周秦」、「豔說」、「斷腸」之說；論浙西詞派諸家，則好引「南宋」、「堯章」、「玉田」等詞語評述，頗能彰顯詞派宗法與審美要求。此外，論不入流派唱酬之詞家，往往標舉「情」之角度予以稱說，殊能體現詞人個性獨具之風格色彩。由此亦足見論者敏銳之觀察與識見。惟可憾者，譚氏論清詞，雖多以大家論之，就時間歷程而言，固足以成就簡明之清詞發展史，但限於論者個人之審美取向，對於有清一代「稼軒詞風」之反響，如悲慨激昂之陽羨詞派，往往略而不論，由是難以建構完整之發展面貌。

除以時代論列外，譚瑩復有專論嶺南詞人三十六首，於藝術評賞仍依循論唐宋詞之標準。而殊可留意者，乃其體現文獻保存之功，所論詞家詞集，有諸多未見傳世，端賴譚瑩化用詞語，著錄文集，方得以略窺詞人風貌。再者，其專論嶺南詞人，多夾以小注，舉凡詞人著述、生平軼事、創作特色等，甚而詳錄詞牌題序，凡此看似瑣碎，惟經作者用心註明，對後世研究嶺南詞人作品，實頗有助益。

至於作者於「論詞絕句」組詩末附論女詞人，人數雖少，亦足見對女性詞家之關懷。此中，就藝術成就而論，當推李清照，其詞自然清新、細膩婉麗，足與諸大家分鑣並騁，故譚瑩特撰兩首論之；就人品性格而論，則肯定徐燦堅貞自守之品格，足令人「心形俱服」。至若普遍之情懷，則展現其傷悼女詞人之身世，流露作者對女性詞家生命際遇之同情與理解。

總之，譚瑩「論詞絕句」，有如一部簡明詞史，歷述各朝詞家，

彼此環環相扣，並具體結合詞人政治立場、生平經歷、詞作軼事等，充分反映時代現實，體現作者「以詩存史」之用心。誠如今人謝永芳所稱：

譚瑩的編排思路是由遠及近，內外結合，以編排順序昭示詞學理念。這種理念的核心是由源及流、順向追索，在充分的比較對照中，可以使讀者對於當代的詞體創作乃至詞學研究中的得與失有一個較為明確的、客觀的判斷；也可以因此而使讀者對詞史發展的邏輯順序了然於心。〔註1〕

惟限於論者特定之審美標準，難免有遺珠之憾，或論述不夠周全之處，乃吾人評賞之際所當留心者；有此認知，吾人方能更客觀評價詞人詞作之歷史定位。

第二節　結　論

本文以譚瑩「論詞絕句」為研究對象，藉由譚氏一百七十六首（除附論金元詞）詩作探析，建構作者特具之詞學主張，並置於詞史發展之脈絡，以明其說之承襲流衍。由於譚瑩所處時代係清代後期，政局多變之際，且中年目睹鴉片戰爭，社會動盪，感懷尤深，詞作一變早年清麗典雅、情致宛轉之風格，大量寫作愛國詩詞，展露積極救國之意願，頗具辛詞風貌。

至於詞學理論，主要存在「論詞絕句」，據筆者考索，推估創作年代不晚於道光十七年（1837），亦即「鴉片戰爭」爆發前，屬於作者早年之詞學觀點；其審美趨尚，體現詞貴「含蓄蘊藉」之傳統觀念，論唐宋詞人百首絕句中，對李白、李煜、柳永、蘇軾、秦觀、周邦彥、辛棄疾、姜夔、張炎、周密，及女詞人李清照十一人各撰兩首評述，除李白乃辨析詞作真偽，餘皆著眼詞人藝術成就與詞史定位論之，其

〔註1〕謝永芳：〈譚瑩的〈論詞絕句〉及其學術價值〉，《圖書館論壇》第29卷第2期（2009年4月），頁173～174。

中蘇、辛向爲人以「豪放」稱之，非本色當行詞家。惟譚瑩所論，融合蘇詞婉約與豪放，韶秀與飄逸，藉以呈現剛柔相濟之美；而論稼軒於肯定「詞詩詞論亦佳評」之際，亦強調「穠麗詞工」之藝術鍛鍊，保有詞所特具之體性特徵。因之譚瑩評語，時著眼「詞工」，尤以論南宋詞人殊爲鮮明，頗能反映詞史發展脈絡。綜合譚氏論述，評賞角度實近於清初浙西詞派之觀點，亦即審美標準，以姜、張「醇雅」詞風爲典範，並強調藝術鍛鍊之「精工」。惟譚瑩所處時代，係浙西詞派發展至後期，理論衍生之創作弊病逐漸彰顯，亦即作品實際表現，僅停留於貌似南宋之階段，精神乃全然不存。由是，譚瑩一方面接受浙西詞派之藝術理論，並關注詞家人格與作品之內在精神，用意即矯正強調藝術技巧所導致之弊端，其論點於當時具有鮮明之調和色彩。至於當時詞壇逐漸崛起之常州詞派，〔註2〕論詞推源風騷，強調詞家人品之說，則表現於譚氏推尊詞體之用心。此外，對於官修《四庫提要》之承襲與推衍，亦足建構譚氏詞學理論之一端。

　　通過本文研究，全面呈顯譚瑩詞學觀之諸面向，同時呼應詞體發展之趨勢。論述內容涵括歷代詞人及詞作之評騭，反映作者之詞學主張及論詞特點，其批評與史料價值，實不容忽視。

〔註2〕常州詞派張惠言與弟張琦，雖於嘉慶二年（1797）已編《詞選》一集，然此選之受人推崇則於道光十年（1830）左右，張琦重刻《詞選》，序云：「同志之乞是刻者踵相接」。此因周濟闡揚而大盛也。

參考文獻

（古代典籍依撰者年代；近代著作依出版年代排序）

一、專　書

（一）詞　集

【總集】

1.《全唐五代詞》，曾昭岷等編，北京：中華書局，1999 年 12 月。

2.《全宋詞》，唐圭璋編，北京：中華書局，1998 年 11 月。

3.《全金元詞》，唐圭璋編，臺北：洪氏出版社，1980 年 11 月。

4.《全明詞》，饒宗頤初纂；張璋總纂，北京：中華書局，2004 年 1 月。

5.《全明詞補編》，周明初、葉曄補編，杭州：浙江大學出版社，2007 年 1 月。

6.《全清詞・順康卷》，南京大學中國語言文學系全清詞編纂委員會，北京：中華書局，2002 年 5 月。

【選集】

1.《花庵詞選》，宋・黃昇選編；蔣哲倫導讀；雲山輯評，上海：世紀出版集團，2007 年 9 月。

2.《絕妙好詞箋》，宋・周密輯；清・查爲仁、厲鶚箋；徐文武、劉崇德點校，保定：河北大學出版社，2006 年 4 月。

3.《古香岑草堂詩餘》，明・顧從敬選；沈際飛評，明崇禎間末翁少麓刊本。。

4.《明刊草堂詩餘二種》，劉崇德，徐文武點校，保定：河北大學出版社，2006 年 5 月。

5.《古今詞統》，明・卓人月，上海：上海古籍出版社（《續修四庫全書》）2002 年。

6.《粵東詞鈔》，清‧沈世良、許玉彬編選，清道光 29 年許沈二氏刻本。

7.《宋七家詞選》，清‧戈載輯；杜文瀾校注，臺北：河洛圖書出版社，1978 年 5 月。

8.《篋中詞》，清‧譚獻輯；羅仲鼎、俞浣萍校點，杭州：浙江古籍出版社，1996 年 3 月。

9.《浙西六家詞》，清‧龔翔麟輯，臺南：莊嚴文化事業公司（《四庫全書存目叢書》），1997 年 6 月。

10.《御選歷代詩餘》，清‧聖祖御定，臺北：世界書局（《景印摛藻堂四庫全書薈要》），1998 年。

11.《詞綜》，清‧朱彝尊、汪森編；孟裴標校，上海：上海古籍出版社，1999 年 11 月。

12.《國朝詞綜》，清‧王昶輯，上海：上海古籍出版社（《續修四庫全書》）2002 年。

13.《藝蘅館詞選》，梁令嫻，臺北：臺灣中華書局，1970 年 10 月。

14.《清名家詞》，陳乃乾輯，上海：上海書店，1982 年 12 月。

15.《胡適選註的詞選》，胡適，臺北：遠流出版事業公司，1986 年 5 月。

16.《唐五代兩宋詞選釋》，俞陛雲，臺北：文史哲出版社，1988 年 7 月。

17.《唐宋詞選釋》，俞平伯，西安：陝西師範大學，2005 年 4 月。

18.《唐五代兩宋詞簡析》，劉永濟，北京：中華書局，2007 年 10 月。

【別集】

1.《蘇軾詞編年校註》，宋‧蘇軾撰；鄒同慶、王宗堂編年校註，北京：中華書局，2002 年 9 月。

2.《東山詞》，宋‧賀鑄撰；鍾振振校注，上海：上海古籍出版社，1989 年。

3.《稼軒詞編年箋注》，宋‧辛稼軒撰；鄧廣銘編年箋注，臺北：華正書局，2003 年 9 月。

4.《小謨觴館詩文集注》，清‧彭兆蓀撰；孫元培纂輯，清光緒二十年唐汪氏合刻本。

5.《湖海樓詞集》，清‧陳維崧，臺北：中華書局，1965 年。

6.《銅弦詞》，清‧蔣士銓，臺北：鼎文書局（《清詞別集百三十四種》），1976 年。

7.《竹眠詞》，清‧黃景仁，臺北：鼎文書局（《清詞別集百三十四種》），1976 年。

8.《芙蓉山館詞》，清‧楊芳燦，臺北：鼎文書局（《清詞別集百三十四種》）1976 年。

9.《蒼梧詞》，清‧董元愷，臺北：河洛圖書出版社，1978 年。

10.《坡亭詞鈔》，清‧易宏，臺北：新文豐出版公司（《叢書集成續編》），1989 年。

11.《珂雪詞》，清‧曹貞吉，臺南：莊嚴文化事業公司（《四庫全書存目叢書》），1997 年 6 月。

12.《南耕詞》，清‧曹亮武，上海：上海古籍出版社（《續修四庫全書》），2002 年。

13.《百末詞》，清‧尤侗，上海：上海古籍出版社（《續修四庫全書》），2002 年。

（二）詩　集

【總集】

1.《先秦漢魏晉南北朝詩》，逯欽立輯校，北京：中華書局，1988 年 5月。

2.《全唐詩》，清‧乾隆御定，北京：中華書局，1960 年 4 月。

3.《全宋詩》，北京大學古文獻研究所編，北京：北京大學出版社，1991年 7 月。

【選集】

1.《瀛奎律髓彙評》，元‧方回選；李慶甲集評校點，上海：世紀出版集團 2005 年 4 月。

2.《唐詩三百首全集》，清‧孫洙選，臺南：世一文化事業公司，2002年 8 月。

3.《清詩別裁》，清‧沈德潛編，北京：中華書局，1981 年 5 月。

【別集】

1.《李太白集校注》，唐‧李白撰；瞿蛻園等校注，臺北：里仁書局，1981 年 3 月。

2.《杜詩詳注》，唐‧杜甫撰；清‧仇兆鰲注，臺北：漢京文化事業公司，1984 年 3 月。

3.《戴復古詩集》，宋‧戴復古撰；金芝山點校，杭州：浙江古籍出版社，1992 年。

4.《白石道人詩集》，宋‧姜夔，北京：線裝書局（《宋集珍本叢刊》），

2004 年。

5.《陳東塾先生遺詩》(一卷),清·陳澧撰;汪兆鏞輯,李齋刊本,藏故宮博物院圖書文獻館善本室,1931。

6.《洞簫樓詩紀》,清·宋翔鳳,桃園:聖環圖書(《浮溪精舍叢書》),1998 年 5 月。

7.《拜經樓詩集》,清·吳騫,上海:上海古籍出版社(《續修四庫全書》)2002 年。

8.《樂志堂詩集》,清·譚瑩,上海:上海古籍出版社(《續修四庫全書》)2002 年。

(三) 文集、全集

1.《歐陽永叔集》,宋·歐陽修,臺北:臺灣商務印書館,1933 年。

2.《蘇軾文集》,宋·蘇軾撰;孔凡禮點校,北京:中華書局,1986 年 3 月。

3.《蘇轍集》,宋·蘇轍撰;陳宏天、高秀芳點校,北京:中華書局 1990 年 8 月。

4.《淮海集箋注》,宋·秦觀撰;徐培均箋注,上海:上海古籍出版社,1994 年 10 月。

5.《李清照集校注》,宋·李清照撰;王仲聞校注,北京:人民文學出版社 1979 年。

6.《龍川文集》,宋·陳亮,臺北:臺灣中華書局,1966 年 3 月。

7.《文溪集》,宋·李昴英,臺北:新文豐出版公司(《叢書集成續編》),1989 年。

8.《陸放翁全集》,宋·陸游,臺北:世界書局,1990 年 11 月。

9.《崔清獻公集》,宋·崔與之,北京:線裝書局(《宋集珍本叢刊》),2004 年。

10.《後村先生大全集》,宋·劉克莊,北京:線裝書局(《宋集珍本叢刊》)2004 年。

11.《南澗甲乙稿》,宋·韓元吉,北京:商務印書館(《文津閣四庫全書》)2005 年。

12.《莊簡集》,宋·李光,北京:商務印書館(《文津閣四庫全書》),2005 年。

13.《剡源集》,元·戴表元,北京:中華書局,1985 年。

14.《渭厓文集》,明·霍韜,臺南:莊嚴文化事業公司(《四庫全書存

目叢書》），1997 年 6 月。

15. 《中洲草堂遺集》，明・陳子升，清道光二十年南海伍氏詩雪軒校刊本。

16. 《不去廬集》，明・何絳，景印微尚齋鈔本，1973 年 10 月。

17. 《曝書亭集》，清・朱彝尊，臺北：世界書局，1964 年 2 月。

18. 《陳迦陵文集》，清・陳維崧，臺北：臺灣商務印書館，1965 年。

19. 《安吳四種》，清・包世臣，臺北：文海出版社（《近代中國史料叢刊・第三十輯》），1968 年。

20. 《東塾集》，清・陳澧，臺北：文海出版社（《近代中國史料叢刊》），1970 年。

21. 《鄭板橋全集》，清・鄭燮撰；卞孝萱編，濟南：齊魯書社，1985 年 6 月。

22. 《六瑩堂二集》，清・梁佩蘭，臺北：新文豐出版公司（《叢書集成續編》）1989 年。

23. 《大樗堂初集》，清・王隼，臺北：新文豐出版公司（《叢書集成續編》）1989 年。

24. 《樊榭山房集》，清・厲鶚撰；董兆熊注；陳九思標校，上海：上海古籍出版社，1992 年 6 月。

25. 《觀堂集林》，清・王國維，上海：上海書店，1992 年 12 月。

26. 《鈍翁前後類稿》，清・汪琬，臺南：莊嚴文化事業公司（《四庫全書存目叢書》），1997 年 6 月。

27. 《憺園文集》，清・徐乾學，臺南：莊嚴文化事業公司（《四庫全書存目叢書》），1997 年 6 月。

28. 《小山文稿》，清・王時翔，臺南：莊嚴文化事業公司（《四庫全書存目叢書》），1997 年 6 月。

29. 《龔自珍全集》，清・龔自珍著；王佩諍校，上海：上海古籍出版社，1999 年 6 月。

30. 《吳梅村全集》，清・吳偉業撰；李學穎集評標校，上海：上海古籍，1999 年 12 月。

31. 《樂志堂文集》，清・譚瑩，上海：上海古籍出版社（《續修四庫全書》）2002 年。

32. 《壯悔堂文集》，清・侯方域，上海：上海古籍出版社（《續修四庫全書》）2002 年。

33. 《有正味齋駢體文》，清・吳錫麒，上海：上海古籍出版社（《續修

四庫全書》) 2002 年。

34.《宋琬全集》,清·宋琬撰;辛鴻義、趙家斌,濟南:齊魯書社,2003
年 8 月。

35.《孔尚任全集輯校註評》 清·孔尚任撰;徐振貴主編,濟南:齊魯
書社 2004 年 10 月。

（四）詩詞評論

1.《後村詩話》,宋·劉克莊,臺北:廣文書局,1971 年 9 月。

2.《詩話總龜》,宋·阮閱編;周本淳校點,北京:人民文學出版社,
1998 年 2 月。

3.《古今詞話》,宋·楊湜,臺北:新文豐出版公司(《詞話叢編》),1988
年 2 月。

4.《能改齋詞話》,宋·吳曾,臺北:新文豐出版公司(《詞話叢編》),
1988 年 2 月。

5.《碧雞漫志校正》,宋·王灼著;岳珍校正,成都:巴蜀書社,2000
年 7 月。

6.《詞源》,宋·張炎,臺北:新文豐出版公司(《詞話叢編》),1988
年 2 月。

7.《樂府指迷》,宋·沈義父,臺北:新文豐出版公司(《詞話叢編》),
1988 年 2 月。

8.《藝苑卮言》,明·王世貞,臺北:新文豐出版公司(《詞話叢編》),
1988 年 2 月。

9.《詞品》,明·楊慎,臺北:新文豐出版公司(《詞話叢編》),1988
年 2 月。

10.《豫章詩話》,明·郭子章,北京:北京圖書館出版社(《中國詩話
珍本叢書》) 2004 年 12 月。

11.《詩藪》,明·胡應麟,濟南:齊魯書社(《全明詩話》),2005 年 6
月。

12.《唐音癸籤》,明·胡震亨,濟南:齊魯書社(《全明詩話》),2005
年 6 月。

13.《柳塘詞話》,清·沈雄,上海:上海大東書局,1925 年 8 月。

14.《花間集評注》,清·李冰若,臺北:開明書店,1935 年 11 月。

15.《詞藻》,清·彭孫遹,臺北:廣文書局,1970 年。

16.《詞林紀事》,清·張宗橚,臺北:鼎文書局,1971 年 3 月。

17. 《白石詞評》，清‧陳澧，臺北：河洛圖書出版社，1975 年。

18. 《四庫全書總目提要》，清‧永瑢等，臺北：臺灣商務印書館，1983。年 10 月。

19. 《餐櫻廡詞話》，清‧況周頤，臺北：廣文書局，1986 年 1 月。

20. 《靈芬館詩話》，清‧郭麐，臺北：新文豐出版公司（《清詩話訪佚初編》），1987 年 6 月。

21. 《蒲褐山房詩話新編》，清‧王昶撰；周維德校輯，濟南：齊魯書社，1988 年 1 月。

22. 《填詞雜說》，清‧沈謙，臺北：新文豐出版公司（《詞話叢編》），1988 年 2 月。

23. 《花草蒙拾》，清‧王士禛，臺北：新文豐出版公司（《詞話叢編》），1988 年 2 月。

24. 《皺水軒詞筌》，清‧賀裳，臺北：新文豐出版公司（《詞話叢編》），1988 年 2 月。

25. 《金粟詞話》，清‧彭孫遹，臺北：新文豐出版公司（《詞話叢編》），1988 年 2 月。

26. 《古今詞話》，清‧沈雄，臺北：新文豐出版公司（《詞話叢編》），1988 年 2 月。

27. 《歷代詞話》，清‧王奕清等，臺北：新文豐出版公司（《詞話叢編》），1988 年 2 月。

28. 《詞潔輯評》，清‧先著、程洪撰；胡念貽輯，臺北：新文豐出版公司（《詞話叢編》），1988 年 2 月。

29. 《雨村詞話》，清‧李調元，臺北：新文豐出版公司（《詞話叢編》），1988 年 2 月。

30. 《西圃詞說》，清‧田同之，臺北：新文豐出版公司（《詞話叢編》），1988 年 2 月。

31. 《靈芬館詞話》，清‧郭麐，臺北：新文豐出版公司（《詞話叢編》），1988 年 2 月。

32. 《詞綜偶評》，清‧許昂霄，臺北：新文豐出版公司（《詞話叢編》），1988 年 2 月。

33. 《張惠言論詞》，清‧張惠言，臺北：新文豐出版公司（《詞話叢編》），1988 年 2 月。

34. 《介存齋論詞雜著》，清‧周濟，臺北：新文豐出版公司（《詞話叢編》），1988 年 2 月。

35. 《宋四家詞選目錄序論》，清‧周濟，臺北：新文豐出版公司（《詞話叢編》），1988 年 2 月。

36. 《詞苑萃編》，清‧馮金伯輯，臺北：新文豐出版公司（《詞話叢編》），1988 年 2 月。

37. 《本事詞》，清‧葉申薌，臺北：新文豐出版公司（《詞話叢編》），1988 年 2 月。

38. 《樂府餘論》，清‧宋翔鳳，臺北：新文豐出版公司（《詞話叢編》），1988 年 2 月。

39. 《雙硯齋詞話》，清‧鄧廷楨，臺北：新文豐出版公司（《詞話叢編》），1988 年 2 月。

40. 《聽秋聲館詞話》，清‧丁紹儀，臺北：新文豐出版公司（《詞話叢編》），1988 年 2 月。

41. 《蓼園詞評》，清‧黃蘇，臺北：新文豐出版公司（《詞話叢編》），1988 年 2 月。

42. 《賭棋山莊詞話》，清‧謝章鋌，臺北：新文豐出版公司（《詞話叢編》），1988 年 2 月。

43. 《蒿庵論詞》，清‧馮煦，臺北：新文豐出版公司（《詞話叢編》），1988 年 2 月。

44. 《詞概》，清‧劉熙載，臺北：新文豐出版公司（《詞話叢編》），1988 年 2 月。

45. 《詞壇叢話》，清‧陳廷焯，臺北：新文豐出版公司（《詞話叢編》），1988 年 2 月。

46. 《白雨齋詞話》，清‧陳廷焯，臺北：新文豐出版公司（《詞話叢編》），1988 年 2 月。

47. 《詞徵》，清‧張德瀛，臺北：新文豐出版公司（《詞話叢編》），1988 年 2 月。

48. 《靜志居詩話》，清‧朱彝尊撰；黃君坦校點，北京：人民文學出版社，1998 年 2 月。

49. 《詞苑叢談校箋》，清‧徐釚編著；王百里校箋，北京：人民文學出版社，1998 年 2 月。

50. 《清詩話》，清‧王夫之等撰，上海：上海古籍出版社，1999 年 6 月。

51. 《歷代詩話》，清‧何文煥輯，北京：中華書局，2001 年 11 月。

52. 《本事詩》，清‧徐釚，上海：上海古籍出版社（《續修四庫全書》）2002 年。

53. 《隨園詩話》，清‧袁枚著；王英志校點，南京：鳳凰出版社，2004年 3 月。

54. 《續修四庫全書提要》，王雲五編，臺北：臺灣商務印書館，1972年 3 月。

55. 《清詩話續編》，郭紹虞編，上海：上海古籍出版社，1983 年 12 月。

56. 《人間詞話》，王國維，臺北：新文豐出版公司（《詞話叢編》），1988年 2 月。

57. 《粵詞雅》，潘飛聲，臺北：新文豐出版公司（《詞話叢編》），1988年 2 月。

58. 《聲執》，陳匪石，臺北：新文豐出版公司（《詞話叢編》），1988年 2 月。

59. 《分春館詞話》，朱庸齋，廣州：廣東人民出版社，1989 年。

60. 《唐五代詞紀事會評》，史雙元編著，合肥：黃山書社，1995 年 12月。

61. 《清詞紀事會評》，尤振中、尤以丁編著，合肥：黃山書社，1995年 12 月。

62. 《宋元詞話》，施蟄存、陳如江編，上海：上海書店，1999 年 2 月。

63. 《歷代詩話續編》，丁福保輯，北京：中華書局，2001 年 8 月。

64. 《唐宋詞匯評‧唐五代卷》，王兆鵬主編，杭州：浙江教育出版社，2004 年 12 月。

65. 《唐宋詞匯評‧兩宋卷》，吳熊和主編，杭州：浙江教育出版社，2004年 12 月。

（五）筆記雜錄

1. 《隋唐嘉話》，唐‧劉餗，北京：中華書局（《唐宋史料筆記叢刊》），1997 年 12 月。

2. 《集異記》，唐‧薛用弱，臺北：建宏出版社，1998 年 4 月。

3. 《北夢瑣言》，五代‧孫光憲，臺北：源流文化事業公司，1983 年 4月。

4. 《苕溪漁隱叢話》，宋‧胡仔，臺北：世界書局，1961 年 10 月。

5. 《野客叢書》，宋‧王楙，臺北：臺灣學生書局，1971 年 5 月。

6. 《大宋宣和遺事》，不著撰人，臺北：河洛圖書出版社，1978 年 5 月。

7. 《直齋書錄解題》，宋‧陳振孫，臺北：新文豐出版公司（《叢書集成新編》）1985 年。

8.《郡齋讀書志》，宋·晁公武，臺北：新文豐出版公司（《叢書集成續編》），1989 年。

9.《避暑錄話》，宋·葉夢得，上海：上海古籍出版社（《四庫筆記小說叢書》）1992 年 7 月。

10.《貴耳集》，宋·張端義，上海：上海古籍出版社（《四庫筆記小說叢書》），1993 年 7 月。

11.《藏一話腴》，宋·陳郁，上海：上海古籍出版社（《四庫筆記小說叢書》），1993 年 7 月。

12.《武林舊事》，宋·周密，臺北：廣文書局，1995 年 6 月。

13.《夢溪筆談》，宋·沈括撰；楊善群整理，海口：海南國際新聞出版中心（《傳世藏書》），1996 年。

14.《湘山野錄》，宋·釋文瑩撰；鄭世剛、楊立揚點校，北京：中華書局（《唐宋史料筆記叢刊》），1997 年 12 月。

15.《邵氏聞見後錄》，宋·邵博撰；劉德權、李劍雄點校，北京：中華書局（《唐宋史料筆記叢刊》），1997 年 12 月。

16.《默記》，宋·王銍撰；朱杰人點校，北京：中華書局（《唐宋史料筆記叢刊》），1997 年 12 月。

17.《石林燕語》，宋·葉夢得撰；侯忠儀點校，北京：中華書局（《唐宋史料筆記叢刊》），1997 年 12 月。

18.《青箱雜記》，宋·吳處厚撰；李裕民點校，北京：中華書局（《唐宋史料筆記叢刊》），1997 年 12 月。

19.《東軒筆錄》，宋·魏泰撰；李裕民點校，北京：中華書局（《唐宋史料筆記叢刊》），1997 年 12 月。

20.《澠水燕談錄》，宋·王闢之撰；呂友仁點校，北京：中華書局（《唐宋史料筆記叢刊》），1997 年 12 月。

21.《鐵圍山叢談》，宋·蔡絛撰；馮惠民、沈錫麟點校，北京：中華書局（《唐宋史料筆記叢刊》），1997 年 12 月。

22.《鶴林玉露》，宋·羅大經撰；王瑞來點校，北京：中華書局（《唐宋史料筆記叢刊》），1997 年 12 月。

23.《四朝聞見錄》，宋·葉紹翁撰；沈錫麟、馮惠民點校，北京：中華書局（《唐宋史料筆記叢刊》），1997 年 12 月。

24.《桯史》，宋·岳珂撰；吳企明點校，北京：中華書局（《唐宋史料筆記叢刊》），1997 年 12 月。

25.《齊東野語》，宋·周密撰；張茂鵬點校，北京：中華書局（《唐宋史料筆記叢刊》），1997 年 12 月。

26. 《容齋隨筆》，宋・洪邁，上海：上海古籍出版社，1998 年。

27. 《雲麓漫鈔》，宋・趙彥衛撰；傅根清點校，北京：中華書局（《唐宋史料筆記叢刊》），1998 年 5 月。

28. 《侯鯖錄》，宋・趙令畤撰；孔凡禮點校，北京：中華書局（《唐宋史料筆記叢刊》），2002 年 9 月。

29. 《江南別錄》，宋・陳彭年，鄭州：大象出版社（《全宋筆記》第一編），2003 年 10 月。

30. 《癸辛雜識》，宋・周密，北京：商務印書館（《文津閣四庫全書》），2005 年。

31. 《道山清話》，題宋・王暐撰；孔一校點，上海：上海古籍出版社（《宋元筆記小說大觀》），2007 年 3 月。

32. 《獨醒雜志》，宋・曾敏行撰；朱杰人校點，上海：上海古籍出版社（《宋元筆記小說大觀》），2007 年 3 月。

33. 《西塘集耆舊續聞》，宋・陳鵠撰；鄭世剛校點，上海：上海古籍出版社（《宋元筆記小說大觀》），2007 年 3 月。

34. 《揮麈錄》，宋・王明清撰；穆公校點，上海：上海古籍出版社（《宋元筆記小說大觀》），2007 年 3 月。

35. 《玉照新志》，宋・王明清撰；汪新森、朱菊如校點，上海：上海古籍出版社（《宋元筆記小說大觀》），2007 年 3 月。

36. 《硯北雜志》，元・陸友仁，臺北：新文豐出版公司（《叢書集成三編》），1996 年。

37. 《說郛》，明・陶宗儀編纂，臺北：臺灣商務印書館，1972 年 12 月。

38. 《少室山房筆叢》，明・胡應麟，臺北：臺灣商務印書館（《景印文淵閣四庫全書》），1983 年。

39. 《蟬精雋》，明・徐伯齡，上海：上海古籍出版社（《四庫筆記小說叢書》），1993 年 7 月。

40. 《豔異編》，明・王世貞，揚州：江蘇廣陵古籍刻印社，1998 年 5 月。

41. 《五雜俎》，明・謝肇淛，上海：上海書店出版社，2001 年 8 月。

42. 《茶餘客話》，清・阮葵生，臺北：世界書局，1963 年 4 月。

43. 《東皋雜鈔》，清・董潮，臺北：新文豐出版公司（《叢書集成新編》），1985 年。

44. 《香祖筆記》，清・王士禎，上海：上海古籍出版社（《四庫筆記小說叢書》），1993 年 7 月。

45.《分甘餘話》，清·王士禛撰；張世林點校，北京：中華書局（《清代史料筆記叢刊》），1997 年 12 月。

46.《池北偶談》，清·王士禛撰；勒斯仁點校，北京：中華書局（《清代史料筆記叢刊》），1997 年 12 月。

47.《燕下鄉脞錄》，清·陳康祺，臺北：新文豐出版公司（《叢書集成三編》），1997 年。

48.《陔餘叢考》，清·趙翼，石家莊：河北人民出版社，2003 年 12 月。

49.《兩般秋雨盦隨筆》，清·梁紹壬，上海：上海古籍出版社（《清代筆記小說大觀》），2007 年 10 月。

50.《清波雜志校注》，劉永翔，北京：中華書局，1997 年 12 月。

（六）史傳典籍

【史書】

1.《晉書》，唐·房玄齡等，北京：中華書局，1974 年。

2.《陳書》，唐·姚思廉，北京：中華書局，1974 年 2 月。

3.《隋書》，唐·魏徵、令狐德棻等，北京：中華書局，1973 年 8 月。

4.《舊唐書》，後晉·劉昫等，北京：中華書局，1987 年 11 月。

5.《新唐書》，宋·歐陽修、宋祁，北京：中華書局，1987 年 11 月。

6.《南唐書》，宋·馬令，北京：中華書局，1985 年。

7.《十國春秋》，清·吳任臣撰；周昂重校，臺北：國光書局，1962 年 12 月。

8.《宋史》，元·脫脫等，北京：中華書局，1985 年 5 月。

9.《宋史翼》，清·陸心源輯撰，北京：中華書局，1991 年 12 月。

10.《明史》，清·張廷玉等，北京：中華書局，1974 年 4 月。

11.《清史稿》，清·趙爾巽等，臺北：鼎文書局，1981 年。

【傳記年譜】

1.《簡齋先生年譜》，宋·胡稺編，北京：北京圖書館出版社（《北京圖書館藏珍本年譜叢刊》），1999 年。

2.《大清畿輔先哲傳》，清·徐世昌，臺北：明文書局（《清代傳記叢刊》），1985 年。

3.《勝朝粵東遺民錄》，清·九龍真逸輯，臺北：明文書局（《清代傳記叢刊》），1985 年。

4.《悔菴年譜》，清·尤侗編，北京：北京圖書館出版社（《北京圖書館

藏珍本年譜叢刊》),1999 年。

5. 《國朝先正事略》,清·李元度,上海:上海古籍出版社(《續修四庫全書》) 2002 年。

6. 《王士禎年譜》,孫言誠點校,北京:中華書局,1992 年。

(七) 地理方志

1. 《西湖游覽志餘》,明·田汝成,臺北:成文出版社,1983 年 3 月。

2. 《廣州府志》,清·戴肇辰;史澄修,臺北:成文出版社,1966 年。

3. 《番禺縣志》,清·李福泰;史澄修,臺北:成文出版社,1967 年 12 月。

4. 《廣東省志彙編》,清·阮元修,臺北:華文出版社,1968 年。

5. 《鶴山縣志》,清·劉繼;黃之璧修,海口:海南出版社(《故宮珍本叢刊》) 2001 年 6 月。

(八)文學研究專著

1. 《詞牌彙釋》,聞汝賢,臺北:聞汝賢印行,1963 年 5 月。

2. 《宋詞互見考》,唐圭璋,臺北:臺灣學生書局,1971 年 10 月。

3. 《唐宋詞論叢》,夏承燾,臺北:華正書局,1974 年。

4. 《宋詞通論》,薛礪若,臺北:臺灣開明書店,1978 年 3 月。

5. 《詞律探原》,張夢機,臺北:文史哲出版社,1981 年 11 月。

6. 《中國文學論集》,徐復觀,臺北:臺灣學生書局,1985 年 1 月。

7. 《隋唐五代文學思想史》,羅宗強,上海:上海古籍出版社,1986 年。

8. 《南宋詞研究》,王師偉勇,臺北:文史哲出版社,1987 年 9 月。

9. 《靈谿詞說》,葉嘉瑩、繆鉞,臺北:正中書局,1993 年 8 月。

10. 《杜甫〈秋興〉八首集說》,葉嘉瑩,臺北:桂冠圖書出版公司,1994 年 9 月。

11. 《詞曲史》,王易,北京:東方出版社,1996 年 3 月。

12. 《北宋十大詞家研究》,黃文吉,臺北:文史哲出版社,1996 年 3 月。

13. 《美的歷程》,李澤厚,臺北:三民書局,1996 年 9 月。

14. 《夏承燾集》,夏承燾,杭州:浙江古籍出版社,1997 年。

15. 《李商隱詩歌研究》,劉學楷合肥:安徽大學出版社,1998 年 5 月。

16. 《屬鵑及其詞學之研究》,徐照華,高雄:復文圖書出版公司,1998 年 8 月。

17.《宋詞研究述略》，崔海正，臺北：洪葉文化事業公司，1999 年 3 月。

18.《唐宋詞名家論集》，葉嘉瑩，臺北：桂冠圖書出版公司，2000 年 2 月。

19.《婉約詞派的流變》，艾治平，瀋陽：遼寧大學出版社，2000 年 5 月。

20.《清詞史》，嚴迪昌，南京：江蘇古籍出版社，2001 年 7 月。

21.《明清之際江南詞學思想研究》，李康化，成都：巴蜀書社，2001 年 11 月。

22.《清代詩壇第一家──吳梅村研究》，葉君遠，北京：中華書局，2002 年 11 月。

23.《中國分體文學史‧詩歌卷》，趙義山、李修生主編，上海：上海古籍出版社，2003 年 1 月。

24.《晚清詞學的思想與方法》，皮述平，北京：學苑出版社，2003 年 3 月。

25.《唐宋詞史論》，王兆鵬，北京：人民文學出版社，2003 年 9 月。

26.《嶺南晚清文學研究》，管林等，廣州：廣東人民出版社，2003 年 11 月。

27.《詞學名詞釋義》，施蟄存，北京：中華書局，2004 年 1 月。

28.《宋詞與唐詩之對應研究》，王師偉勇，臺北：文史哲出版社，2004 年 3 月。

29.《清代詞學》，孫克強，北京：中國社會科學出版社，2004 年 7 月。

30.《唐宋詞綜論》，劉尊明，北京：中國社會科學出版社，2004 年 12 月。

31.《四庫全書總目之文學批評研究》，龔詩堯，臺北：花木蘭文化工作坊（《古典文獻研究叢刊‧初編》），2005 年。

32.《唐宋詞社會文化學研究》，沈松勤，杭州：浙江大學出版社，2005 年 1 月。

33.《自選論文集》，嚴迪昌，北京：中國書店，2005 年 8 月。

34.《詞學通論》，吳梅，北京：中國書籍出版社，2006 年 5 月。

35.《花間集接受史稿》，李冬紅，濟南：齊魯書社，2006 年 6 月。

36.《兩宋詞人叢考》，王兆鵬、王可喜、方星移，南京：鳳凰出版社，2007 年 5 月。

37.《清代論詞絕句初編》，王師偉勇，臺北：里仁書局，2010 年 9 月。

（九）其　他

1.《唐宋詞集序跋匯編》，金啓華等編，臺北：臺灣商務印書館，1993

年 2 月。

2. 《詞籍序跋萃編》，施蟄存主編，北京：中國社會科學出版社，1994
年 12 月。

3. 《中國詞學大辭典》，馬興榮、吳熊和、曹濟平主編，杭州：浙江教
育出版社，1996 年。

4. 《中國歷代賦選·唐宋卷》，畢萬忱等編選，南京：江蘇教育出版社，
1996 年 9 月。

5. 《清代文論選》，王鎮遠、鄔國平編選，北京：人民文學出版社，1999
年 1 月。

6. 《魏晉南北朝文論選》，郁沅、張明高編選，北京：人民文學出版社，
1999 年 1 月。

7. 《宋詞大辭典》，王兆鵬、劉尊明主編，南京：鳳凰出版社，2003 年
9 月。

8. 《嶺南學術百家》，毛慶耆主編，台山：廣東人民出版社，2004 年 12
月。

9. 《歷代別集序跋綜錄》，錢仲聯主編，南京：江蘇教育出版社，2005
年 9 月。

二、論　文

（一）期刊、會議、論文集論文

1. 張健：〈詩窮而後工說之探究〉，《幼獅學誌》第 15 卷第 1 期，1978
年 6 月。

2. 陳如江：〈一洗五代舊習——談王安石詞〉，《國文天地》5 卷 9 期，
1990 年 2 月。

3. 包根弟：〈四庫全書總目提要歷代詞家評論探析〉，《輔仁國文學報》，
第九期，1993 年 6 月。

4. 宋邦珍：〈厲鶚論詞絕句的傳承與創新〉，《輔英學報》第十三期，1993
年 12 月。

5. 梁守中：〈南宋時期的嶺南詞〉，《中山大學學報（社會科學版）》，1994
年第 1 期。

6. 范道濟：〈從論詞絕句看厲鶚論詞「雅正」說〉，《黃岡師專學報》第
十四卷第二期，1994 年 4 月。

7. 何忠禮：〈南宋名臣崔與之述論〉，《廣東社會科學》，1994 年第 6 期。
范三畏：〈試談厲鶚論詞絕句〉，《社科縱橫》，1995 年第一期。

8. 鍾賢培：〈詠物論史，嶺南風情——譚瑩其人及其詩文略論〉，《嶺南文史》，1996 年第 1 期。

9. 陶然：〈論清代孫爾準、周之琦兩家論詞絕句〉，《文學遺產》，1996 年第一期。

10. 張其凡：〈「平生願執菊坡鞭」——陳獻章與崔與之〉，《暨南學報（哲學社會科學）》，第 18 卷第 3 期，1996 年 7 月。

11. 喬力：〈主體意識的深化——論南宋後期詞的審美意趣與主導趨向〉，《蘇州大學學報（哲學社會科學版）》，1996 年第 4 期。

12. 鄧紅梅：〈徐燦詞論〉，《山東師範大學學報》，1997 年第 3 期。

13. 嚴安政：〈試論白居易在詞發展史上的貢獻〉，《渭南師專學報》（社會科學版），1997 年第 4 期。

14. 劉揚忠：〈新妝不爲投時豔——黃景仁《竹眠詞》平議〉，《天府新論》1999 年第 2 期。

15. 顏崑陽：〈論宋代「以詩爲詞」現象及其在中國文學史論上的意義〉，《東華人文學報》，第二期，2000 年 7 月。

16. 蘇淑芬師：〈陳維崧與清初詞壇之關係研究〉，《東吳中文學報》第六期，2000 年 5 月。

17. 蘇淑芬師：〈從陳維崧與雲郎關係論清初士人男寵之好原因〉，《東吳中文學報》第七期，2001 年 5 月。

18. 吳洪澤：〈洞仙歌（冰肌玉骨）公案考索〉，《四川大學學報（哲學社會科學版）》，2002 年第 2 期。

19. 閻小芬：〈蘇軾洞仙歌雜考〉，《商丘師範學院學報》，第 19 卷第 6 期，2003 年 12 月。

20. 楊景龍：〈略論謝逸《溪堂詞》意象經營的特色〉一文，《文學遺產》，2004 年第一期。

21. 李朝軍：〈論毛滂的詞風及其文化意蘊〉，《內蒙古大學學報（人文社會科學版）》，2004 年 3 月第 36 卷第 2 期。

22. 陶然、劉琦：〈清代七家論詞絕句述評〉，《廈門教育學院學報》第七卷第一期，2005 年 3 月。

23. 于翠玲：〈《浙西六家詞》與《詞綜》的關係——兼論浙西詞派形成的綜合因素〉，《嘉興學院學報》，2005 年第 4 期。

24. 張春義：〈蘇軾詞南宋初「接受」情況簡論〉，《嘉興學院學報》，第 17 卷第 5 期，2005 年 9 月。

25. 王頲，倪尚明：〈論陳獻章與黎貞的思想淵源〉，《湖南農業大學學報（社會科學版）》，2006 年 4 月，第 7 卷第 2 期。

26. 錢建狀：〈南渡詞人地理分佈與南宋文學發展新態勢〉，《文學遺產》，2006 年第六期。

27. 黃冬紅：〈略論李白〈菩薩蠻・平林漠漠煙如織〉的眞僞〉，《文教資料》，2006 年第 29 期。

28. 孫克強、陳麗麗：〈韓偓詩歌對詞體的影響〉，《邊疆經濟與文化》，2006 年第 11 期。

29. 鄧喬彬，張秋娟：〈盛中唐詞的文化之變〉，《深圳大學學報（人文社會科學版）》，第 23 卷第 6 期，2006 年 11 月。

30. 王師偉勇：〈清代「論詞絕句」論溫庭筠詞探析〉，《文與哲》第九期，2006 年 12 月。

31. 景紅錄：〈論玉溪詩與夢窗詞的悲情心理和情思內涵〉，《唐山師範學院學報》第 29 卷第 1 期，2007 年 1 月。

32. 曹明升：〈清人論宋詞絕句脞說〉，《貴州社會科學》第二期，2007 年 2 月。

33. 廖弘泉：〈論北宋前期詞勃興與詞人群體性的關係〉，《內蒙古財經學院學報（綜合版）》，2007 年 3 月第 5 卷第 1 期。

34. 王師偉勇、林淑華：〈陳澧論詞絕句六首探析〉，《政大中文學報》第七期，2007 年 6 月。

35. 王師偉勇：〈清代「論詞絕句」論李白詞探析〉，《臺灣學術新視野——中國文學之部（二）》，臺北：五南圖書出版公司，2007 年 6 月。

36. 孫克強：〈詞學理論的重要載體——簡論清代論詞詩詞的價值〉，《廣州大學學報（社會科學版）》第 7 卷第 1 期，2007 年 6 月。

37. 陶子珍：〈清詩論宋代女性詞人探析——以汪芸、方熊、潘際雲之作品爲例〉，《花大中文學報》第 2 期，2007 年 12 月。

38. 趙福勇：〈清代「論詞絕句」論賀鑄〈橫塘路〉詞探析〉，《臺北大學中文學報》第 4 期，2008 年 1 月。

39. 王師偉勇、鄭琇文：〈高旭論十大家詞絕句探析〉，《第四屆國際暨第九屆全國清代學術研討會會議論文集》，高雄：中山大學主辦，2008 年 6 月。

40. 邱美瓊、胡建次：〈論詞絕句在清代的運用與發展〉，《重慶社會科學》，2008 年第 7 期。

41. 陳尤欣、朱小桂：〈馮煦〈論詞絕句十六首之三〉略論〉，《作家雜誌》，2008 年第 8 期。

42. 胡建次：〈清代論詞絕句的運用類型〉，《廣西社會科學》，2009 年第 2 期。

43. 趙福勇：〈汪筠〈讀詞綜書後〉論北宋詞人探析〉，《第五屆宋代文學國際研討會論文集》，廣州：暨南大學出版社，2009 年。

44. 王曉雯：〈宋翔鳳〈論詞絕句二十首〉論宋詞探析〉，《第五屆宋代文學國際研討會論文集》，廣州：暨南大學出版社，2009 年。

45. 謝永芳：〈譚瑩的〈論詞絕句〉及其學術價值〉，《圖書館論壇》第 29 卷第 2 期，2009 年 4 月。

46. 陸有富：〈從文廷式一首論詞詩看其對常州詞派的批評〉，《語文學刊》，2009 年第 4 期。

47. 王師偉勇、林宏達：〈清代「論詞絕句」論李煜及其作品探析〉，《第五屆國際暨第十屆全國清代學術研討會論文集》，高雄：中山大學中文系，2009 年 6 月。

48. 趙福勇：〈清代「論詞絕句」論晏殊詞探析〉，《成大中文學報》第 25 期，2009 年 7 月。

49. 孫克強、楊傳慶：〈清代論詞絕句的詞史觀念及價值〉，《學術研究》，2009 年第 11 期。

50. 王師偉勇：〈搜輯清代論詞絕句應有之認知〉，《第二屆中華詞學國際學術研討會論文集》，澳門：澳門大學社會科學及人文學院，2009 年 12 月。

51. 王淑蕙：〈清代「論詞絕句」論張炎詞舉隅探析〉，《雲漢學刊》第 20 期，2009 年 12 月。

52. 王師偉勇：〈清代論詞絕句之整理、研究及價值〉，《第二屆兩岸韻文學學術研討會論文集——韻文的欣賞與研究》，臺北：世新大學，2010 年。

53. 詹杭倫：〈潘飛聲〈論粵東詞絕句〉說略〉，《西南師範大學學報（哲學社會科學版）》，2010 年第 1 期。

54. 陳水雲：〈論詞絕句的歷史發展〉，《國文天地》第 26 卷第 6 期，2010 年 11 月。

55. 劉青海：〈論夏承燾《瞿髯論詞絕句》中的詞學觀〉，《中國韻文學刊》，2011 年第 1 期。

（二）學位論文

1. 劉喜儀：《譚瑩《論詞絕句》論唐宋詞研究》，香港：香港中文大學，中國語言及文學部碩士論文，2008 年 7 月。

2. 趙福勇：《清代「論詞絕句」論北宋詞人及其作品研究》，彰化：國立彰化師範大學大學，國文研究所博士論文，2011 年 1 月。

附　錄

譚瑩《樂志堂詩集》卷六〈論詞絕句一百首〉、〈又三十六首・專論嶺南人〉、〈又四十首・專論國朝人〉

對酒歌難興轉豪，由來樂府本風騷。承詩啟曲端倪在，苦為分明卻不勞。

謫仙人語獨稱詩，菩薩鬘推絕妙詞。並憶秦娥疑贗作，盡將風格比溫岐。（李白）

七言律少五言多，偶按新聲奈若何。清平樂令真衰颯，縱入花菴選亦訛。（同上）

二李（君虞、昌谷）詩歌供奉傳，體成長慶益纏綿。瀟瀟莫雨吳孃唱，製曲端由白樂天。（白居易）

臣本烟波一釣徒，風斜雨細景誰摹。日湖漁唱（陳允平）蘋洲笛（周密），漁父詞還似此無（張志和）。

章臺柳折太多情，寒食東風句未精。若使君王知此曲，曲兼詩並署韓翃。（韓翃）

溫李詩名舊日齊，樊南綺語說無題。金荃不譜梧桐樹，恐並花間集也低。（溫庭筠）

猩色屏風畫折枝，已涼天氣未寒時。香奩語豔無人儷，奈僅生查子一

詞。（韓偓）

摩訶避暑有全詞，花藥風流恐願師。何俟洞仙歌檃括，點金成鐵使人疑。（蜀主孟昶）

能使陽春集價低，浣溪沙曲手親題。一池春水干卿事，酷似空梁落燕泥。（南唐中宗李景）

傷心秋月與春花，獨自憑欄度歲華。便作詞人秦柳上，如何偏屬帝王家。（南唐後主李煜）

念家山破了南唐，亡國音哀事可傷。叔寶後身身世似，端如詩裏說陳王。（同上）

香奩佳句少年時，度曲偏令異域知。不論生平論詞藻，也應名姓徹丹墀。（和凝）

醉粧詞作又何年，韋相才名兩蜀先。徵到小重山故事，遭逢霄壞鷓鴣天。（韋莊）

孟婆風緊太郎當，誰憶君王更斷腸。說到故宮無夢去，三生端是李重光。（宋徽宗）

製舞楊花曲最工，花王誰比問東風。須知三殿歡娛日，五國城中雪未融。（宋高宗）

喚柘枝顛亦自娛，能稱曲子相公無？柔情不斷如春水，認作唐音恐太誣。（寇準）

楊柳桃花調亦陳，三家村裏住無因。歌詞許似馮延巳，語語原因類婦人。（晏殊）

萋萋芳草遍天涯，何預孤山處士家。更譜長相思一闋，未應孤冷伴梅花。（林逋）

點絳唇歌不自聊，閒情偏賦亂紅飄。安陽出鎮蕭閒甚，回首春風廿四橋。（韓琦）

大范勳華有定評，小詞傳唱御街行。至言酒化相思淚，轉覺專門浪得名。（范仲淹）

廣平擬議恐非倫，賦有梅花事卻眞。司馬溫公人物似，西江月又錦堂

春。（司馬光）

不妨妙語本天成，紅杏尚書說子京。博得內人呼小宋，無題詩借玉溪
　　生。（宋祁）

儒宗自命卻風流，人到無名又可仇。浮豔欲刪疑誤入，踏莎行與少年
　　游。（歐陽脩）

空傳飲水處能歌，誰使言飜太液波。詩學杜詩詞學柳，千秋論定卻如
　　何。（柳永）

便有人刊冠柳詞，霜風淒緊各相思。縱難遽許唐人語，譜入紅牙板最
　　宜。（同上）

歌詞餘技豈知音，三影名胡擅古今。碧牡丹纏歌一曲，頓令同叔也情
　　深。（張先）

詞同珠玉集俱傳，直過花間恐未然。人似伊川稱鬼語，君王卻賞鷓鴣
　　天。（晏幾道）

大江東去亦情多，燕子樓詞鬼竊歌。唱竟天涯芳草語，曉風殘月較如
　　何。（蘇軾）

海雨天風極壯觀，教坊本色復誰看。楊花點點離人淚，卻恐周秦下筆
　　難。（同上）

詞憑法秀浪相誇，迴脫恒蹊玉有瑕。黃九定非秦七比，后山仍未算詞
　　家。（黃庭堅）

天生好語阿麼同，不礙詩詞句各工。流下瀟湘常語耳，萬身奚贖過推
　　崇。（秦觀）

山抹微雲都下唱，獨憐知己在長沙。一代盛名公論協，揄揚飜出蔡京
　　家。（同上）

未遜秦黃語畧偏，買陂塘曲世先傳。歐蘇張柳評量當，位置生平豈漫
　　然。（晁補之）

亭皋木葉正悲秋，元祐詞家得宛邱。著墨無多風格最，綺懷不獨少年
　　游。（張耒）

詞筆眞能屈宋偕，鬼頭善盜各安排。也知本寇巴東語，梅子黃時雨特

佳。（賀鑄）

惜分飛見賞坡翁，偉麗詞多祝相公。楓落吳江真壓卷，東堂全集也徒
工。（毛滂）

海棠開後燕來時，燭影搖紅片玉詞。此是大晟新樂府，榮安原唱盍相
思。（王詵）

各推菩薩鬘詞好，實使東坡到海南。各各賞音同此調，我朝貽上宋花
菴。（舒亶）

論到舒王遜一籌，海棠未雨（雰句）卻風流。李郎（冠）月淡雲來去，
果勝郎中舊句不？（王安石）

是佳公子自翩翩，調雨催冰格宛然。舞鬱輪袍仍逐客，淺斟低唱柳屯
田。（王觀）

有人愛比夜光珠，多麗詞傳到海隅。誰說桐花絲柳遍，仲春時候綠陰
無。（聶冠卿）

聽喜遷鶯竟召還，有漁家傲不須刪。歸來獻壽將軍事，須念征人老玉
關。（蔡挺）

斜川居士世東坡，自作新詞自按歌。一隊畜生言太酷，教人無奈曉鴨
何。（蘇過）

杏花村館有詞題，驛壁曾煩驛卒泥。未覽溪堂詞一卷，但名蝴蝶品流
低。（謝逸）

敢說流蘇百寶裝，唐人詩語總無妨。移宮換羽關神解，似此宜開顧曲
堂。（周邦彥）

新詞學士貴人宜，獨步尤難市儈知。唱竟蘭陵王一闋，君王任訪李師
師。（同上）

碧山樂府世交稱，獨二郎神得未曾。攬碎一簾花影語，張郎中後竟誰
能。（徐伸）

詞隱詞多應制成，可容協律（晁端禮）與齊名。長相思曲尤工絕，雨
滴芭蕉滴到明。（万俟雅言）

周柳居然有替人，聖求詩在益酸辛。人言未減秦淮海，名字流傳竟不

眞。（呂濱老）（陳振孫書錄解題作渭老，詞綜因之，今從嘉定壬申
趙師岊序。）

雲龕居士有人招，伯可南來不自聊。反覆炎凉誰屑道，文章名盛惜初
寮。（王安中）

畫像偏教戴牡丹，阮郎歸賦壽皇歡。詼諧莫誚曾鶉脯，淒絕金人捧露
盤。（曾覿）

伯顏軍已破杭州，試問金華夢醒不。麥秀黍離詞客感，銷魂眞箇是天
游。（詹天游）

香餘鴛帳冷金猊，名相詞傳品未低。唱徹聲聲蘇武令，人言作者李梁
溪。（趙鼎）

序有胡寅未必知，江南江北酒邊詞。味如元酒心枯木，依舊看花不自
持。（向子諲）

輕詆蘇黃太刻深，倚聲一事卻傾心。流鶯不語啼鶯語，狡獪眞憐葉石
林。（葉夢得）

敢信坡仙壘可摩，詞名無住卻無多。杏花影裏人吹笛，竟到天明奈若
何。（陳與義）

西江月好足名家，直許微塵點不加。三卷樵歌名士語，此才端合賦梅
花。（朱敦儒）

紅羅百匹總無嫌，想亦無心學子瞻。至使魏公緣罷酒，一腔忠憤洗香
奩。（張孝祥）

小晏秦郎實正聲，詞詩詞論亦佳評。此才變態眞橫絕，多恐端明轉讓
卿。（辛棄疾）

斜陽煙柳話當年，穠麗詞工又屑傳。謹謝夫君言亦誤，兩詞沈痼實依
然。（同上）

集中偏愛伎名垂，一代宗英作者誰。波底夕陽紅濕句，我家人語阜陵
推。（趙彥端）

天下皆歌又禁中，賞音能與古琴同。鬼名點遍胡爲者，一語當師岳倦
翁。（劉過）

生平經濟託微言，文似龍川意可原。亦有翠綃封淚語，散花菴選集無
　　存。（陳亮）

玉照堂開夜不扃，海鹽腔衍與誰聽。滿身花影詞工絕，將種何須蟋蟀
　　經。（張鎡）

蓮花博士曲新飜，合是詩人總斷魂。飛上錦裀紅縐語，千秋遺恨記南
　　園。（陸游）

韓邸詞家一大宗，四方善頌可無庸。早知冰腦防難及，顓臾周旋守簡
　　儂。（廖瑩中）

酒肆屏風果墨緣，尚扶殘醉玉音宣。斷橋迥異橋南路，賦玉瓏璁竟不
　　還。（俞國寶）

竹齋名藉草堂存，沈鬱蒼涼一代論。刻翠剪紅原不屑，唱酬唯有岳王
　　孫。（黃機）

果被梅花累十年，後村別調有人傳。與郎眉語伊州錯，快語何嘗不可
　　憐。（劉克莊）

平江伎唱蒲江曲，春色原無主屬誰。可有淵源關綺語，大防文集四靈
　　詩。（盧祖皋）

石帚詞工兩宋稀，去留無迹野雲飛。舊時月色人何在，夏玉敲金擬恐
　　非。（姜夔）

前無古更後無今，可向尊前一集尋。錦瑟未知終不信，小紅低唱有餘
　　音。（同上）

赤壁詞誰眼更青，劍南詩法未凋零。豪情壯采東坡似，低首天台戴石
　　屏。（戴復古）

和天也瘦語真癡，語未經人竹屋詞。端恐梅溪無此語，爲春瘦卻怕春
　　知。（高觀國）

清眞難儷況方回，掾吏居然覯此才。縱使未堪昌谷比，斷腸挑菜或歸
　　來。（史達祖）

綺語能工債亦酬，一分憔悴一分秋。鄱陽詞法兼詩法，怪說詞家第一
　　流。（張輯）

道家裝束恨難尋，許國生平卻不禁。和摸魚兒揮淚別，憐才始俏百星金。（吳潛）

四卷詞編更補遺，夢牕詞比義山詩。得君樂府迷能指，履貫誰傳沈伯時。（吳文英）

梨花好夢不曾圓，忙恨東風咏水仙。辛苦後村評駕當，雪舟相識十年前。（萬孝邁）

此中甘苦劇難言，選得新詞廿卷存。果散花菴詞特妙，羊車過也又黃昏。（黃昇）

江湖遁迹竟忘還，詞品尤推蔣竹山。心折春潮春恨語，扁舟風雨宿閒灣。（蔣捷）

歸去山中臥白雲，王孫憔悴總能文。不名孤雁名春水，豈藉揄揚使重君。（張炎）

悲涼激楚不勝情，秀冠江東擅倚聲。詞格若將詩格例，玉溪生讓玉田生。（同上）

曉起簾櫳翠漸交，鶯聲春在杏花梢。獨將雅正（張炎語）評西麓，賸粉零金語欲拋。（陳允平）

相思無處說相思，妾欲移心恨未知。誰爲山民工小令，至今人說四靈詩。（徐照）

觀者直求形似外，弁陽不爲一詞言。夢輕怕被愁遮住，似此能無斧鑿痕。（周密）

舊選中興絕妙詞，更名絕妙好詞爲，效顰十解人人擬，直比文通雜體詩。（同上）

棄官長短句工吟，故事花翁集裏尋。人物語應無市井，當留此論作詞箴。（孫惟信）

花間集外名花外，直欲塡詞繼歷朝。聞雁秋燈秋雨裏，故山歸去總魂銷。（王沂孫）

獨爲秋娘感慨深，三生杜牧李南金。賀新郎譜青衫溼，淪落天涯自古今。（李南金）

從容柴市曲偏工，聲倚昭儀驛壁中。未有無情忠與孝，沁園春即滿江紅。（文天祥）

參政何人竟北留，木蘭花慢送歸舟。杜鵑教我歸何處，各極芊綿一樣愁。（陳參政）

詞工詠物半遺黎，樂府何勞更補題。易世恐興文字獄，子規誰許盡情啼。

綠肥紅瘦語嫣然，人比黃花更可憐。若並詩中論位置，易安居士李青蓮。（李清照）

一缽一鉢可歸來，覓覓尋尋亦寫哀。自是百年鍾間氣，張秦周柳總清才。（同上）

幽棲居士惜芳時，人約黃昏莫更疑。未必斷腸漱玉似，送春風雨總憐伊。（朱淑眞）

寄憶秦娥語不深，海棠開後到如今。酒樓依館皆傳播，信是旗亭獨賞音。（鄭文妻孫氏）

天台伎合賦桃花，限韻詞工益作家。怪得有人心爲醉，鵲橋已駕恐緣差。（嚴藥）

果屬唐人未可知，禁中傳得擷芳詞。燕來時也無消息，一語令人十日思。

倚聲誰敢陋金元，由宋追唐體較尊。且待稍償文字債，紫藤花底試重論。

又三十六首（專論嶺南人）

竟傳仙去亦多情，得近佳人死也榮。（見歷代詩餘）誰謂益之能直諫，生平願作樂中箏。（見阮通志）（黃損）

但許詞家品已低，推崇獨說李文溪。出師敗表如忠武，水調歌頭劍閣題。（見崔清獻集，李昴英跋）（崔與之）

不知履貫亦稱工，（楊升菴詞品謂昴英資州盤石人，蘭陵王一詞絕妙）忠簡生平六一同。獨說蘭陵王一闋，曉風殘月柳郎中。（見文溪集，孫文燦跋）（李昴英）

柳周辛陸事兼能，（劉潛夫語見花菴絕妙詞選並絕妙好詞箋）論到隨
　　如得未曾。豈獨後村評駕當，傾周密又黃昇。（劉鎮）

念奴嬌曲賦梅花，（見廣東文選）譜賀新郎聽琵琶。（見詞綜）絕妙好
　　詞偏未選，咸淳以後足名家。（陳紀）

感到滄桑覆瓿（名集）宜，秋娘猶在足相思。（舊日秋娘猶在否。集
　　中蘇幕遮錢唐避暑憶舊語）集中多用清眞韻，秋曉詞（集名）同片
　　玉詞。（趙必瓘）

老樹嫣然也著花，秋坡仍未算詞家。薄情鶯燕偏相惱，（秋坡先生詞
　　集中風入松詞語）詩學西菴（見獻徵錄）竟不差。（黎貞）

風韻何嘗樂府殊，白沙遠過邵堯夫。春風沂水人千古，也學烟波舊釣
　　徒。（按白沙集有長短句一門，實雜體詩，也無詩餘。然釣徒一首，
　　題云效張志和體。志和原作，各家詞選俱收調名漁歌子，而白沙譜
　　之，殆詩餘矣）（陳獻章）

石屏世家獨文章，清節先生（見粵大記）總擅場。新酒諒難降舊恨，
　　宋人風格滿庭芳。（見廣東文選及詞綜）（戴橒）

卻金亭築表清風，（使朝鮮時事。見黃通志）偉麗詞傳應制同。蠻徼
　　弓衣應織遍，滿朝懽又滿江紅。（見廣東文選）（祁順）

雙槐手植（見黃通志）興蕭然，著述何須樂府先。宋末補題工詠物，
　　持螯曾譜鵲橋仙。（見洋子卮言聞集）（黃瑜）

倚聲屈指到文莊，人似流鶯語可商。（似流鶯老稿中青玉案詞語）春
　　思宛然秋思好，生查子與應天長。（瓊臺彙稿存詞十九闋，唯三闋
　　稍工耳）（邱濬）

水調歌頭調獨佳，（渭厓集存詞廿一闋，俱填此調）誰容奮筆寫胸懷，
　　以人存亦談詩例，未甚傾心霍渭厓。（霍韜）

文章官職遜而翁，偏至填詞格調同。（見勉齋集）自鄶無譏誰過刻，
　　前明樂府鮮宗工。（霍與瑕）

西園詞稿不須添，著等身書韻偶拈。獨釣罷時還獨汎，（見西園存稿）
　　喜無一語近香奩。（張萱）

千秋歲又桂枝香，腦滿腸肥儘吉祥。賦罷郊居（見本集）蠻峒苑。（見
　　阮通志）敢占文福四留堂。（四留堂稿附詞七闋）（盧龍雲）

海目詩存十手鈔，（前明吾粵區氏稱詩者數家，而海目先生稱最無詞）
　　見泉詞律畧推敲。滿江紅外無多調，（見泉集附詞十闋，俱塡此調）
　　范履霜能與解嘲。（區元晉）

感切興亡問著書，北田遺集附詩餘。曼詞未敢相推許，小令鏗然不去
　　廬。（集名）（何絳）

長相思與浪淘沙，（見歷代詩餘）不爲忠魂許作家。第一才人（見阮
　　通志）餘技稱，生死消息有蓮花（見番禺志）。（韓上桂）

不唱吳歈唱嶺歈（集名），堂開顧曲（見薛始亨撰傳）也須史。金琅
　　玕（傳奇）寫桄榔下（見中洲草堂集附詞自序），實與升菴格調殊
　　（王阮亭謂喬生詩似用愼脩格調）。（陳子升）

國初抗手小長蘆，除是番禺屈華夫。讀竟道援堂一集，彭（孫遹）鄒
　　（祇謨）說擅倚聲無。（屈大均）

嶺外論詩筆斬新，六瑩堂冠我朝人。倚聲僅有山花子，不弔湘妃（見
　　國朝詞綜）弔洛神（見國朝詞雅六瑩堂集，附存詞十八闋而兩闋俱
　　不存）。（梁佩蘭）

千秋得失也須公，獨漉詩名蓋代雄。祝壽餞離兼咏物（獨漉堂集附詩
　　餘一卷，類多此等題），倚聲何敢過推崇。（陳恭尹）

嶺南竟有玉田生，齗齗稱詩浪得名。試覽南樵初二集（初集附詞十六
　　闋，二集附詞三闋），流聞猶藉賦風箏（見廣州府志）。（梁無技）

芙蓉月下麗人來，翦翦西風對菊開（見四桐園存稿眼兒媚、一斛珠兩
　　詞）。有四桐園工小令，不教苦子（名璜鎧之兄）擅詩才。（陶鎧）

門掩梨花雨打聲，至今斷腸摘紅英。眞吾閣在伊人苑，誰譜孤舟棹月
　　明（眞吾閣集詞唯摘紅英、明月棹孤舟兩闋特工）。（許遂）

琵琶楔子（傳奇）寄閑情，合大樗堂外集評。解賦無題詩百首（見番
　　禺志），固當秦七是前生。（王隼）

日上坡亭（集名）日按歌，辦香當屬易秋河。才名足動張文烈（見鶴

山縣草志），綺靡新聲奈汝何。（易宏）

耆舊凋零得報之，菊芳園集有塡詞。移橙閒話人收取，說紫棉樓樂府誰（菊芳園詩文集移橙閒話紫棉樓樂府並夢瑤撰）。（何夢瑤）

對此茫茫譜曲宜，無多心血好男兒。詞人北宋推黃九（並逃虛閣買陂塘詞語），未解逃虛閣所師。（張錦芳）

樵夫情韻特纏綿，小閣何因署藥煙。少作芙蓉亭樂府，中年哀樂總鰲然（藥煙閣詞鈔，二樵著閣綠婦病得名。二樵少客邕州，著芙蓉亭樂府）。（黎簡）

秘書郎（自鎸上清秘書郎小印）許魯靈光，便署陽春錄（陽春人）不妨。三疊柳枝誰爲唱（著有柳枝詞九十首，三疊平韻），聽雲樓（集名）圯月如霜。（譚敬昭）

曲付玲瓏舊酒徒，官場滋味困倪迂（並茶嵋舍詞稿，花犯觀劇戲作語）。茆煙箐雨茶嵋舍，便算羅浮與鼎湖（見味辛堂詩鈔自序）。（倪濟遠）

倚聲猿鳥助蕭騷，過客能來羨汝曹。生長最佳山水處，讀書臺與釣臺高（黃球太學生有讀書臺懷古憶君王一闋，黃藹觀諸生有峽中漁步蟾宮一闋，歐嘉逢有遊飛來納涼菩提樹下夢回偶調漁歌子一闋並國朝清遠人並見禺峽山志）。

落落寒雲獨倚樓，遠懷如畫一天秋（並見明詞綜得程民部詩卻寄小重山詞語）。此才不讓程民部，佛屋塡詞也白頭。（今釋）

偷覷鴛鴦不自知，偶然心事上雙眉（分明蓮香集如夢令、風入松兩詞）。男兒慣作蓉城主，鱗屋龍堂合嫁伊（亦見蓮香集）。（張喬）

又四十首（專論國朝人）

白髮飄蕭事可知，江南祭酒獨稱詩。閒官大有滄桑感，宋玉微詞莫更疑。（吳偉業）

埏埴爲工足寄情，生香眞色殆分明。海棠開否芭蕉綠，一品官閒獨倚聲。（梁清標）

窮始能工到樂章，曼聲哀豔越齊梁。詩文望重遭逢慘，淒絕萊陽宋荔

裳。（宋琬）

怯月淒花不可倫，即焚綺語（見東皋雜鈔）亦周秦。大科名重千秋在，
開國填詞第一人（見倚聲集）。（彭孫遹）

我朝供奉典裁詩，大筆淋漓顧曲宜。豔說君侯腸斷句，王揚州亦少年
時。（王士正）

千秋公論試評量，南渡詞人特擅場。十五家同收四庫，定知誰許魯靈
光（我朝詞集四庫所收者唯珂雪詞、十五家詞餘俱存目耳）。（曹貞
吉）

語本天然筆不休，將軍射虎也封侯。老名士是真才子，法曲飄零總淚
流。（尤侗）

奉敕填詞教小伶，人非曾覿（海野）卻曾經。我如十五雙鬟女，把酒
東風祝不停。（吳綺）

無情誰許作詞人，情摯惡能語逼真。遠寄漢槎金縷曲，山陽思舊恐難
倫。（顧貞觀）

家世文章第一流，如猿啼夕雁吟秋。縱王內史生平似（見茶餘客話），
何必言愁也欲愁。（性德）

沈博文章點筆成，酒樓妓館倏知名。陳周徐庾唐溫李，轉作詞家總正
聲。（毛奇齡）

偶然聲價重雞林，詞苑叢談說賞音。此事何嘗關閱歷，秋笳（集名）
窮塞入孤吟。（徐釚、吳兆騫）

齊名當代說王朱，樂府還能抗手無。少日桐花名麗絕，也應心折小長
蘆。（朱彝尊）

載酒江湖竟讓誰，疎狂不減杜分司。銅琶鐵板紅牙拍，各叶迦陵絕妙
詞。（陳維崧）

人如倪瓚特蕭閑（見本事詩），綺靡緣情語早刪。小令見推樊榭老，
故當標格異花間。（嚴繩孫）

詩名不賤（見秋錦山房集序）竟何如，二李名齊足起予。人似武曾須
學步，夢膩綿密玉田疎。（李武曾）

倦圃（秋岳）人歸有耒邊（集名），朔南萬里倚聲先。反從北宋追南
　　宋，朱十言夸殆未然。（李符）

積書多亦如書麓，況僅詞家備宋元。讀到小方壺一集，居然作者莫同
　　論。（汪森）

妾是無鹽君太沖，善言兒女竟誰同。易安居士談何易（宋牧仲語，見
　　詞苑叢談），殆宋尚書曲未工。（董以寧）

詞家人競說堯章，端恐前明倣盛唐。買菜豈須求益者，無多著撰實姜
　　張。（沈岸登）

粉署仙郎愛讀書，湖山歸夢也終盧。江南江北相思慣，紅藕莊詞比藕
　　漁。（龔翔麟）

同居咸藉（見陳其年浙西六家詞序）特風流，歷代詩餘命纂修。南宋
　　瓣香誰較近，蓉湖漁笛賽洲。（杜詔）

大宗誰並曝書亭，蓋代才同浙水靈。竟是我朝張叔夏，至今風法未凋
　　零。（厲鶚）

綠陰如幄又江南，琴鶴翛然理共參（見蒲褐山房詩話）。似學道人工
　　綺語，幻花菴亦散花菴。（張梁）

押簾（集名）風致亦嫣然，把臂知從石帚先。薺菜孟嘗君莫笑，人推
　　絕妙好詞牋。（查爲仁）

論詩能廢盛唐無，北宋何嘗不可摹。頗愛太倉王抱翼，恥偕同社逐時
　　趨。（王時翔）

詞品羣推第一宜，瀟湘聽雨未還時（著有瀟湘聽雨錄）。由來絢爛歸
　　平淡，苦學花間一輩知。（江昱）

苦心孤詣得清空，橙里居然樂笑翁。句集一家成一卷（集山中白雲詞
　　一卷），竹垞蕃錦說天工。（江昉）

不付兜娘欲與誰，當年樊榭竊相推。紅牙久寂紅蘭（閣名）折，可有
　　人傳薛鏡詞。（張雲錦）

江珧柱更荔枝添，日日停琴對不嫌（嘗以韋左司有對琴無一事語作對
　　琴圖，復以對琴自號）。自是厝堂工獎借，松溪漁唱殆難兼。（汪棣）

蓋代詩名山斗重，崎嶔磊落更淋漓。便將詩筆爲詞筆，熱血填胸一灑之。（蔣士銓）

蒼茫放筆轉欹獻，詩畫書名卻未如。文到入情端不朽，直將詞筆當家書。（鄭燮）

纖穠誰信作忠魂，婥雅堂詞一代論。莫向麗華祠畔唱，萇宏血碧事難言。（趙文哲）

無端綺語債誰償（朱吉人謂君有香奩詞一卷，惜爲人假手，不能傳播藝林），現到雲華（集名）總擅場。詞客千秋同此恨，爲他人作嫁衣裳。（張熙純）

頭衝未署柳屯田，袁蔣詩工合讓先。卻被淺斟低唱誤，如何情韻不芊綿。（黃景仁）

二陸才多擅倚聲，文章碧海摯長鯨。頗嫌樂府香奩語，孤負冰天雪窖行。（楊芳燦、楊揆）

巧獨天工不可階，鏤冰翦雪費安排。我朝亦有吳君特，七寶樓臺拆儘佳。（吳錫麒）

文工選體筆崚嶒，餘事填詞得未曾。時論固知君不圍（見小謨觴館詞集自序），一空依傍轉無憑。（彭兆蓀）

起居八座也伶俜，出塞能還繡佛靈。文似易安人道韞，教誰不服到心形。（徐燦）